C
H
V

Isaac Bashevis Singer

# Meschugge

Roman

Aus dem Amerikanischen
übertragen von Gertrud Baruch

Carl Hanser Verlag

Titel der amerikanischen Originalausgabe:
*Meshugah*
Translated from the Yiddish
by the author and Nili Wachtel

Farrar Straus Giroux, New York 1994

1 2 3 4 5 00 99 98 97 96

ISBN 3-446-18544-5

Satz: Fotosatz Amann, Aichstetten
Druck und Bindung: Clausen & Bosse, Leck
Printed in Germany

# Erster Teil

# 1

Es war schon mehrmals vorgekommen, daß jemand, von dem ich geglaubt hatte, er sei in Hitlers Lagern gestorben, plötzlich lebendig und wohlbehalten auftauchte. Gewöhnlich versuchte ich, meine Überraschung zu verbergen. Warum ein Drama oder Melodrama daraus machen oder den anderen wissen lassen, daß ich mich mit seinem Tod abgefunden hatte? Aber als an jenem Frühlingsmorgen im Jahre 1952 die Tür meines Büros bei der New Yorker jiddischen Zeitung geöffnet wurde und Max Aberdam hereinkam, muß ich verblüfft ausgesehen haben und bleich geworden sein, denn ich hörte ihn brüllen: »Keine Angst! Ich bin nicht aus dem Jenseits zurückgekommen, um dich zu erwürgen.«

Ich stand auf und machte eine Bewegung, als wollte ich ihn umarmen, doch er streckte mir die Hand hin, und ich ergriff sie. Er trug noch immer eine bauschige Krawatte und einen Plüschhut. Er war viel größer als ich. Er hatte sich nicht sehr verändert, seit ich ihn zuletzt in Warschau gesehen hatte, wenngleich mir auffiel, daß sein schwarzer Bart grau geworden war. Und er hatte einen Spitzbauch bekommen. Ja, es war derselbe Max, der Warschauer Mäzen von Malern und Schriftstellern, der stadtbekannte Schlemmer, Zecher, Weiberheld. Er hielt eine Zigarre zwischen den Fingern, auf seiner Weste hing eine goldene Uhrkette, an seinen Manschettenknöpfen funkelten Edelsteine. Max Aberdam redete nicht, er schrie – das war seine Art. Er verkündete lauthals: »Der Messias ist gekommen, und ich bin von den Toten auferstanden! Liest du denn nicht die Nachrichten in deiner eigenen Zeitung? Oder bist *du* vielleicht ein Toter? Wenn ja, dann kehr in dein Grab zurück.«

»Ich lebe noch, ich lebe.«

»Nennst du *das* leben? Eingesperrt sein in einem verräucherten Büro und Korrekturfahnen lesen? Das könnte auch ein Leichnam tun. Draußen ist Frühling, zumindest nach dem Kalender. Ist dir schon aufgefallen, daß es in New York keinen Frühling gibt? Entweder man friert hier, oder man schmort. Komm, iß mit mir zu Mittag, oder ich nehme dich aus wie einen Hering.«

»Droben warten sie auf meine Korrekturfahnen. Ich brauche nur noch fünf Minuten.«

Ich wußte nicht, ob ich ihn duzen oder siezen sollte. Er war fast dreißig Jahre älter als ich. Im Vorzimmer hatte man seine laute Stimme gehört, und einige meiner Journalistenkollegen steckten den Kopf durch die offene Tür. Sie lächelten, und einer von ihnen blinzelte mir zu – vielleicht dachte er, ich hätte wieder einmal einen meschuggenen Besucher. Seit ich mit meiner Ratgeberkolumne begonnen hatte, kamen oft recht sonderbare Typen zu mir ins Büro: verzweifelte Ehefrauen verschwundener Ehemänner; junge Burschen mit Plänen für die Erlösung der Welt; Leser, die überzeugt waren, eine erstaunliche Entdeckung gemacht zu haben. Ein Besucher hatte mir vertraulich mitgeteilt, daß Stalin eine Reinkarnation Hamans sei.

Eilends überflog ich die Korrekturfahnen meines Artikels »Wissenschaftler sagen ein menschliches Lebensalter von zweihundert Jahren voraus«, dann ließ ich sie vom Fahrstuhlführer in die zehnte Etage bringen.

Als wir in den Lift stiegen, war er gesteckt voll: Autoren

und Schriftsetzer fuhren zum Lunch in die Cafeteria hinunter. Aber Max übertönte das Stimmengewirr: »Du hast nicht gewußt, daß ich in Amerika bin? Wo lebst du eigentlich – in der Welt des Chaos? Ich habe wochenlang versucht, dich zu erreichen. Die jiddischen Zeitungen sind alle gleich. Man ruft an und fragt nach jemanden, und da wird einem gesagt, man soll am Apparat bleiben, aber dann tut sich nichts – sie haben den Anruf vergessen. Wo lebst du denn? Auf dem Mond? Hast du in deinem Büro kein eigenes Telefon?«

Draußen schlug ich vor, in die Cafeteria zu gehen, doch Max war entrüstet: »Soweit ist es mit mir noch nicht gekommen, daß ich ein Tablett trage wie ein Kellner. Hallo, Taxi!«

Wir stiegen in ein Taxi, das uns nur ein paar Häuserblocks weiter zu einem Restaurant in der Second Avenue fuhr. Der Taxifahrer erzählte uns, er stamme aus Warschau und habe dort Max Aberdam und seine Familie gekannt. Und er lese regelmäßig meine Kolumne. Max gab ihm seine Visitenkarte und ein großzügiges Trinkgeld.

Im Restaurant »Rappaport's« war er gut bekannt. Wir wurden zu einem Tisch geführt, auf dem ein Korb mit frischgebackenen Semmeln, eine Schüssel mit gekochten Erbsen und Schälchen mit Essiggurken und Sauerkraut standen. Der Kellner, der Max wiedererkannte, lächelte uns zu. Max bestellte für sich Orangensaft und kalten Karpfen in Aspik und für mich, den Vegetarier, ein Omelett mit Gemüse. Während er aß, zündete er sich mit seinem Feuerzeug eine Zigarre an. Er kaute, stieß Rauch aus und brüllte: »Du bist also Kolumnist in Amerika geworden! Letzten Sonntag hab' ich dich im Radio quasseln gehört, darüber, wie man Gefühle unterdrückt, und über ähnlichen Stuß. Mein Freund, auch wenn ich alles verloren habe, ein bißchen Verstand hab' ich noch. Ich stecke zwar bis über die Ohren in Schulden, aber dem Allmächtigen bin ich nichts schuldig, solange Er uns Hitlers und Stalins schickt. Er ist *ihr* Gott, nicht meiner.«

»Wo sind Sie während des ganzen Kriegs gewesen?«

»Wo bin ich *nicht* gewesen? Ich war in Bialystok, in Wilna, Kowno, Schanghai und später in San Francisco. Ich habe die ganze Skala jüdischen Leidens durchlebt. In Schanghai bin ich Drucker geworden. Ich habe die *Schita Mekkubezet*, die *Ritba*, die *Rascha* gedruckt. Ich weiß alles über Korrekturfahnen und Schriftsetzen. Ich habe selber am Setzkasten gestanden und die Lettern mit der Hand herausgenommen. Daß die Juden meschugge sind, habe ich schon immer gewußt, aber daß sie es fertigbringen würden, in China eine Jeschiwa zu gründen, wo sie sich mit Haarspaltereien über ›ein Ei, das an einem Feiertag gelegt wurde‹ abgaben, während ihre Familien in die Gaskammern getrieben wurden – das hätte ich mir nicht träumen lassen. Ich bin entkommen, weil einer meiner alten Warschauer Rivalen, ein Geschäftskonkurrent, mir ein Visum für Amerika beschaffte. Meine guten Freunde haben mich schmoren lassen, aber ein Feind hat mich gerettet. Mich kann nichts mehr überraschen.«

Er schnippte die Zigarrenasche auf seine Untertasse. »Wenn mir jemand vorausgesagt hätte, daß ich in Schanghai Schriftsetzer werden würde, daß die Juden ihren eigenen Staat gründen würden und daß ich in New York Börsenmakler werden würde, hätte ich ihn ausgelacht. Aber all diese Verrücktheiten sind passiert – falls ich nicht träume. Iß, Aaron, trödle nicht! In ganz Amerika kann man keine anständige Tasse Kaffee bekommen. He, Kellner, ich habe Kaffee bestellt, kein Spülwasser!«

Während wir weiteraßen, erzählte er bruchstückweise von seinen Erlebnissen zwischen 1939 und 1952. Im September 1939 hatte er Frau und Kinder in Warschau zurückgelassen und war mit seinem Schwiegervater und Tausenden anderer Männer über die Pragabrücke in Richtung Bialystok geflohen, das bereits von den Bolschewiken besetzt war. Dort wurde er von einigen Schriftstellern, die er früher mit Stipendien und Spenden unterstützt hatte, als Kapitalist, Faschist und Volksfeind denunziert. Er wurde verhaftet und wäre um ein Haar im Moskauer Lubjanka-Gefängnis an die Wand gestellt und erschossen worden, hätte ihn nicht ein KGB-Funktionär, der früher bei ihm Buchhalter gewesen war, erkannt und gerettet. Er floh in den Osten und gelangte wie durch ein Wunder nach Schanghai.

Max' Frau und seine beiden Töchter waren in Stutthof gestorben. Später hatte er in Amerika die Witwe eines Bildhauers aus San Francisco kennengelernt, dessen Werke er früher gekauft hatte. Zwei Wochen später hatte er sie geheiratet. »Es war Wahnsinn, reiner Wahnsinn!« brüllte er. »Mich mußten Dämonen geblendet haben. Ich stand mit ihr unter dem Traubaldachin, aber schon am nächsten Tag wußte ich, daß ich in einen tiefen Sumpf gefallen war. Ich hatte das ständige Herumwandern satt. In Schanghai hatte ich eine Frau aus Korea, ein exquisites Geschöpf, aber ich konnte sie nicht in die USA mitnehmen. Meine jetzige Frau, Priwe, ist ständig krank und außerdem plemplem. Sie hält sich für ein Medium, das Schwingungen von den Geistern empfängt. Mit Hilfe einer Alphabet-Tafel führt sie Gespräche mit ihrem verstorbenen Mann. Sie malt Bilder von Geistern. In New

York fühlte ich mich wieder wie zu Hause – sie sind alle hier, unsere Leute aus Lodz und Warschau.

Hier habe ich sogar einen entfernten Verwandten getroffen, steinreich, tatsächlich ein Millionär – ein gewisser Mr. Wolbromer. Er hat mich so überschwenglich begrüßt, als wäre ich sein verlorener Bruder. Er besitzt viele Häuser, außerdem Aktien, die er schon vor Jahren erworben hat, nach dem Wall-Street-Börsenkrach, und die jetzt steigen und steigen. Er hat mir ein hohes Darlehen verschafft, und dann bin ich Börsenspekulant geworden. Wie sich herausstellte, hatten viele Flüchtlinge ein bißchen Wiedergutmachungsgeld aus Deutschland erhalten, aber sie hatten keine Ahnung, was sie damit anfangen sollten. Ich bin ihr Makler geworden. Ich kaufe Aktien, festverzinsliche Wertpapiere, Investmentfonds, und zur Zeit steigen sie alle. Sie werden natürlich nicht immer steigen, aber unterdessen bringen die paar Dollars meinen Kunden dreimal soviel ein wie bei einer Bank. Kellner, der Kaffee ist eiskalt!«

»Sie haben ihn kalt werden lassen«, sagte der Kellner.

Max Aberdam legte seine Zigarre hin, zog ein Metalldöschen aus der Tasche, nahm zwei Pillen heraus und kippte sie in den Mund. Dann griff er nach einem Glas Wasser, trank einen Schluck und sagte: »Ich lebe von Pillen und vom Glauben – nicht an Gott, sondern an mein eigenes irres Glück.«

Als wir das Restaurant verließen, sagte ich Max, ich müßte jetzt wieder ins Büro, doch davon wollte er nichts wissen. »Dieser Tag gehört mir. Ich habe wochenlang nach dir gesucht und sogar mit dem Gedanken gespielt, in der Zeitung eine Suchanzeige aufzugeben. Als ich dich am Sonntag im Radio hörte, beschloß ich, meine geschäftlichen Angelegenheiten aufzuschieben, und tags darauf fuhr ich per Taxi zum East Broadway. Am hellichten Tag in den Untergrund kriechen wie eine Maus in ihr Loch – das kann ich nicht. Die meisten meiner Kunden sind Frauen, Flüchtlinge aus Polen, die es nicht gelernt haben, in Dollars zu zählen. In den Gettos und Konzentrationslagern sind sie fast in den Wahnsinn getrieben worden. Ich erkläre ihnen, daß ich eine Provision kassiere, und sie danken mir, als wäre ich ihr Wohltäter. Ich habe keine Ahnung, was diese Firmen produzieren – ich meine die Firmen, mit deren Aktien ich handle. Mein Makler ist Harry Treibitscher. Er sagt mir, was ich kaufen und verkaufen soll, und ich tu's. Hin und wieder gebrauche ich meinen eigenen Verstand, lese die Finanzjournale und was die sogenannten Experten sagen. Ich glaube, ich gehe Risiken ein. Ich weiß, daß ich meine verrückten Kunden früher oder später enttäuschen werde, aber Frauen zu enttäuschen ist schon immer mein Gewerbe gewesen. Aber ich quaßle die ganze Zeit über mich selber. Wie steht's denn mit dir?« Wir gingen immer noch die Second Avenue entlang.

»Auch ich enttäusche Frauen – leider Gottes.«

Max Aberdams dunkle Augen funkelten. »Die Art und Weise, wie du kürzlich im Radio gesprochen hast, hat mich glauben gemacht, daß du prüde geworden bist – ein Prediger, ein amerikanischer Heiliger oder sonstwas Eigenbrötlerisches. Alles, was Oswald Spengler nach dem Ersten Weltkrieg vorausgesagt hat, ist nach dem Zweiten Weltkrieg eingetroffen. Trotzkis permanente Revolution spielt sich vor unseren Augen ab. Ob das alles sozial oder ideell oder ein Resultat von Gottes Wahnsinn ist, weiß ich nicht. Das sollen die Professoren entscheiden. Ich weiß nur, was meine Augen sehen.«

»Was sehen sie denn?« fragte ich.

»Die Welt wird meschugge. Es mußte ja so kommen.« Max Aberdam seufzte. »Ich darf nicht viel essen. Mein Herz pumpt nicht so gut, wie es sollte. Aber wenn ich diese jüdischen Speisen vorgesetzt bekomme, vergesse ich alles. In dieser Hinsicht gleiche ich unserem Vorvater Isaak. Als ihm Jakob Blintzen und Kischkes und Kasche Warnischkes auftischte, stellte er sich blind und gab Jakob den Segen, der Esau zustand. All diese Frauen, deren Geld ich anlege, sind ein bißchen verliebt in mich. Ich kann nichts dafür. Sie haben ihre Männer, ihre Kinder, ihre Geschwister verloren. Die meisten von ihnen sind zu alt, um noch einmal zu heiraten. Der Mensch muß jemanden lieben, sonst verlöscht er wie eine Kerze. Da bin halt ich ihr Opfer. Schau mich nicht so an – ich bin kein Gigolo, Gott soll schützen! Ich stamme aus ihren Schtetln, aus ihrer Nachbarschaft. Ich kannte ihre Familien. Ich spreche ihr Jiddisch. Warum es verleugnen? Ich liebe sie auch. Ich zähle zu den Männern, die sich in jede Frau zwischen zwölf und neunundachtzig verlieben. So war ich in meiner Jugend und so bin ich noch heute. Wieviel Gram ich wegen dieser Vernarrtheit erduldet und wieviel Kummer ich verursacht habe, weiß nur Er, der im siebten Himmel thront und uns peinigt. Ich rede mit diesen Frauen und erzähle ihnen einen Witz. Ich versichere jeder von ihnen, daß sie in meinen Augen noch ein Mädchen ist. Und das stimmt ja auch. Wie lange ist es denn her, daß sie alle jung waren? Das war erst gestern. An einige von ihnen erinnere ich mich von früher, mit einigen habe ich geschlafen. Sie wollen nicht, daß ich ihnen ihre Dividende per Post schicke, ich muß ihnen den Scheck persönlich überbringen. Sie kichern und scharwenzeln, als ob ich ihr Bräutigam wäre. Ich möchte, daß du jemanden kennenlernst.«

»Ich muß wieder ins Büro.«

»Heute gehst du nirgends hin, und wenn du dich auf den Kopf stellst! Deine Zeitung wird nicht eingehen, bloß weil du einen halben Tag nicht da bist. Vor allem möchte ich dich mit Priwe bekannt machen. Sie ist mein Unglück, aber sie ist eine deiner treuen Leserinnen. Sie liest alles, was du unter all diesen Pseudonymen schreibst. Jeden Morgen muß ich ihr die Zeitung kaufen, andernfalls würde sie die Dämonen heraufbeschwören, um einen Haufen Knochen aus mir zu machen. Als ich ihr heute morgen sagte, daß ich dich besuchen und vielleicht mit nach Hause bringen würde, war sie schrecklich aufgeregt. Aaron Greidinger höchstpersönlich zu Besuch! Für sie stehst du nur eine Stufe unter dem Allmächtigen. Sie hat mir mehr als einmal gesagt, daß du sie am Leben erhältst. Wenn es dich und deine Schreiberei nicht gäbe, hätte sie schon längst Selbstmord begangen und mich zum Witwer gemacht. Du mußt also mitkommen. Ich muß heute einer meiner Kundinnen einen Scheck überbringen. Sie zählt ebenfalls zu deinen Leserinnen. Du kennst sie, denn sie ist früher im Warschauer Schriftstellerclub verkehrt. Sie war das, was wir als ›literarischen Anhang‹ bezeichnet haben.«

»Wie heißt sie?«

»Irka Schmelkes.«

»Irka Schmelkes lebt noch?« rief ich erregt.

»Ja, sie lebt noch, wenn man das leben nennen kann.«

»Und Judl Schmelkes?«

»Judl Schmelkes bäckt Bejgl im Paradies.«

»Das ist wirklich ein Tag voller Überraschungen.«

»Sie hat mir erzählt, daß sie dir einen Brief geschrieben, aber nie eine Antwort erhalten hat. Du beantwortest keine Briefe. Dein Name steht nicht im Telefonbuch. Wo versteckst du dich eigentlich?«

Es war Mai, aber draußen war es schon viel zu heiß. Dennoch bildete ich mir ein, ich könnte trotz des Benzingestanks und des Geruchs des heißen Asphalts den Frühlingsduft riechen, der vom East River oder sogar von den Catskill Mountains herüberwehte. Auf der Second Avenue war für mich jeder Schritt mit noch nicht sehr alten Erinnerungen verbunden. Ganz in der Nähe war das Café Royal, in dem jiddische Schauspieler und Schriftsteller Stammgäste gewesen waren. Auf der anderen Straßenseite war das jiddische Theater, in dem Maurice Schwartz jahrelang aufgetreten war. Was die Nazis den Juden in Warschau angetan hatten, das brachte die Assimilation ganz allmählich auch in New York zustande – aber weder die religiöse noch die weltliche Jüdischkeit war bereit, auszusterben. New York hatte immer noch vier jiddische Zeitungen und mehrere Wochenblätter und Monatszeitschriften. Maurice Schwartz, Jakob Ben-Ami, Lebedew, Bertha Gerstin und andere jiddische Schauspieler und Schauspielerinnen traten noch in jiddischen Theaterstücken auf. Jiddische Bücher erschienen. Immer noch trafen Flüchtlinge aus Sowjetrußland hier ein, aus Polen, Rumänien, Ungarn. Von woher denn *nicht*? Palästina war jetzt ein jüdischer Staat, der schon einen Krieg ausgefochten und gewonnen hatte. Ich hatte persönliche und literarische Krisen erlebt. Seit ich in den dreißiger Jahren hier eingetroffen war, hatte ich nahe Verwandte und enge Freunde sowohl in Polen wie auch in den USA verloren. Ich hatte mich selber in Isolation und Verzweiflung getrieben. Jetzt aber schienen sich mir neue Energiequellen aufzutun.

Max Aberdam winkte ein Taxi herbei. Er schubste mich hinein, und ich fiel quer über den Sitz. Als Max sich hereinzwängte, fiel ihm die brennende Zigarre aus dem Mund. »Mister«, schnauzte ihn der Fahrer an, »ich will kein Feuer in meinem Taxi!«

»Kein Feuer auf Erden kann uns verbrennen«, erwiderte Max mit dem Gehabe eines Propheten. Er nannte dem Fahrer eine Adresse in der West End Avenue – eine Hausnummer in den Achtzigern –, dann zündete er sich schwer atmend eine neue Zigarre an. »Dein Name«, sagte er zu mir, »wurde sogar in Schanghai erwähnt. Ich hatte vor, dein kleines Buch – wie heißt es doch gleich? – neu aufzulegen. Kein Talent wird jemals ganz vergessen. Mein Gedächtnis spielt Verstecken mit mir. Manchmal glaube ich, daß ich senil werde.«

»Ich auch.«

»In deinem Alter? Im Vergleich zu mir bist du noch ein Embryo.«

»Ich bin schon über vierzig.«

»Vierzig ist nicht siebenundsechzig.«

Vor einem großen Gebäude stiegen wir aus dem Taxi, dann fuhren wir mit dem Lift in die zwölfte Etage. Max läutete an der Wohnungstür, aber niemand öffnete. Er zog seinen Schlüssel aus der Tasche und schloß auf. Wir betraten einen breiten Flur, in dem ein schöner Perserteppich lag. Der Flur hatte eine hohe Stuckdecke, an den Wänden hingen Gemälde. Eine grauhaarige Frau mit jugendlichem Gesicht kam auf uns zu. Sie trug einen geblümten Schlafrock und Pantoffeln mit Pompons. An ihren Ohrläppchen funkelten Brillanten. Ihr schmales Gesicht, ihr langer Hals, ihre schlanke Figur – das alles strahlte Wohlstand und so etwas wie alte jüdische Vornehmheit aus. Sie erinnerte mich an Porträts, die in Museen hängen. Als sie mich sah, machte sie eine Bewegung, als wollte sie zurückweichen, doch Max brüllte: »Da ist dein großer Held!«

»O ja, ich weiß.«

»Das ist Priwe, meine Frau.«

Priwe kam näher, streckte eine schmale Hand mit langen Fingern und manikürten Nägeln aus und murmelte: »Es ist uns eine Ehre und ein Vergnügen.«

Es war kaum zu glauben, daß beide Eheleute Flüchtlinge aus Hitlers Europa waren. In der großen Achtzimmerwohnung herrschte eine Atmosphäre von Dauerhaftigkeit. Wie sich herausstellte, war die Wohnung mit der gesamten Einrichtung den Aberdams von einer reichen Dame, einer entfernten Verwandten Priwes, zur Verfügung gestellt worden. Nach deren Tod hatte ihre Tochter alles für einen lächerlichen Preis an die Aberdams verkauft – die Tische und Stühle, die Teppiche, die Lampen, ja sogar die Gemälde an den Wänden und die Bücher in den Regalen.

Priwe stammte aus einer Familie von Rabbinern und wohlhabenden Kaufleuten. Ihr erster Mann, ein Arzt, hatte medizinische Artikel in der Warschauer hebräischen Zeitung *Ha-zefirah* und später im *Hajojm* veröffentlicht. Während des Kriegs hatte Priwe ihren Mann, ihren Sohn, der ebenfalls Arzt war, und ihre Tochter, die in Warschau Medizin studiert hatte, verloren. Sie war eine jener reichen Frauen gewesen, die während der heißen Sommermonate in verschiedene Kurorte reisten. Sie sprach Jiddisch, Russisch, Polnisch, Deutsch und Französisch. Als Mädchen hatte sie bei der berühmten Teresa Rosenbaum deutsche Literatur studiert. Sie konnte auch etwas Hebräisch. Priwe hatte ein wenig vom wohlhabenden jüdischen Warschau nach New York mitgebracht. Sie erzählte mir, daß sie als Kind Isaac Perez, Hirsch Nomberg und Hillel Zeitlin gekannt habe. Obwohl sie vor den Nazis quer durch Europa fliehen mußte, war es ihr, so unglaublich es klingen mag, gelungen, ihr Album mit alten Fotografien zu behalten. Jedes Wort, das sie sagte, weckte in mir Erinnerungen. Meiner Schätzung nach mußte sie älter sein als Max – vielleicht schon über siebzig. »Ich habe in diesem schrecklichen Krieg alles verloren«, sagte sie. »Aber solange das Gehirn funktioniert, bleibt einem die Erinnerung. Was ist Erinnerung? Ein Rätsel wie alles andere. Ich hatte einmal gehofft, im Alter Frieden zu finden, aber ich bin von so viel Rätselhaftem umgeben, daß von Frieden keine Rede sein kann. Beklommen schlafe ich ein, beklommen wache ich auf. Meine Träume sind das allergrößte Rätsel.«

»Ich fürchte, das werden Träume immer bleiben«, sagte ich.

»Ich lese, was Sie schreiben, jedes Wort, unter allen Ihren Pseudonymen. Sie selbst sind auch ein bißchen rätselhaft.«

»Nicht rätselhafter als die anderen.«

»Viel rätselhafter.«

»Was hab' ich dir gesagt?« rief Max Aberdam. »Du, Aaron, bist ein Teil unseres Lebens. Es vergeht kein Tag, an dem wir nicht von dir sprechen.« Dann fragte er Priwe: »Wo ist Zlowa?«

»Sie ist in den Supermarkt gegangen.«

»Wir können von Glück sagen, sie als Dienstmädchen zu haben«, erklärte Max. »Hier ein Dienstmädchen zu finden, und schon gar ein jüdisches, ist ein Wunder. Aber in unserem Leben sind schon so viele Wunder geschehen, daß uns nichts mehr überrascht. In Warschau war Zlowa eine Geschäftsfrau, kein Dienstmädchen. Sie hatte einen Laden für Damenartikel – Unterwäsche, Handtaschen, Spitzen und dergleichen. Hier bei uns macht sie, was sie will, sie ist faktisch die Dame des Hauses. Sie ist unsere Tochter, Schwester, Krankenpflegerin. Sie liest die medizinischen Artikel in deiner Zeitung, und jedes Wort, das der Arzt schreibt, ist ihr heilig.«

»Zlowa und Sie, Herr Aaron Greidinger, halten mich am Leben«, unterbrach ihn Priwe. »Sie ist eine primitive Person, aber mit viel Instinkt. Männer sind hinter ihr her, und sie könnte heiraten, wenn sie wollte, aber sie will lieber bei uns bleiben. Der Laden, den Max erwähnt hat, gehörte nicht ihr, sondern einem wohlhabenden alten Ehepaar, das während des Kriegs umgekommen ist. Zlowa ist eine von denen, die dazu geboren sind, anderen zu dienen. Das ist ihr Los.«

»Ihr Los ist unser Glück«, sagte Max. »Was würden wir ohne sie tun? Und obendrein steht sie auf vertrautem Fuß mit den Toten. Sie kommen alle aus dem Jenseits zu ihr, wenn sie mit ihnen Tischchenrücken und Verstekken spielt.«

»Du lachst darüber? Sie ist das geborene Medium.«

»Jaja, die Toten leben, essen, haben Geschlechtsverkehr, machen Geschäfte«, witzelte Max. »Man braucht nichts anderes zu tun, als die Hände auf einen Tisch zu legen, und schon eilen die Toten von überall in der Welt herbei.«

»Sei nicht so zynisch, Max. Unser Aaron Greidinger glaubt auch an diese Dinge. In Ihrer Zeitung haben Sie unzählige Briefe darüber veröffentlicht. Ich mache uns jetzt Tee. Sie müssen uns versprechen, zum Abendessen zu bleiben.«

»Ich kann wirklich nicht.«

»Warum nicht? Wir kochen die alten Warschauer Gerichte für Sie.«

»Leider habe ich schon eine Verabredung.«

»Nun ja, ich möchte nicht aufdringlich sein. Aber Sie müssen bald wiederkommen. Zlowa liest alle Ihre Artikel. Wenn sie will, kann sie ein fürstliches Mahl kochen. Und im Talmud steht, die echten Fürsten sind jene, die gelehrt sind – Schriftsteller und Männer von Geist.«

»Ich merke, daß Sie mit unserer überlieferten Lehre vertraut sind«, schmeichelte ich ihr.

»Ach, ich wollte schon von Kindheit an studieren. Aber mein Vater war der Meinung, daß die heiligen Bücher keine Lektüre für Mädchen seien. Mickiewicz, ja. Slowacki, ja. Lessing, natürlich. Aber sich als Mädchen mit der Gemara befassen, das sei eine Gesetzesübertretung. Dennoch – ich habe von allein entdeckt, daß in der Haggada viel Weisheit zu finden ist, mehr sogar als in Lessings *Nathan der Weise*.«

Ich hörte, wie jemand die Tür zum Flur öffnete. Es war Zlowa. Ich konnte das Rascheln der Papiertüten hören, die sie vom Supermarkt mitgebracht hatte. Priwe ging zu ihr hinaus. Max sah auf seine Armbanduhr. »So ist das halt. Ich wollte eine Ehefrau und habe eine Institution bekommen.«

»Sie ist eine vortreffliche Frau.«

»Allzu vortrefflich. Und nicht gesund. Von einer Ehefrau kann man sich scheiden lassen, aber eine Institution hat man für immer am Hals. Sie schwört, sie habe in Rußland bei zwanzig Grad unter Null in einem verschneiten Wald gestanden und Holz gesägt. Hier ist sie eine *grande dame* geworden. Sie konsultiert ständig die Ärzte, spendet für alle möglichen angeblich guten Zwecke, feiert endlose Jubiläen mit Verwandten und

Freunden. Sie leidet an Angina pectoris und muß oft schnellstens ins Krankenhaus geschafft werden. In San Francisco, wo ich sie kennengelernt habe, war ich so deprimiert, daß ich bloß noch meine Ruhe haben wollte. Ich wäre bereit gewesen, in ein Altenheim zu gehen und dort bis zu meinem letzten Atemzug herumzuliegen. Aber ganz plötzlich regten sich tolle Kräfte in mir. Und dann bin ich in eine Falle getappt, aus der es kein Entrinnen gibt.«

Die Tür ging auf, und Priwe führte Zlowa am Arm herein, als müßte sie eine schüchterne Braut ihrem Zukünftigen zuführen. Ich hatte mir Zlowa als eine ältere Frau vorgestellt, aber sie wirkte jung. Sie hatte einen dunklen Teint, kurzgeschnittene schwarze Haare, hohe Backenknochen, eine kurze Nase, ein spitzes Kinn und Schlitzaugen wie eine Tatarin. Sie trug ein schwarzes Kleid und eine Kette aus roten Holzperlen.

»Das ist unsere Zlowa«, sagte Priwe. »Wir kennen sie seit unseren Warschauer Jahren. Ohne sie wäre ich schon längst bei den Toten. Zlowa, mein Schatz, das ist Aaron Greidinger, der Schriftsteller.«

In Zlowas Schlitzaugen leuchtete ein Lächeln auf. »Ich kenne Sie. Ich höre Sie jeden Sonntag im Radio. Ich lese alles, was Sie schreiben. Frau Aberdam hat mir ein Buch von Ihnen gegeben.«

»Freut mich sehr, Sie kennenzulernen.«

»Sie haben kürzlich geschrieben, daß Sie gern wieder einmal Warschauer Einbrennsuppe essen würden. Ich kann Ihnen eine bessere kochen, als Sie in Warschau bekommen haben.«

»Oh, vielen Dank. Leider bin ich heute schon verabredet. Aber ich hoffe, daß sich eine andere Gelegenheit ergeben wird.«

»Bei uns zu Hause gab es zweimal in der Woche Einbrennsuppe, montags und donnerstags.«

»Zlowa ist die beste Köchin, die es gibt«, versicherte Priwe. »Egal, was sie kocht, es schmeckt immer himmlisch.«

»Es ist ganz einfach«, sagte Zlowa. »Man braucht bloß geröstetes Mehl und gebratene Zwiebeln, und ich gebe noch eine gelbe Rübe, Petersilie und Dill dazu. Einbrennsuppe schmeckt gut mit Fleischklopsen.«

»Hör auf, Zlowa!« brüllte Max. »Beim Zuhören läuft mir das Wasser im Mund zusammen. Der Doktor sagt, ich muß zwanzig Pfund abnehmen. Wie soll ich ans Abnehmen denken, wenn du all diese Leckerbissen auftischst?«

»Was haben denn die Leute in China gegessen?« fragte Zlowa.

»Ach, wer weiß was. Geröstete Kakerlaken mit Eselsmilch. Kürzlich habe ich mich mit einem Galizier unterhalten, und als die Rede aufs Essen kam, hat er gesagt, in seinem Schtetl hätten sie *kilische* und *pompeches* gegessen.«

»Was ist das denn für ein Fraß?«

»Keine blasse Ahnung. Aaron, weißt du vielleicht, was für ein Gericht das ist?«

»Ich weiß es wirklich nicht.«

»Eine ganze Welt ist für immer verschwunden. Eine reiche Kultur«, sagte Max. »Wer wird in der nächsten Generation noch wissen, wie die Juden in Osteuropa gelebt, wie sie gesprochen, was sie gegessen haben? Komm, wir müssen gehen!«

»Wann bist du zurück?« fragte Priwe.

»Das weiß ich nicht. Ich habe hunderterlei Dinge zu erledigen. Die Leute warten auf meine Schecks – ich meine auf ihre Schecks.«

»Komm nicht mitten in der Nacht nach Hause. Dann wache ich auf und kann die ganze Nacht kein Auge mehr zutun. Du schläfst immer gleich ein, ich dagegen liege wach und grüble bis zum Morgengrauen.«

»Vielleicht brütest du dann eine neue Erfindung aus. Du könntest ein zweiter Edison werden.«

»Mach keine Witze, Max. Meine nächtlichen Gedanken sind Gift.«

## 2

Als wir mit dem Lift hinuntergefahren waren und die West End Avenue entlanggingen, nahm Max meinen Arm. »Aaron, ich sitze in der Patsche wegen Miriam.«

»Miriam? Wer ist das? Und warum sitzt du in der Patsche?«

»Ach, für mich ist Miriam noch ein Kind – jung, hübsch, intelligent. Aber leider ist sie mit einem amerikanischen Dichterling verheiratet, der auch noch jung ist, und jetzt hofft sie auf die Scheidung. Wäre ich nicht verheiratet, dann wäre sie für mich ein Geschenk des Himmels. Aber ich kann mich nicht von Priwe scheiden lassen. Miriam glaubt, sie sei mutterseelenallein in der Welt. Ihre Eltern sind geschieden. Ihr Vater lebt mit einem faden Weibsbild zusammen, das sich für eine Künstlerin hält. Eine von denen, die ein paar Kleckse und Schmierer pinseln und glauben, der Leonardo da Vinci unserer Zeit zu sein. Miriams Mutter ist mit einem Möchtegernschauspieler nach Israel ausgewandert. Ihr Ehemann, ich meine Miriams Ehemann, hält sich für einen Dichter. Unsere Aufgeklärten haben uns Juden immer als ›Luftmenschen‹ geschurigelt, als Leute ohne Gewerbe oder Beruf. Aber ›Luftmenschen‹, wie sie diese neue Generation in Amerika hervorgebracht hat, sind nirgendwo sonst zu finden. Ich habe versucht, die Gedichte von Miriams Ehemann zu lesen, aber sie haben keinen Zusammenhang und keine Musik.

Diese Schlemihle sind alles gleichzeitig – Futuristen, Dadaisten und obendrein Kommunisten. Sie rühren keinen Finger, um zu arbeiten, aber sie wollen das Proletariat erretten. Sie bemühen sich sehr, originell zu sein, äffen einander aber bloß nach wie Papageien. Miriam ist eine liebe junge Frau, aber eigentlich noch ein Kind. Seinetwegen, dieses Mannes wegen – wie heißt er doch gleich, ach ja, Stanley – und weil ihre Familie zerbrochen ist, ist sie vom College abgegangen. Und jetzt ist dieser Stanley mit einer Lektorin nach Kalifornien oder weiß der Teufel wohin durchgebrannt, und Miriam ist Babysitter geworden. Was für eine Beschäftigung ist es für eine Siebenundzwanzigjährige, auf anderer Leute Kinder aufzupassen? Andere Männer sind hinter ihr her, aber ich liebe sie, und sie liebt mich. Ich weiß nicht, was sie an mir findet. Ich könnte ihr Vater, ja sogar ihr Großvater sein.«

»Jaja.«

»Blök nicht ständig jaja wie ein Esel! Außer dir habe ich das noch keinem anvertraut. Da du ein Ratgeber geworden bist, kannst du mir vielleicht sagen, wie ich diese Affäre deichseln soll.«

»Ich kann nicht einmal meine eigenen Affären deichseln.«

»Ich wußte, daß du das sagen würdest. Miriam ist nicht in Amerika geboren. Sie ist erst nach dem Krieg hierhergekommen – 1947. Sie spricht ausgezeichnet Jiddisch. Sie kann Polnisch und Deutsch und spricht ein akzentfreies Englisch. Was sie alles durchgemacht hat, wird sie dir selber erzählen. Ihr Vater ist ein charakterloser Mensch, fast so etwas wie ein Scharlatan. Er hatte sein Büro in der Pzechodniastraße in Warschau. Er ist Mitglied der Börse gewesen. Sagt er jedenfalls. Er war gewieft genug, vor dem Krieg Geld in einer schweizerischen Bank zu deponieren. Miriams Mutter bildete sich ein, schauspielerisches Talent zu haben. Ein Onkel Miriams kam 1945 beim Warschauer Aufstand ums Leben. Jede jüdische Familie in Polen hat ihre eigene Familiensaga zu erzählen. Wir sind selber wahnsinnig, und wir treiben die Welt in den Wahnsinn. Taxi!«

»Wo nehmen Sie mich denn jetzt mit hin?« fragte ich, als wir im Taxi saßen.

»Zu Irka Schmelkes. Ich habe einen Scheck für sie, den ich schon seit einer Woche mit mir herumtrage. Schecks zerknittern in meiner Tasche, und manchmal weigert sich die Bank, sie anzunehmen. Wir halten uns höchstens zehn Minuten bei Irka auf. Sie wird zwar darauf bestehen, daß wir zum Abendessen bleiben, aber das werde ich strikt ablehnen. Dann fahren wir zu Miriam. Beide Frauen zählen zu deinen begeisterten Leserinnen. Miriam hat sogar im College eine Arbeit über dich geschrieben.«

»Wenn ich gewußt hätte, daß wir die beiden besuchen, hätte ich einen anderen Anzug und ein frisches Hemd angezogen.«

»Dein Hemd ist ganz passabel und dein Anzug auch. Im Vergleich damit, wie du in Warschau angezogen warst, bist du ein Dandy geworden. Nur deine Krawatte muß zurechtgerückt werden. So!«

»Ich habe mich nicht rasiert.«

»Keine Sorge; Miriam ist an Bärte gewöhnt. Ihr nichtsnutziger Ehemann Stanley hat sich unlängst auch einen Bart stehen lassen. Und Irka Schmelkes hast du schon in Warschau gekannt, für sie brauchst du dich nicht herauszustaffieren.«

Das Taxi hielt an der Ecke Broadway/107th Street. Wir gingen in ein Apartmenthaus, das keinen Fahrstuhl hatte. Als wir zwei Treppen hinaufgestiegen waren, blieb Max stehen, um zu verschnaufen. Er klopfte mit dem Finger auf die linke Seite seines Brustkorbs. »Meine Pumpe spielt verrückt. Warte ein paar Minuten!«

Als wir die Treppe weiter hinaufstiegen, jammerte und keuchte er. »Warum mußte sie in den vierten Stock ziehen? Diese Leute gehen sorgfältig mit ihrem Geld um, sind aber auch knauserig. Ständig befürchten sie, daß heute oder morgen eine Hungersnot in Amerika ausbrechen könnte.«

Im vierten Stock klopfte Max an die Tür, die sofort von Irka Schmelkes geöffnet wurde, einer kleinwüchsigen Frau mit rundem Gesicht, kurzer Nase und schwarzen Augen. Ihr Mund war zu breit für ihr kleines Gesicht. Sie mußte Ende Fünfzig sein, denn sie hatte die Konzentrationslager überlebt, aber sie sah jünger aus. Ihre kohlschwarzen Haare waren anscheinend erst kürzlich gefärbt worden. Sie trug ein tief ausgeschnittenes, ärmelloses schwarzes Kleid. Offenbar hatte sie sich für ihren Besuch herausstaffiert. Sie sah mich überrascht an und sagte zu Max: »Oh, du hast einen Gast mitgebracht. Damit hatte ich nicht gerechnet.« Sie lächelte, wobei sie eine Reihe falscher Zähne entblößte. In ihrer linken Wange war die Andeutung eines Grübchens zu sehen.

Wir gingen durch einen langen Flur. Aus der Küche

kam der Geruch von gebratenem Fleisch, Knoblauch, geschmorten Zwiebeln, Kartoffeln. Sie führte uns in ein Zimmer, in dem ein Tapezan stand (so wurde dieses Möbelstück in Warschau genannt), der tagsüber als Sofa und nachts als Bett benützt wurde. Offensichtlich gehörte die Wohnung nicht ihr, das Zimmer, in dem wir standen, diente ihr als Wohn-, Eß- und Schlafzimmer.

Eine junge Frau klopfte an die Tür und sagte: »Frau Schmelkes, Sie werden am Telefon im Flur verlangt.«

»Ich? Einen Moment bitte!« Irka verschwand.

»Immer noch ein ansehnliches Frauenzimmer«, bemerkte Max. »Ihr Mann, dieser Schwachkopf, wollte unbedingt ein Trotzkist sein, deshalb ist er in Spanien liquidiert worden. Sie wollten alle eine bessere Welt schaffen und sind als Märtyrer gestorben. Für wen haben sie sich aufgeopfert? Wer wird sie im Grab belohnen?«

»Vielleicht ist auch der Allmächtige ein Trotzkist.«

»Was? Wir werden nie genau wissen, was sich in Spanien abgespielt hat. Stalin hatte dort eine regelrechte Inquisition eingerichtet. Sie kamen, um gegen den Faschismus zu kämpfen, und wurden von ihren eigenen Genossen hingerichtet. Unsere Juden sind immer zuerst in der Schußlinie. Sie müssen halt die Welt erlösen, nicht mehr und nicht weniger. Jedem Juden wohnt der Dibbuk eines Messias inne.«

Als Irka Schmelkes wieder hereinkam, bemerkte ich, daß ihre Schuhe ungewöhnlich hohe Stöckel hatten. »Tage und Nächte vergehen«, sagte sie, »ohne daß jemand auf den Gedanken kommt, mich anzurufen. Aber ausgerechnet wenn zwei so wichtige Besucher da sind, muß ich ans Telefon. Und wer ruft an? Eine alte Klatschbase, die schwatzen möchte.«

»Wo ist dein Sohn Edek?« fragte Max.

»Wo? In der Bücherei. Der Junge macht mich krank. Ständig schleppt er Bücher von überall her nach Hause. Er geht in die Fourth Avenue, wo man sie für fünf Cents oder drei für zehn Cents bekommen kann, und kommt mit Stößen von alten Büchern zurück. Er will einfach alles wissen. Kürzlich sah ich ihn ein vergilbtes Buch über Eisenbahnen in Ohio und Iowa lesen, in dem eine Unmenge Zahlen und Fahrtstrecken verzeichnet waren. Warum muß mein Edek etwas über die Ohio-Eisenbahnen aus längst vergangenen Jahren wissen? Er ist krank, krank. Gottlob, daß diese Bucklige ausgezogen ist und ich Edek ihr Zimmer geben konnte. Es ist bereits mit Büchern vollgestopft.«

»Ich habe einen Scheck für dich«, sagte Max.

»Den kann ich wirklich gut brauchen. Aber du, mein Lieber, und der Gast, den du mitgebracht hat, ihr seid mir lieber als ein Scheck. Was ist mit Ihnen los, Aaron Greidinger? Seit Sie Zeitungsschreiber geworden sind, wollen Sie nichts mehr von uns kleinen Leuten wissen. Die junge Frau, die mich ans Telefon gerufen hat, ist eine Ihrer Leserinnen. Wenn sie gewußt hätte, daß Sie hier in meinem Zimmer sind, hätte sie die Welt auf den Kopf gestellt. Moment, ich bringe euch einen Imbiß. Diesmal habe ich mehr als sonst zubereitet, als ob mein Herz mir gesagt hätte, daß ihr beide kommt. Ich bin gleich wieder da!« Und abermals verschwand sie.

»Wir müssen etwas verzehren, ob wir wollen oder nicht«, sagte Max. »Für Leute, die Hunger gelitten haben, ist Essen der größte Segen. Die machen mich krank mit ihren Imbissen. Ich schwöre mir immer wieder, daß ich ihnen die Schecks künftig per Post schicken werde. Was ich jetzt brauche, ist eine Zigarre. Wo ist mein Feuerzeug? Nu, ich hab's bei Rappaport's liegenlassen!«

Wir tranken Tee und aßen *babka*. Der junge Edek kam aus der Bücherei zurück. Er war klein und rundlich und hatte bereits einen Wanst. Mir fiel auf, daß sein oberster Hosenknopf nicht mehr zuzuknöpfen war. Sein runder Kopf war von dichten dunklen Haaren bedeckt. Seine großen Augen schielten. Seine Wangen waren so glatt wie die eines Eunuchen. Er setzte sich auf einen Schaukelstuhl und wippte beim Reden.

»Ich habe alle Ihre Artikel und Geschichten gelesen«, sagte er zu mir. »Ihre Fortsetzungsromane lese ich allerdings nicht. Ich bringe nicht die Geduld auf, von einer Woche bis zur nächsten zu warten. Warum veröffentlichen Sie kein Buch? Amerikanische Schriftsteller Ihres Alters sind bereits weltberühmt. Mein Arzt hat einen siebenundzwanzigjährigen Sohn, der sein Buch für achtzigtausend Dollar an eine Filmgesellschaft verkauft hat. Wenn ich achtzigtausend Dollar hätte, würde ich eine Weltreise machen. Ich lese eine Menge Geographiebücher und glaube, daß es noch viele Gegenden gibt, die auf keiner Landkarte verzeichnet sind.

Ich bin Mitglied eines Verbandes, der bestreitet, daß die Erde rund ist. Die Mitgliederzahl beläuft sich nur auf rund vierzig, aber wir haben dieses Thema gründlich diskutiert. Es gibt keinerlei Beweis dafür, daß die Erde rund ist. Das ist bloß eine Theorie. Ich bin der Meinung, daß Atlantis nicht im Meer versunken ist, sondern daß wir nur noch nicht wissen, wo es liegt. Es gibt Dokumente von Reisenden, die auf Gegenden stießen, wo die Erde hohl war und wo sie eine uralte Zivilisation entdeckten. Sie halten das vielleicht für Folklore, aber viele Wahrheiten werden als Folklore abgetan. Die Medizinmänner in Afrika wenden schon seit langem Heilmittel an, die bei uns erst vor kurzem entdeckt wurden. Und wie verhält es sich mit den Regionen, die in der Bibel erwähnt werden, wie zum Beispiel Ophir? Wo liegt Aschkenas? Aschkenas ist nicht Deutschland. Deutschland war damals noch ein Urwald. Hodu ist vielleicht Indien, vielleicht auch nicht, aber Kusch ist bestimmt nicht Äthiopien. Die Enakiter, die im Pentateuch erwähnt werden, sind nicht bloß eine Legende. Riesen hat es in der Vergangenheit gegeben und es gibt sie noch heute, aber sie leben irgendwo im Verborgenen – vielleicht im Himalaja oder in den Urwäldern Brasiliens oder im tiefsten Afrika. Man hat ihre Fußspuren entdeckt – ungewöhnlich breit und lang. Vermutlich werden Sie jetzt fragen, weshalb sich diese Riesen versteckt halten, und ich sage Ihnen, warum. Viele Rassen sind ausgerottet worden, seit es die Menschheit gibt. Die weiße Rasse ist unfähig, Rivalen zu dulden. Der Hitlerismus ist so alt wie die Menschheit. In den letzten paar Jahrhunderten wurden die Indianer nahezu dezimiert. Hätte Hitler den Krieg gewonnen, dann hätte er die Neger ausgerottet. Uns Juden hat er auch als eine Rasse betrachtet, und darum wollte er uns völlig ausrotten. Die Riesen wissen das alles und halten sich deshalb von anderen Rassen fern. Die Späher, die in der Bibel erwähnt werden, berichteten nach ihrer Rückkehr, sie wären sich neben den Riesen wie Heuschrecken vorgekommen. Unsere weißen Rassisten und Chauvinisten möchten sich nicht wie Heuschrecken vorkommen. Warum die Riesen sich nicht vermehren und uns vernichten, das ist allerdings eine andere Frage. Möglich, daß die Natur sich viel Zeit dabei läßt, Riesen hervorzubringen. Vielleicht tragen deren Frauen einen Fötus nicht nur neun Monate, sondern jahrelang aus – vielleicht hundert Jahre lang. In Rußland wurde eben erst eine Region entdeckt, deren Bewohner hundert oder zweihundert Jahre alt werden –

oder noch älter. Sie beurkunden nichts, und ihre Kinder haben keinen Geburtsschein.«

»Edek, trink deinen Tee, sonst wird er kalt«, sagte Irka.

»Er wird nicht kalt. Wir kämpfen gegen Vorurteile und stecken selber bis zum Hals in Vorurteilen. Zwei Professoren zur Zeit Ludwigs XIV. hatten Meteore entdeckt, doch der König erklärte: ›Es ist leichter zu glauben, daß die Professoren lügen, als daß Steine vom Himmel fallen.‹ Warum sage ich das? Wegen des Flusses Sambation. Die *Jüdische Enzyklopädie* erklärt, der Fluß Sambation und die zehn verschollenen Stämme Israels seien legendär. Aber ich bin keineswegs überzeugt, daß das stimmt. Es gibt Leute, die dort waren und gesehen haben, wie der Fluß Steine in die Luft geschleudert hat. Und sie brachten einen Brief des Königs Achitow Ben Azaria mit. In der Bibel – die genaue Stelle weiß ich nicht mehr – heißt es klar und deutlich: ›Die Nachkommen Ephraims sollen sich unter die Völker mischen.‹«

»Wenn sich die Nachkommen Ephraims unter die Völker mischen, wie können sie dann ihr eigenes Königreich haben?« fragte ich.

»Das eine hat nichts mit dem anderen zu tun. Jemand hat behauptet, die Engländer seien die zehn verschollenen Stämme. Und daß sie deshalb die Bibel so sehr lieben. Kürzlich habe ich in der Fourth Avenue für fünf Cents ein Buch gekauft, das beste, das ich je gelesen habe. Es heißt *Spirituelle Ehen.* Den Namen des Autors weiß ich nicht mehr. Das Buch ist mir gestohlen worden.«

»Wer stiehlt denn so alte Bücher?« fragte Max.

»Die Leute stehlen alles. Freud hat seine gesamte Theorie aus zwei Seiten der Gemara *Berachot,* Kapitel *ha-roch,* gestohlen. Spinoza stahl aus dem *Schir ha-ichud,* das in der Nacht von Jom Kippur rezitiert wird. Ich habe eine Theorie, daß Geister existieren, deren Aufgabe es ist, zu stehlen. Nachts lege ich ein Buch auf meinen Tisch, und am Morgen ist es verschwunden. Ich bin schon so weit, daß ich, wenn ich ein wirklich gutes Buch entdeckt habe, es in einem U-Bahn-Schließfach aufbewahre. Aber auch dort wird es gestohlen. Ich habe auch eine Theorie, daß Hitler kein menschliches Wesen, sondern ein böser Geist war. Wohin ist denn sein Körper verschwunden? Niemand weiß es. Nach dem Krieg ist er fortgeflogen zu dem Ort, wo die Dämonen hausen. Ich habe darüber sogar einen Brief an Ihre Zeitung geschrieben, aber er wurde nicht abgedruckt.«

»Jetzt reicht's, mein Sohn!« sagte Irka.

»Mame, eines Tages wirst du die Wahrheit erkennen, aber dann wird es zu spät sein. Wie konnte es geschehen, daß sechs Millionen Juden wie Schafe zur Schlachtbank gingen? Wie konnte es geschehen, daß ebenjene Staaten, die während des Holocaust keinerlei Protest erhoben, später für die Gründung eines Judenstaates stimmten? Das habe ich meinen Lehrer gefragt, aber er wußte keine Antwort darauf. Mame, darf ich Herrn Greidinger von meiner Armbanduhr erzählen?«

»Nein, Edek.«

»Herr Greidinger schreibt über Dämonen, vielleicht kann er diese Geschichte verwenden.«

»Edek, es ist unwichtig.«

»Was für eine Armbanduhr war es denn?« fragte ich.

»Edek hatte von einem Freund eine Uhr bekommen«, sagte Irka. »An dem Tag, an dem dieser Freund starb – er hatte die Schwindsucht –, fiel die Uhr von Edeks Handgelenk und zerbrach. Ich habe in meinem Leben mehr als eine Uhr eingebüßt und gebe nicht den Geistern die Schuld daran.«

»Mame, die Uhr war mit einem Metallarmband an meinem Handgelenk befestigt. Sie riß sich los und fiel hinunter, obwohl das Armband noch intakt war. Du hast vergessen zu sagen, daß es genau in dem Moment passiert ist, als Ilisch seinen letzten Atemzug tat. Das ist eine Tatsache.«

»Es ist auch eine Tatsache, daß ich jetzt in die Küche gehen und etwas für meine lieben Gäste zubereiten muß.«

»Frau Schmelkes, bitte, ich muß jetzt gehen«, sagte ich.

»Ich auch«, sagte Max.

»Was? Ihr wollt beide davonlaufen? Nu, ich darf dem Gast, der mir die Ehre gegeben hat, keine Vorwürfe machen. Ich kenne ihn sowohl aus dem Warschauer Schriftstellerclub wie auch aus seinen hiesigen Publikationen – auch wenn er mich nicht kennt.«

»Doch, ich kenne Sie. Wir sind einander einmal in Warschau vorgestellt worden.«

»Ich hatte keine Ahnung, daß Sie ein so gutes Gedächtnis haben. Ja, wir wurden einander vorgestellt. Sie waren damals noch ein junger Bursche, ein Anfänger. Hier in Amerika habe ich Ihnen einmal einen Brief geschrieben, wenn ich auch nicht mit einer Antwort gerechnet habe. Unsere jiddischen Literaten beantworten ihre Post nicht. Manche können sich vielleicht das Porto nicht leisten. Max, aber *du* kannst es mir doch nicht antun, schon zu gehen!«

»Mame, ich geh' jetzt wieder in mein Zimmer«, sagte Edek.

»Ja, mein Kind. Ich rufe dich, wenn das Essen fertig ist.«

»Mame, laß sie nicht weggehen«, sagte Edek von der Tür her.

»Was kann ich machen? Mir stehen keine Kosaken zur Verfügung, wie mein Vater – er ruhe in Frieden – immer gesagt hat. Ich kann die beiden bloß anflehen.«

»Geh noch nicht weg, Max. Meine Mame spricht so oft von dir. Sie stellt sich ans Fenster und schaut hinaus, wie man es in Polen in den Schtetln getan hat. Dann sagt sie: ›Wo Max jetzt wohl sein mag? Ob er irgendwo verschollen ist?‹ Wenn man in Jablona eine halbe Stunde am Fenster stand, ist das ganze Schtetl draußen vorbeigegangen. Aber hier in New York jemanden vom Fenster aus zu erkennen, das ist – wie soll ich mich ausdrücken – ein Anachronismus. Die Chancen, daß jemand vorbeigeht, den man kennt oder der sogar in der Nachbarschaft wohnt, stehen eins zu einer Million, wenn nicht sogar eins zu einer Milliarde. Ich bin kein Mathematiker, aber ich interessiere mich für Statistik und für das gesamte Gebiet der Wahrscheinlichkeitsrechnung. Wie hoch standen die Chancen, daß eine Welt entstehen würde? Auf Wiedersehen!«

Edek schloß die Tür. Irka Schmelkes schüttelte den Kopf: »Der Junge ist krank, krank. Was er durchgemacht hat, und was ich mit ihm durchgemacht habe, kann sich niemand vorstellen. Nicht einmal Gott, wenn es ihn gibt.«

»Irka, ich muß gehen!« rief Max.

»Schrei nicht so, ich bin nicht taub. Wann sehe ich dich wieder? Wenn du bis zum nächsten Scheck wartest, kann es schon zu spät sein.«

»Was ist los? Bist du krank – Gott soll schützen!«

»Ich bin alles so leid.«

»Ich komme morgen wieder. Zum Mittagessen.«

»Meinst du das ernst, oder machst du dich über mich lustig?«

»Ich mach' mich nicht über dich lustig. Du weißt doch, daß ich dich liebe.«

»Um wieviel Uhr kommst du?«

»Um zwei.«

»Nu, hoffentlich hältst du mich nicht zum Narren. Herr Greidinger, Ihr Besuch war für mich eine Ehre und eine Überraschung. Wenn meine Untermieterin erfährt, daß Sie hier waren und ich Sie nicht zum Bleiben überredet und mit ihr bekannt gemacht habe, wird sie mir das nie verzeihen.«

»So Gott will, sehen wir uns wieder.«

»In letzter Zeit beruft sich jedermann auf Gott. Allmählich glaube ich, daß das messianische Zeitalter angebrochen ist.« Sie lächelte uns an. Einen Moment lang sah sie wieder jung aus, genau so, wie ich sie aus dem Warschauer Schriftstellerclub in Erinnerung hatte.

## 3

Diesmal winkte Max kein Taxi herbei. Miriam wohnte in der 100th Street am Central Park West. Max ging in eine Apotheke am Broadway, um sie anzurufen, während ich draußen wartete. In diesem Viertel hatten sich Flüchtlinge niedergelassen – aus Polen, aus Deutschland, aus der halben Welt. In der West End Avenue befand sich das Hotel Paris, von den deutschen Flüchtlingen »Das Vierte Reich« genannt. Max hielt sich lange in der Apotheke auf. Ich stand auf dem Gehsteig und beobachtete den endlosen Strom der vorbeifahrenden Lastwagen. Auf dem grasbewachsenen Mittelstreifen des Broadways verstreute eine alte Frau Brotkrumen aus einer braunen Tüte. Von den Dachfirsten flogen Tauben zu ihr hinunter, scharten sich um sie und pickten die Krumen auf. Der Gestank von Benzin und Hundekot vermischte sich mit dem Duft eines neuen Sommers. Vor einem Blumenladen auf der anderen Straßenseite standen Töpfe mit frischem Flieder auf dem Gehsteig. Auf Bänken über den U-Bahn-Rosten saßen Leute, die inmitten des New Yorker Gewühls und Getöses anscheinend nichts zu tun hatten. Ein alter Mann guckte in eine jiddische Zeitung. Eine Frau mit einem schwarzen Hut auf dem weißen Haar blätterte im deutschsprachigen *Aufbau* und versuchte, mit einem Vergrößerungsglas zu lesen. Ein Neger, den Kopf an die Bank gelehnt, schlief. Von Zeit zu Zeit brauste unten eine U-Bahn vorbei. Von irgendwoher sprengte ein Lastwagen Wasser auf das staubige Pflaster.

Ich lebte schon jahrelang in New York, konnte mich aber nicht an eine Stadt gewöhnen, in der ein Mensch ein Leben lang wohnen konnte und dennoch ein Fremder war, genau wie an dem Tag, an dem er an ihrer Küste gelandet war. Ohne zu wissen, warum, begann ich die Aufschriften an den vorbeifahrenden Lastwagen zu lesen. Zement, Öl, Rohre, Glas, Milch, Fleisch, Linoleum, Schaumgummi, Staubsauger, Dachziegel. Und dann kam ein Leichenwagen. Er rollte langsam vorbei, mit verhangenen Fenstern und mit einem Kranz auf der Motorhaube – eine Bestattung, an der niemand teilnahm.

Max kam aus der Apotheke und gab mir durch einen Wink zu verstehen, daß ich warten sollte. Er ging in den Blumenladen und kam mit einem Strauß heraus. Dann gingen wir in Richtung Central Park West. Max seufzte. »Ja, das ist New York. Ein ewiges Tollhaus. Aber was können wir denn tun? Amerika ist unsere letzte Zuflucht.«

Wir gingen schweigend die drei Häuserblocks entlang, die den Broadway vom Central Park trennen, bis wir zu einem großen, sechzehn- oder siebzehnstöckigen Apartmenthaus gelangten. Am Eingang hatte es einen Baldachin, unter dem ein livrierter Portier stand. Offenbar war er mit Max gut bekannt. Er begrüßte uns, hielt uns die Tür auf wie ein Gastgeber und bat uns einzutreten. Max drückte ihm prompt ein Trinkgeld in die Hand. Der Portier bedankte sich, konstatierte, wie schön das Wetter gewesen sei, fügte aber sofort hinzu, für morgen habe das Radio Regen vorausgesagt. Die gleiche Information erhielten wir vom Fahrstuhlführer. Max schnauzte ihn an: »Wen schert's, was morgen sein wird? Es ist immer noch heute. In meinem Alter muß man dankbar sein für jeden Tag, den man noch erleben darf.«

»Ganz recht, Sir. Das Leben ist kurz.«

Wir stiegen im vierzehnten Stock aus dem Lift, und dort sah ich etwas, das für mich ein neues Phänomen war. In dem langen Korridor standen Sessel zwischen den Wohnungstüren; an der Wand hingen ein Spiegel und Gemälde in Goldrahmen; und auch ein Tisch mit einer Blumenvase stand hier. »Amerika, hm?« sagte Max. »In Warschau wäre das alles schon am ersten Tag geklaut worden. Amerikanische Diebe sind nicht hinter solchem Plunder her. Was die wollen, ist Bargeld. Gelobt sei Kolumbus!«

Er läutete an der Tür. Es dauerte eine Minute, bis sie geöffnet wurde. Inzwischen hatte Max mit den Fingern der linken Hand seinen Bart gekämmt und gestriegelt. Und ich hatte rasch den Knoten meiner Krawatte zurechtgerückt. Als die Tür aufging, stand Miriam vor uns. Sie war klein, zu stämmig für ihre Körpergröße. Sie hatte einen hohen Busen und das Gesicht eines Mädchens von höchstens sechzehn Jahren. Sie wirkte jugendlich fröhlich, war kein bißchen geschminkt, und ihre braunen Haare waren ein wenig zerzaust. Aus ihren dunkelblauen Augen strahlte die Freude eines Kindes, das erwachsene Besucher empfängt. Sie warf mir einen Blick zu, der zu fragen schien: »Und wer sind Sie?«, während er mir gleichzeitig versicherte, daß ich, wer ich auch sein mochte, willkommen sei. An Miriams Fingern waren Tintenflecken – genau wie bei den Schulkindern in der alten Heimat –, und ihre Fingernägel waren auffallend kurz geschnitten (vielleicht auch abgeknabbert). Auch ihr Kleid war so geschnitten wie das eines Warschauer Schulmädchens: lose herabfallend, mit gebogtem Rocksaum, ohne den geringsten Anspruch auf Eleganz.

Bei unserem Anblick rief sie auf Warschauer Jiddisch: »Schon wieder Blumen! Oi, ich muß dich noch umbringen!« Erst jetzt fiel mir der Ehering an ihrem Zeigefinger auf.

»Los, bring mich um!« brüllte Max. »In New York werden so viele Leute umgebracht, dann gibt's halt eine Leiche mehr. Bitte nimm mir den Strauß ab. Ich bin nicht dein Dienstbote, der dir die Blumen trägt. Und mach die Tür weiter auf, du Dummerchen.«

»Oi, du hast mich so erschreckt, daß ich ...«

Sie nahm ihm den Strauß ab und machte die Tür sperrangelweit auf. Wir betraten eine Wohnung mit einem kleinen Flur, in dem nur Platz für einen Tisch war, auf dem Notizhefte und Bücher lagen. Durch eine offene Tür konnte man ein Schlafzimmer mit einem großen, noch ungemachten Bett sehen, auf dem Kleider, Schlafanzüge, Kleiderbügel, Zeitungen, Zeitschriften und Strümpfe herumlagen. Auf einem Kopfkissen lagen zwei Äpfel. Das Fenster ging auf den Central Park hinaus, das

Zimmer war sonnendurchflutet. Durch eine andere Tür sah ich eine winzige Kochnische, einen Schreibtisch, ein Sofa. Vor der Kochnische stand ein Topf auf dem Fußboden. In der Wohnung gab es keine Teppiche, die Parkettböden schienen neu zu sein und waren blank gebohnert wie in einer eben erst bezogenen Wohnung. Mir fiel auf, daß Miriam keine Schuhe, sondern bloß Socken anhatte. Sie lief mit dem Blumenstrauß hin und her und suchte eine Vase. Schließlich warf sie die Blumen aufs Bett. Dann stieß sie hervor: »Ich habe nämlich die ganze Nacht nicht geschlafen. Im Haus hat's gebrannt. Die alte Dame, die Vorsitzende des Waisenvereins ist, hatte vergessen, ihren Herd auszuschalten, und plötzlich war überall Rauch, und die Feuerwehr rückte an, und wir alle mußten mitten in der Nacht hinunter in die Halle gehen.« Dann sagte sie zu mir: »Ich heiße Miriam.«

Sie machte eine Art Halbknicks und streckte mir die Hand hin. Sie hatte allerdings vergessen, daß sie etwas in der Hand hielt, einen Bleistift, der hinunterfiel. Gutmütig schalt sie Max: »Du hast mich nicht einmal vorgestellt. Du bist noch schußliger als ich. Aber ich weiß, wer er ist. Ich bin Miriam, das genügt.« Sie sprach teils mit mir, teils mit sich selber. »Sie müssen wissen, daß ich Ihr größter Fan in der ganzen Welt bin. Ich lese jedes Wort, das Sie schreiben. In Warschau bin ich in eine jiddische Schule gegangen. Wir haben sämtliche jiddische Schriftsteller gelesen, jeden einzelnen. Man wollte, daß ich litauisches Jiddisch spreche, aber das konnte ich nicht. Ich konnte es lesen, aber nicht sprechen. Immer wenn ich spätabends heimkomme und merke, daß ich vergessen habe, Ihre jiddische Zeitung zu kaufen, gehe ich zurück zum Broadway und halte Ausschau danach. Kürzlich bin ich fast eine Stunde herumgelaufen, aber sie war an keinem Zeitungsstand zu finden. Dann sah ich plötzlich ein Exemplar in einem Abfallkorb liegen. Ach, ich muß lachen!«

»Was gibt's da zu lachen?« brüllte Max. »Wenn man die Zeitung fertiggelesen hat, wirft man sie weg. New York ist nicht Blendew oder Eiszyszki, wo die Leute ihre Zeitungen für immer behalten!«

»Stimmt. Aber stell dir vor – wie im Dunkeln mit der Kerze war ich auf der Suche nach der Fortsetzung seines Romans, und da lag sie in einem Abfallkorb, als hätte sie auf mich gewartet! Ich habe auf der Straße, unter einer Laterne, sofort zu lesen begonnen. Mir fällt jedesmal auf, daß Sie die Worte nicht auf die Goldwaage legen. Sie schreiben so, wie die Leute reden.«

»Das sollte ein Schriftsteller auch tun«, sagte ich. »Als Schriftsteller sollte man kein Puritaner sein – in keiner Hinsicht.«

»Ja, das stimmt. Kürzlich habe ich gelesen, daß aus den Fehlern einer Generation der akzeptierte Stil und die akzeptierte Grammatik der nächsten Generation werden.«

»Wie findest du das?« fragte mich Max. »Erst gestern geboren, und schon redet sie wie ein perfekter Mensch.«

»Ich bin siebenundzwanzig, aber für ihn ist das gestern«, sagte Miriam. »Manchmal fühle ich mich wie eine Hundertjährige. Wenn ich Ihnen erzählen würde, was ich alles durchgemacht habe, während des Krieges und auch hier in Amerika, dann würden Sie das verstehen. Eine ganze Welt ist vor meinen Augen zusammengebrochen. Aber Sie, mein Lieblingsautor, erwecken sie wieder zum Leben.«

»Hast du das gehört?« rief Max. »Das ist das größte Kompliment, das ein Leser einem Schriftsteller machen kann.«

»Tausend Dank«, sagte ich. »Aber kein Schriftsteller kann wiedererstehen lassen, was die Bösen zerstört haben.«

»Wenn ich mir die Zeitung kaufe und Ihre Geschichten lese, erkenne ich jede Straße wieder, jeden Hof. Manchmal habe ich das Gefühl, daß ich sogar die Leute kenne.«

»Liebe auf den ersten Blick«, murmelte Max vor sich hin.

»Max, ich habe es dir nie verschwiegen«, sagte Miriam. »Ich liebe dich wegen dem, was du bist, und ich liebe ihn wegen dem, was er schreibt. Was hat das eine mit dem anderen zu tun?«

»Es hat etwas damit zu tun. Aber ich bin nicht eifersüchtig. Ich habe ihn auch sehr gern. Er weiß weniger als ein Hundertstel dessen, was ich über Polen und Warschau weiß. Wie sollte er auch? Er ist in irgendeinem ärmlichen Schtetl geboren. Ein echter Provinzler. Er sitzt an seinem Schreibtisch und fabriziert etwas. Aber was er fabriziert ist mehr als meine Fakten. In der Gemara heißt es, nach der Zerstörung des Tempels sei den Propheten die Sehergabe genommen und den Narren verliehen worden. Da Schriftsteller bekanntlich närrisch sind, wurde auch ihnen die Sehergabe verliehen. Wie sonst könnte ein junger Spund wie er denn wissen, wie mein Vater geredet hat oder mein Großvater, oder meine Tante Genendele? Du kannst dich darauf verlassen, daß er auch über uns schreiben und alles mögliche erfinden und Meschuggene aus uns machen wird.«

»Soll er doch! Er braucht nichts zu erfinden – ich erzähle ihm alles.«

»Alles?« kreischte Max.

»Ja, alles.«

»Nu, dann bin ich schon erledigt. Wie sagt man in Amerika? Deine Gans ist gekocht. Soll er doch über mich sagen, was er will. Wenn ich tot bin, könnt ihr beide mich in Stücke reißen und den Hunden zum Fraß vorwerfen. Aber solange ich noch lebe und einen Gast mitbringe, um ihn meinem Liebchen vorzustellen, möchte ich, daß sie ihn anständig empfängt. Zieh dir deine Schuhe an und nimm den Topf vom Fußboden! Warum hast du ihn dort stehenlassen? Für die Mäuse?«

»Ich wollte den Gummibaum gießen.«

»Du wolltest, hm? Komm, ich helfe dir beim Aufräumen. Dies ist eine Wohnung, kein Schweinestall, du Wilde!«

»Und was bist du? Der Graf Potocki? Du hast mir nicht einmal einen Kuß gegeben.«

»Du verdienst keinen Kuß. Komm her!«

Max breitete die Arme aus, und Miriam fiel ihm um den Hals.

Ich traute meinen Augen nicht. In zehn Minuten räumten Max und Miriam die beiden Zimmer auf, und bald war die Wohnung ordentlich und sauber. Miriam kämmte sich die Haare und zog Stöckelschuhe an, die sie größer erscheinen ließen. Als sie Max küßte, mußte sie sich auf die Zehenspitzen stellen, während er den Kopf zu ihr hinunterbeugte. Als sie einander in den Armen lagen, hatte Miriam mir einen koketten Blick zugeworfen. Mir war es so vorgekommen, als hätten ihre Augen einen spöttischen, vielversprechenden Ausdruck. Gott der Gerechte, dachte der Schriftsteller in mir, dieser Tag ist ungewöhnlich lang und ereignisreich gewesen. So sollte Literatur sein – so vollgepackt mit Ereignissen, daß kein Raum für Klischees oder sentimentale Grübeleien bleibt.

Ich hatte viele Loblieder auf Joyce, Kafka und Proust gehört, mich aber entschlossen, nicht den Pfad der sogenannten psychologischen Schule oder des Inneren Monologs einzuschlagen. Die Literatur sollte zum Erzählstil der Bibel oder Homers zurückkehren. Aktion, Spannung, Einfallsreichtum – und nur ein Körnchen Reflexion. Aber war ein solcher Entschluß durchführbar? War meine Wirklichkeit und die Wirklichkeit anderer nicht zu paradox?

Ich hatte das Gefühl, daß Max' Zigarren, der Kaffee, den Miriam uns servierte, und unser Gespräch berauschend auf mich wirkten. Ich fragte Miriam nach ihrer Lebensgeschichte, und sie antwortete bereitwillig, kurz und bündig, kindlich einfach. Geboren in Warschau. Schulbildung? Jüdische Schule, Privatgymnasium, Hawazelet – eine hebräisch-polnische Oberschule. Ihr Vater hatte der Folwistischen Partei angehört. Er war Jiddischist gewesen, kein Zionist. Trotzdem hatte er jedes Jahr einen Schekel für den Jüdischen Nationalfonds gespendet. Ihr Großvater väterlicherseits war Hausbesitzer gewesen: Ihm hatten Häuser in der Lesznostraße, in der Grzybowska und in der Slotastraße gehört. Ihr Großvater mütterlicherseits war Chassid des Rebbe von Gur und Inhaber eines Weinladens gewesen. Wie viele Kinder hatten ihre Eltern gehabt? Nur zwei: sie, Miriam, und ihren älteren Bruder Manes, der beim Warschauer Aufstand umgekommen war. Ihre Freundinnen hatten sie Marylka, manchmal auch Marianna genannt.

Als das Gespräch auf den Warschauer Schriftstellerclub kam, sagte Miriam: »Ich war nur ein einziges Mal dort. Meine Mutter ging hin, um Eintrittskarten für einen Vortrag zu kaufen, und nahm mich mit. Einer meiner Lehrer, der Clubmitglied war, aß gerade im vorderen Zimmer. Als er uns sah, ließ er alles stehen und liegen und führte uns herum wie in einem Museum. Ich war damals neun Jahre alt und las bereits jiddische Bücher. Nicht nur Schulbücher, sondern auch Bücher für Erwachsene. Meine Mutter zankte mich oft aus: ›Wenn du ständig diese Bücher liest, wirst du vorzeitig erwachsen. Außerdem verlernst du vielleicht die polnische Sprache.‹ Ich versprach ihr, solche Bücher nicht mehr zu lesen, aber sobald sie aus dem Zimmer war, las ich weiter. »Wen hab' ich nicht alles gelesen! Scholem Alejchem, Abraham Reisen, Scholem Asch, Hirsch Nomberg, Ihren Bruder und Segalowitsch. Wir hatten die *Literarischen Blätter* abonniert, und als ich etwas älter geworden war, las ich sie ebenfalls. Die Tageszeitung warfen wir weg, wenn wir sie gelesen hatten, aber die Literaturzeitschriften hat mein Vater immer aufbewahrt. Ein von Ihnen übersetzter Roman erschien als Beilage in den *Literarischen Blättern*, und wir bewahrten alle Fortsetzungen auf. Mein Lehrer – er hieß Schislowsky – stellte mich allen Leuten im Schriftstellerclub vor. Ich war so naiv, daß ich sie alle schon für tot gehalten hatte. Aber an jenem Tag lernte ich viele meiner Lieblingsautoren kennen – sie waren am Leben und noch nicht einmal alt. Sie saßen da und aßen Hühnersuppe mit Nudeln. Ich habe Ihre Publikationen erst später, hier in Amerika, kennengelernt. Sobald ich das erste Kapitel gelesen hatte, sagte ich …«

»Lob ihn nicht zu sehr!« unterbrach sie Max. »Sonst mästet er sich an diesen Komplimenten, bis er aufquillt und platzt. Ein Schriftsteller ist wie ein Pferd: man füttert es mit einem Sackvoll Hafer, und es frißt einen Sackvoll. Gibt man ihm zwei Sackvoll, vertilgt es zwei. Auf dem Bauernhof meines Vaters ist es mehr als einmal passiert, daß sich ein Pferd mit nassem Gras vollgestopft hat und kurz darauf verendet ist.«

»Ach, was du nicht alles erzählst!« nörgelte Miriam.

»Es ist wahr! Aaron denkt vielleicht, ich gönne ihm all das Lob nicht, aber ich wünsche ihm tausendmal Erfolg. Im Laufe meines Lebens wollte ich vieles werden, aber niemals Schriftsteller. Kritzelei hat mich nie gereizt.«

»Was wollten Sie denn werden?« fragte ich.

»Hör mal, wenn du mich weiter mit diesem formellen ›Sie‹ anredest, packe ich dich beim Wickel und lasse dich die Treppe hinunterpurzeln. So was von Höflichkeit! Sag klar und deutlich ›du‹, oder zum Teufel mit dir! Wenn dieses kleine Schulmädchen mich duzen darf, dann darfst du's auch. Ich sage dir ganz offen – ihr beide steht mir so nahe, als ob du mein Bruder wärst und sie ... Aber ich sollte keinen Unsinn reden. Ich glaube, du hast mich etwas gefragt, aber ich weiß nicht mehr, was.«

»Ich habe gefragt, was du werden wolltest.«

»Was wollte ich nicht alles werden! Rockefeller, Casanova, Einstein, oder ganz einfach ein Pascha mit einem Harem voller Schönheiten. Aber mit einem Federhalter dazusitzen und etwas aufs Papier zu kritzeln – das ist nicht mein Fall. Lesen, ja. Ein gutes Buch ist mir so wichtig wie eine Zigarre.«

»Ich hatte keine Ahnung, daß du davon geträumt hast, einen Harem zu haben«, sagte Miriam.

»Davon habe ich vor dreißig Jahren geträumt, bevor du, Miriam, aus dem Mutterleib geschlüpft bist. Aber jetzt habe ich dich, jetzt will ich keine andere mehr haben. Das ist die bittere Wahrheit.«

»Wieso ist sie bitter?« fragte Miriam.

»Weil es bedeutet, daß ich dreißig Jahre älter und nicht jünger geworden bin.«

»Armer Max! Wir alle werden jeden Tag jünger, bloß er wird alt. Willst du denn ständig jünger und schließlich wieder ein Säugling werden?«

»Nein, aber ich wollte, ich wäre immer dreißig geblieben.«

»Ach, du eitler Träumer!« sagte Miriam auf Polnisch.

Es wurde schon dunkel. Schatten breiteten sich im Zimmer aus, aber niemand stand auf, um Licht zu machen. Hin und wieder zog Max an seiner Zigarre, dann beleuchtete die rötliche Glut sein Gesicht. Seine Augen leuchteten auf, und plötzlich hörte ich ihn sagen: »Wenn ich mit euch beiden zusammen bin, bin ich wieder jung.«

Ich hatte diese Geschichte schon unzählige Male gehört, doch aus Miriams Mund klang sie irgendwie anders. Die Tatsachen waren mehr oder weniger die gleichen: In Warschau waren Schützengräben ausgehoben und sogar Barrikaden errichtet worden. Trotzdem war der Kriegsausbruch im September 1939 für viele überraschend gekommen. Viele Häuser waren bereits von deutschen Bomben getroffen worden. Viele Menschen mußten schon damals Hunger leiden. Miriam, dreizehn Jahre alt, und ihre Mutter waren allein zurückgelassen worden. Ihr Vater hatte sich mit Tausenden von Männern in Richtung Bialystok abgesetzt. Diese Geschichten waren mir so vertraut, daß ich Miriam gelegentlich korrigierte, wenn ihr bei einem Datum oder einer Hausnummer ein Irrtum unterlief. Ich wußte alles auswendig – die Hungersnot, die Krankheiten, die Verschleppung der Juden in Zwangsarbeitslager, die Brände, die Erschießungen, die Brutalität der Deutschen, die Gleichgültigkeit der Polen. In einem Getto, das in Schutt und Asche lag, hatten Schauspieler versucht, jiddische Theaterstücke aufzuführen. In einem Keller hatte jemand eine Art Kabarett aufgezogen, in dem wohlhabende Frauen sich die Zeit vertrieben, während draußen Menschen getötet wurden. Später, nach der Beschlagnahmung ihrer Wohnung, wurde Miriams Mutter in ein Konzentrationslager abtransportiert, während Miriam aus dem Getto auf die »arische Seite« geschmuggelt wurde. Eine ihrer früheren Lehrerinnen versteckte sie in einem dunklen Alkoven, in dem alte Möbelstücke, Lumpen und gebündelte Zeitungen eingelagert waren.

Der Sohn des Pförtners, ein eingebildeter junger Prahlhans – ein Schmalownik –, hatte von dem Versteck erfahren. Miriam mußte ihm Bestechungsgeld zahlen, aus dem Erlös, den ihre Lehrerin beim Verkauf der Schmuckstücke ihrer Mutter erzielt hatte. Obendrein hatte der Bursche sie gezwungen, sich ihm hinzugeben. Wenn er zu ihr kam, hielt er ihr ein Messer an die Kehle. Die Lehrerin, eine alte Jungfer, erlitt vor Kummer und Gram einen Nervenzusammenbruch.

Ich hörte Miriam sagen: »Warum ich nicht Selbstmord begangen habe, weiß ich nicht. Eigentlich weiß ich es doch: Ich konnte meine Lehrerin nicht mit einer Leiche belasten. Wie lange hätte sie denn meinen Leichnam verstecken können? Sie wäre von den Nazis erschossen worden und alle ihre Nachbarn auch.«

»Jaja, so benimmt sich die menschliche Rasse«, sagte ich. »So hat sie sich zu allen Zeiten verhalten.«

»Meine Lehrerin hat doch auch zur menschlichen Rasse gehört.«

»Ja, das stimmt.«

»Kürzlich habe ich einen Artikel von Ihnen über eine Religion des Protests gelesen. Was haben Sie damit gemeint? Lachen Sie nicht, aber da jemand einen Teil der

Seite abgerissen hatte, konnte ich nicht den ganzen Artikel lesen.«

Ich zögerte ein wenig, und Max mischte sich ein: »Wahrscheinlich hat er vergessen, was er damit gemeint hat. Er benützt ein Dutzend Pseudonyme und muß ständig druckreife Manuskripte abliefern. Er schreibt, was ihm gerade einfällt.«

»Sei doch still, Maxele! Laß ihn antworten.«

»Nein, ich habe es keineswegs vergessen. Ich habe damit gemeint, daß man an Gottes Weisheit glauben und dennoch leugnen kann, daß Er allein die Quelle der Güte ist. Gott und Barmherzigkeit sind nicht unbedingt Synonyme.«

»Warum soll man sich überhaupt um Gott scheren? Warum ihn nicht einfach ignorieren?« fragte Miriam.

»Wir können Gott ebensowenig ignorieren wie Zeit oder Raum oder Kausalität«, sagte ich mehr zu Max als zu Miriam.

»Wie kann uns Protest helfen?« fragte Max.

»Dann werden wir keine Schmeichler und keine Masochisten mehr sein. Wir werden nicht mehr die Rute küssen, die uns züchtigt.«

»Ich weiß nicht, wie es mit dir steht«, sagte Max, »aber ich bin durchaus bereit, ohne Gott auszukommen, ohne Seine Weisheit, Seine Barmherzigkeit und das ganze Drum und Dran, das Ihm zugeschrieben wird.«

»Wovon würdest du dann ethische Grundsätze ableiten?«

»Es gibt keine ethischen Grundsätze.«

»In anderen Worten: Macht ist Recht.«

»Scheint so.«

»Wenn Macht Recht ist, dann hat Hitler recht gehabt«, sagte ich.

»Er ist besiegt worden, also hat er nicht recht gehabt. Hätte er gesiegt, dann hätten ihm alle Nationen der Welt die Hand gereicht. Die ganze Welt.«

»Also wirklich, Max, du irrst dich«, sagte Miriam. »Wir Juden dürfen uns nicht mit dem Gedanken tragen, daß es im Universum keine Moral gibt und daß der Mensch tun darf, was er will.«

»Und woraus besteht die Jüdischkeit?« fragte Max. »Als wir Juden Macht hatten, vor viertausend Jahren, sind wir über die Kanaaniter, die Girgaschim, die Prizim hergefallen und haben sie ausgerottet – sämtliche Männer, Frauen und Kinder. Erst vor wenigen Jahren waren unsere jungen Burschen gezwungen, wieder so einen Krieg zu führen. Was, Aaron Greidinger, ist deine Definition von Gott?«

»Der Plan hinter der Evolution, die Macht, welche die Sonnensysteme, die Milchstraßen, Planeten, Kometen, Nebel und alles andere bewegt.«

»Diese Macht ist blind und hat keinen Plan«, entgegnete Max.

»Woher willst du das wissen?«

»Wenn du mich fragst, gibt es nichts als Chaos. Selbst wenn es einen Plan gäbe, schert mich das so wenig wie der Schnee von gestern.«

»Trotzdem sprichst du ständig von Gott«, sagte Miriam. »Du hast sogar an Jom Kippur gefastet.«

»Nicht aus Frömmigkeit. Das habe ich in Erinnerung an meine Eltern und meine Herkunft getan. Man kann Jude sein, ohne an Gott zu glauben. Was für eine Religion ist denn diese Religion des Protests? Wenn Gott nicht existiert, braucht man nicht gegen ihn zu protestieren. Und wenn er existiert, könnte er uns durchaus mit einem zweiten Hitler heimsuchen. Diejenigen, die sich dazu bewegen lassen, die Rute zu küssen, tun es aus Angst. Gott höchstselbst hat es klar und deutlich gesagt: Du sollst mich lieben von ganzem Herzen, mit ganzer Seele und mit all deiner Kraft. Tust du es nicht, dann wird alles Unheil aus dem Buch der Verwünschungen über dich kommen.«

»Niemand kann gezwungen werden, zu lieben«, sagte Miriam.

»Anscheinend doch«, erwiderte Max. »Nicht sofort, aber allmählich.«

Max schaltete das Licht ein und schlug vor, zum Abendessen in ein ganz in der Nähe gelegenes Restaurant zu gehen, doch Miriam bestand darauf, selbst etwas zuzubereiten. Max ging ins Schlafzimmer, um zu telefonieren. Er sprach sehr laut, und ich hörte ihn von Aktien reden. Miriam öffnete die Tür zur Kochnische und machte sich am Kühlschrank zu schaffen.

»Ich kann kaum glauben, daß Sie hier in meiner Wohnung sind«, sagte sie. »Mit Ihnen und Max zusammenzusein gibt mir das Gefühl, daß ich noch in Warschau bin und daß alles, was später geschah, ein Alptraum gewesen ist. Wenn Gott mir, bevor ich sterbe, einen einzigen Wunsch gewähren sollte, dann bäte ich darum, daß Max und Sie bei mir einziehen, damit wir drei zusammensein könnten.«

Das sagte sie so unumwunden und mit so viel kindlicher Naivität, daß ich erst nach einer Weile antworten konnte. »Sie sind zu jung, um vom Tod zu sprechen«, stieß ich hervor.

»Zu jung? Ich habe dem Tod jahrelang ins Auge gesehen. Ich begann schon lange vor dem Krieg an ihn zu denken. Irgendwie wußte ich, daß mein Bruder eines gewaltsamen Todes sterben würde. Er hat ständig versucht, in die polnische Armee einzutreten. Mein Vater hat oft gesagt, mein Bruder würde uns allen Gift zu trinken geben, falls die Nazis Polen erobern sollten. Für uns gab es keinen Grund, in Warschau zu bleiben. Mein Vater hätte Visa für uns besorgen können, aber er war zu sehr von seinen geschäftlichen Angelegenheiten in Anspruch genommen. Als er dann über die Pragabrücke floh, nahm er eine Mappe voller Banknoten und Aktien mit. Alles ging flöten – aber als er 1945 aus Rußland zurückkam und wir nach Deutschland gingen, begann er wieder Geld zu scheffeln. Er wurde ein Schmuggler. Ich weiß bis heute nicht, was er geschmuggelt hat. Meine Mutter erzählte mir, daß er, als eines Tages die deutsche Polizei zur Haussuchung bei uns erschien (sie stocherte in allen Winkeln herum), siebzigtausend Mark versteckt hatte. Wir sind eine sonderbare Familie. Mein Vater spinnt, meine Mutter ist wirrköpfig. Und mein Bruder Manes war nicht ganz richtig im Kopf. Ich bin die Verrückteste von allen. Zum Glück ist jeder von uns auf irgendeine Weise sonderbar. Ich liebe Max, weil er völlig meschugge ist. Und ich liebe Sie, weil Sie über Meschuggene schreiben. Sind Sie den Personen, die Sie beschreiben, wirklich begegnet, oder haben Sie diese Typen erfunden?«

»Für mich ist die ganze Welt ein Irrenhaus.«

»Für diese Worte muß ich Sie küssen!«

Sie rannte zu mir, und wir küßten uns. Ich befürchtete, daß Max hereinkommen und uns sehen würde, doch dann hörte ich ihn brüllen: »Texaco? Wieviel? Moment, Herschele, ich schreib's mir auf.«

»Wer ist Herschele?« fragte ich Miriam, nicht aus Neugier, sondern um das, was gerade geschehen war, zu bemänteln.

»Er heißt Harry Treibitscher, nicht Herschele. Er ist gebürtiger Amerikaner. Max besteht darauf, ihn Herschele zu nennen ... Er ist ein Spekulant, ein Abenteurer, er setzt auf Pferde. Max hat ihm Vollmacht erteilt – das ist reiner Wahnsinn, weil Max das Geld anderer Leute anlegt, das Geld der Opfer Hitlers. Harry ist ein brillanter Geldverdiener, aber falls es wieder zu einem Börsenkrach kommen sollte, wird es katastrophal für die Hunderte von Flüchtlingen, deren Interessen Max vertritt. Was heißt ›Vollmacht‹ auf Jiddisch?«

»Das weiß ich wirklich nicht. In der heiligen Sprache könnte man ›Ermächtigung‹ sagen, aber das ist nicht das gleiche. Im heutigen Israel gibt es Rechtsanwälte und Gerichtshöfe, und ich bin überzeugt, daß man passende hebräische Bezeichnungen dafür gefunden hat. Ermächtigung hat man es am rabbinischen Gerichtshof meines Vaters, dem *Bet Din*, genannt, wenn mein Vater vor dem Pessachfest eine Verkaufsurkunde ausstellte, auf Grund derer der gesamte in unserer Straße vorhandene Sauerteig dem Pförtner zu übereignen war. Aber Sie verstehen sicher gar nicht, wovon ich spreche.«

»Ich verstehe es sehr wohl, ich lerne doch Hebräisch. Mein Großvater hat immer vor Pessach unseren Sauerteig verkauft. In unserer Familie gab es chassidische Rabbis. Mein Vater betrachtete sich zwar als Ketzer, aber bei uns wurde koscher gekocht. Meine Mutter zündete immer die Schabbeskerzen an, dann setzte sie sich davor und rauchte Zigaretten. Ich glaube, das war ihre Art, Trotz zu demonstrieren, oder vielleicht ihre Version dessen, was Sie Protest nennen. Ich lese alles, was ich über Juden und Jüdischkeit auftreiben kann. Besonders gern habe ich das Jiddische. Es ist die einzige Sprache, in der ich genau ausdrücken kann, was ich sagen will. Ich habe Lermontows *Ein Held unserer Zeit* gelesen und hinreißend gefunden. Als ich Max in Amerika kennenlernte, hielt ich ihn für einen jüdischen Pechorin. Vielleicht sind auch Sie einer – nein, Sie sind eine Mischung aus Pechorin und Oblomow und vielleicht auch Raskolnikow. Sie halten sich immer versteckt. In meiner unvollendeten Dissertation nenne ich Sie ›der Versteckspieler‹. Natürlich habe ich das alles auf Englisch geschrieben. O ja, ich habe meinem Leben ein Ziel gegeben: Sie berühmt zu machen. Lachen Sie nicht, jemand muß es doch tun. Aber ich habe noch eine Ambition, eigentlich noch zwei.«

»Welche denn?«

»Ihnen alles zu erzählen, was ich erlebt habe – ohne etwas auszulassen, nicht einmal die albernsten Dinge.«

»Und die zweite Ambition?«

»Davon spreche ich heute lieber nicht.«

»Wann denn?«

»Irgendwann einmal. Erinnern Sie sich noch an die Geschichte, die Sie einmal über einen Mann geschrieben haben, der mehrere Ehefrauen hatte, einen Polygamisten? Haben Sie den erfunden oder ihn jemandem nachgebildet, den Sie kannten?«

»Es ist eine wahre Geschichte.«

»Max sagt, Sie hätten sie erfunden.«

»Nein, es ist wirklich passiert.«

»Warum sollte eine Frau bei einem solchen Verrückten bleiben wollen?«

»Frauen sind noch verrückter als Männer.«

»Sie haben Polen in den dreißiger Jahren verlassen, ich dagegen bin – wie meine Großmutter zu sagen pflegte – durch alle sieben Höllen gegangen. Wenn ich Ihnen erzählen könnte, was ich durchgemacht habe, bräuchten Sie nichts mehr zu erfinden!«

»Bitte erzählen Sie's mir.«

»Ich könnte ihnen kein Tausendstel davon erzählen. Nicht einmal Max habe ich alles erzählt. Ich liebe ihn mehr als mein Leben, aber er redet gern und mag es nicht, anderen beim Reden zuzuhören. Was sich zwischen ihm und mir abspielt, würde tausend Seiten eines Buches füllen. Er ist verheiratet, und seine Frau ist völlig plemplem – *mad as a hatter*, wie man im Englischen sagt. Warum ist ein Hutmacher verrückt? Auch Sprachen enthalten manche Verrücktheiten. Ich zitiere Ihre eigenen Worte.«

»Was? So etwas habe ich nie gesagt.«

»Sie haben es in einem Artikel über Esperanto geschrieben, und Sie konstatierten, daß in einer internationalen Sprache all die Idiosynkrasien einer auf natürlichem Wege entstandenen Sprache fehlen würden.«

»Sie haben wirklich ein fabelhaftes Gedächtnis.«

»Außerdem haben Sie darin erwähnt, daß Sie früher einmal in der Dzikastraße gewohnt haben, die später nach dem Erfinder des Esperanto in Dr.-Zamenhof-Straße umbenannt wurde. Erinnern Sie sich jetzt daran?«

»Jaja, Sie haben ein bemerkenswertes Gedächtnis.«

»Ich wollte, ich hätte es nicht. Es deprimiert mich, besonders wenn ich allein bin. Max kommt oft zu mir, aber er ist immer schrecklich beschäftigt. Er hat seine Ehefrau Priwe, die ihn mit Beschlag belegt, und obendrein eine Herde anderer Frauen. Als ich Ihre Geschichte über den Polygamisten las, glaubte ich, Sie hätten Max beschrieben. Er versichert jeder dieser Frauen, sie sei seine einzige wahre Liebe. Er spekuliert mit ihrem Geld und läuft Gefahr, alles zu verlieren. Er hat Mitleid mit ihnen, aber er wird ihr Todesengel sein. Im Englischen gibt es sogar ein Wort dafür: *mercy killing*.«

Max kam wieder herein. »Die Aktien steigen. Wir scheffeln Gold im Lande des Kolumbus. Was habt ihr zwei denn gemacht? Sie hat dir vermutlich allerlei Schlechtes über mich erzählt. Glaub kein Wort davon! Sie schlägt dir nach – eine geborene Geschichtenerzählerin. Ich habe gerade erfahren, daß ich nach Polen reisen muß. Mein Vater hat mir ein Haus in Lodz hinterlassen, und die Polen erlauben mir endlich, es zu verkaufen – natürlich nur für ein Zehntel dessen, was es wirklich wert ist.«

»Hast du mit Harry gesprochen?« fragte Miriam.

»Ja. Alle Papiere sind fertig. Er hat den ganzen Tag versucht, mich zu erreichen, aber ich war ja mit unserem jungen Schriftsteller beschäftigt.«

»Wann reist du ab?«

»Bald. Wenn das Ganze eine Falle ist und die Kommunisten vorhaben, mich zu liquidieren, weißt du ja, was zu tun ist.«

»Du mußt beschwipst sein.«

»Ich bin beschwipst geboren. Piff-paff! Eine Welt voller Wunder! Was ist denn aus meinem Abendessen geworden?«

## 4

Es war schon nach Mitternacht, als ich mich von Max und Miriam verabschiedete. Miriam küßte mich auf beide Wangen und auch auf den Mund. Ich gab ihr meine Adresse und die Nummer der Pension, in der ich logierte. In Max' Gegenwart versprach sie, mich am nächsten

Tag anzurufen. Sie gebrauchte eine in der Warschauer Unterwelt oft benutzte Redewendung: »Ich hab' dich auf meiner Liste.« Als Max erklärte, er wolle noch eine Weile bleiben, war mir klar, daß er vorhatte, die Nacht mit Miriam zu verbringen. Ich fuhr mit dem Lift hinunter ins Vestibül und ging hinaus. Central Park West war menschenleer, die Verkehrsampeln blinkten in der Dunkelheit. Ich hatte Miriam versprochen, ein Taxi zu nehmen, aber mein Körper war vom stundenlangen Sitzen so steif geworden, daß ich mich nach einem Spaziergang sehnte.

Ich schlenderte den Park entlang, und obwohl die Straßenlaternen brannten, bewegte ich mich in einer Finsternis, die auch durch noch so viel Licht nicht vertrieben werden konnte. Ich hatte ein Talent dafür entwickelt, nicht nur in das, was ich schrieb, sondern auch in mein Leben Spannung zu bringen – ausweglose Verwicklungen. Ich schien eine Vielzahl verlorener Seelen anzuziehen: Melancholiker, Selbstmordkandidaten, von Wahnideen, Sendungsbewußtsein, prophetischen Träumen Besessene. Oft fanden sich Leute, die im Redaktionsbüro Rat bei mir gesucht hatten, wieder dort ein, um mir weitere Fragen zu stellen und sich darüber zu beschweren, daß meine Ratschläge ihnen nicht geholfen hätten. Ständig schickten mir Leser langatmige oder komplizierte Briefe, die ich nur überflog. Ich erhielt sogar Briefe von Irrenhausinsassen. Einer dieser Briefschreiber behauptete, der Pentateuch enthalte Anspielungen auf die gesamte moderne Medizin. Und ein anderer behauptete, eine Maschine entdeckt zu haben, die unaufhörlich weiterarbeitete – ein Perpetuum mobile. Flüchtlinge schilderten in ihren Briefen, was sie in Konzentrationslagern in Nazideutschland oder in Sowjetrußland und später im Nachkriegspolen und sogar in Amerika erduldet hatten. Es hätte einer ganzen Schar von Sekretärinnen bedurft, um meine Post zu beantworten.

Es dauerte nicht lange, bis ich an der Ecke Seventieth Street und Broadway angelangt war. Genau wie früher in Warschau bewohnte ich nicht nur ein einziges möbliertes Zimmer, sondern deren zwei – das eine in der Seventieth Street, das andere, das ich nur gelegentlich benutzte, in der East Bronx: es war ein Alkoven in der Wohnung meines Landsmanns Mischa Budnik, der jetzt seinen Lebensunterhalt als Taxifahrer verdiente.

Ich wußte, daß ich notfalls immer darauf zählen konnte, bei anderen Freunden zu übernachten, insbesondere bei Stefa Kreitle, einer meiner Warschauer Freundinnen. Sie und ihr Ehemann Leon hatten die Kriegsjahre in London verbracht und lebten jetzt in New York. Leon, der schon fast achtzig war, hatte seine beiden Töchter im Holocaust verloren und einen Herzanfall erlitten. Trotzdem ging er in New York noch seinen Geschäften nach und spekulierte auch mit Aktien und Schuldverschreibungen. Stefas Tochter aus erster Ehe, Franka, war verheiratet und lebte mit ihrem Mann, einem nichtjüdischen Ingenieur, und ihrer kleinen Tochter in Texas.

Gott der Gerechte – Ende Vierzig war ich noch genauso wie mit zwanzig Jahren: faul, konfus, zutiefst melancholisch. Kein Erfolg, den ich verbuchen konnte (auch wenn es nur geringe Erfolge waren), schien meine Depressionen vertreiben zu können, Ich lebte von einem Tag zum anderen, von einer Stunde, einer Minute zur anderen.

Ich blieb lange an der Ecke Seventy-second Street/ Broadway stehen und dachte darüber nach, was von der Nacht übriggeblieben war. Ich sehnte mich danach, mich vor irgendeinem Bekannten mit meiner neuen Eroberung (so schien es mir jedenfalls) zu brüsten und vielleicht seinen Neid zu erregen. Wenn ich Miriam doch versichern könnte, daß ich ihr, was immer die Zukunft bringen mochte, treu bleiben würde – auf meine Weise. Aber für so eine Narretei war es schon zu spät in der Nacht. Ich ging weiter, zu meinem Logis in der Seventieth Street.

Ich stieg die drei Treppen zu meinem Zimmer hinauf. In dem engen Kabuff standen ein Tischchen und zwei Stühle. Als ich das Fenster öffnete, konnte ich ein Stückchen vom Hudson River und eine Neonleuchtschrift drüben in New Jersey sehen, die einen rötlichen Schimmer aufs Wasser warf. Ich empfand Ehrfurcht bei dem Gedanken, daß der Fluß schon vor Jahrmillionen genauso dahingeströmt war und sich seinen Weg durch die Palisades gebahnt hatte, die selber so alt waren wie unsere Erde. Wenn ich sehr genau hinsah, konnte ich hoch droben am Himmel über dem Hudson einen einzelnen Stern entdecken.

In meinem Zimmer las ich die Zeitungen und schlug wie immer die Seite mit den Todesanzeigen und den Fotos von Männern und Frauen auf, die gestern noch gelebt, gekämpft, gehofft hatten. »Ach, was für eine schreckliche Welt!« murmelte ich vor mich hin. »Wie gleichgültig der Gott gewesen ist, der dies alles erschaffen hat. Und es gibt kein Allheilmittel.« Ich dachte daran, daß genau in dem Moment, in dem ich in den Zeitungen blätterte, Tausende von Menschen in Krankenhäusern und Gefängnissen schmachteten; daß in Schlachthöfen Tieren der Kopf abgehackt, Tierleichen die Haut abgezogen und der Bauch aufgeschlitzt wurde; daß im Namen der Wissenschaft unzählige unschuldige

Geschöpfe grausamen Experimenten ausgesetzt und mit schlimmen Krankheiten infiziert wurden.

Ohne mich auszuziehen, ließ ich mich auf mein ungemachtes Bett fallen. Wie lange noch, Gott, willst du dir dein Inferno ansehen und dazu schweigen? Wozu brauchst du dieses Meer aus Blut und Fleisch, dessen Gestank sich über dein Universum ausbreitet? Oder ist das Universum bloß eine Ansammlung von Misthaufen? Werden Trillionen und Billiarden Geschöpfe auch auf anderen Planeten gepeinigt? Hast du dieses grenzenlose Schlachthaus nur erschaffen, um uns deine Macht und Weisheit zu zeigen? Sollen wir dich *darum* von ganzem Herzen und mit ganzer Seele lieben?

Jede Nacht tobte die Wut von neuem in mir. Ich mußte einen Weg finden, den Schmerz meiner Rebellion zu dämpfen. Wie gut ich die Süchtigen verstehen konnte, die sich mit Alkohol oder Drogen in den Schlaf lullen! Aber zum Glück lag es nicht in meiner Natur, mich solcher Fluchtmittel zu bedienen. Ich schlief ein, und in meinen Träumen gellten immer wieder Schreie. Ich war nicht in New York, sondern in Polen, wo ich von Nazis verfolgt wurde. Ich stolperte über Gräber, die Juden für sich geschaufelt hatten. Die aufgeschüttete Erde bewegte sich und erstickte die Schreie, die von unten kamen. Ich erschauerte und wachte auf. Die rostigen Sprungfedern meiner Matratze quietschten, und mein Hemd war schweißgetränkt.

Einen Augenblick lang wußte ich nicht mehr, was tags zuvor geschehen war, doch allmählich kehrte die Erinnerung zurück. Max Aberdam war von den Toten auferstanden und hatte mich in Rappaports Restaurant geschleppt, dann zu Priwe, zu Irka Schmelkes und ihrem Sohn und schließlich zu diesem jungen Mädchen – wie hieß sie doch gleich? Ich sah sie vor mir stehen, aber ihr Name fiel mir nicht ein. Ach ja, Miriam.

Als ich aufstand, war es schon spät. Draußen schien die Sonne, und das kleine Stück vom Hudson River, das ich vom Fenster aus sehen konnte, schimmerte wie ein feuriger Spiegel. Die Luft roch nach Bäumen, Gras, Blumen. Der Waschraum im Flur war nicht besetzt. Ich duschte, rasierte mich, zog ein frisches Hemd an und machte mich auf den Weg in die Cafeteria, in der ich gewöhnlich frühstückte. Als ich gerade im Erdgeschoß angelangt war, hörte ich das Haustelefon läuten. Ich nahm den Hörer ab, und eine jugendliche Stimme fragte auf Englisch: »Kann ich Mr. Greidinger sprechen?«

»Am Apparat.«

Nach kurzem Schweigen sagte die Stimme: »Hoffentlich habe ich Sie nicht aufgeweckt. Hier ist Miriam – erinnern Sie sich?«

»Sie haben mich nicht aufgeweckt. Ja, Miriam? Freut mich, von Ihnen zu hören.«

Gewöhnlich sprach ich am Telefon mit gedämpfter Stimme, diesmal jedoch schrie ich geradezu. Dann sagte sie: »Ich glaube, Max hat Ihnen erzählt, daß ich Babysitter bin. Übrigens, was heißt Babysitter auf Jiddisch? Die Mutter des Kindes, auf das ich aufpasse, wohnt in der Park Avenue. Sie ist keine von unseren Flüchtlingsfrauen, sondern Amerikanerin. Gestern abend habe ich Ihnen von der Dissertation erzählt, die ich über Sie schreibe. Mir ist der Gedanke gekommen, daß Sie sich vielleicht mit mir treffen sollten, da ich Ihnen eine Menge Fragen stellen möchte. Ich weiß, daß es eine Zumutung ist, und wenn Sie heute keine Zeit oder keine Geduld dafür haben, nehme ich es Ihnen nicht übel.«

»Ich habe beides – Zeit und Geduld.«

»Haben Sie schon gefrühstückt?«

»Nein. Ich wollte gerade in die Cafeteria gehen.«

»Darf ich mich dort mit Ihnen treffen? Ich weiß nicht, ob Max Ihnen erzählt hat, daß ich ein Auto habe.«

»Ein Auto?«

»Ja. Ich bin eine richtige Amerikanerin geworden. Es ist ein alter Wagen, aber er fährt. Welche Cafeteria ist es denn? Und wo?«

»Die Broadway-Cafeteria.« Ich nannte ihr die Adresse.

»Ich bin in fünf Minuten dort. Mein Auto steht immer auf der Straße, nicht in einer Garage. Ich werde schon vor Ihnen in der Cafeteria sein.«

»Wo ist Max?«

»Er wird den ganzen Tag beschäftigt sein. Er ißt mit Irka Schmelkes zu Mittag. Wir haben letzte Nacht noch lange von Ihnen gesprochen. Daß *ich* Sie liebe, ist ja nicht erstaunlich, aber Max hat letzte Nacht gesagt, für ihn seien Sie wie ein Sohn. Ich habe ihm gesagt, daß ich Sie am Vormittag anrufen würde. Ach, ich habe Ihnen so viel zu erzählen, ich weiß gar nicht, wo ich anfangen soll. Auf Wiedersehen!«

Miriam legte auf. Ich blieb eine Weile am Telefon stehen, als ob ich darauf wartete, daß es noch einmal läuten würde. Dann rannte ich die drei Treppen zu meinem Zimmer hinauf. Ich zog einen anderen Anzug an, einen leichten Sommeranzug, den ich mir vor kurzem gekauft hatte. Im Laufe meines Lebens habe ich mehrere echte Liebesbeziehungen gehabt, außerdem einige Affären, die man als halbe Liebesbeziehungen bezeichnen könnte. An diesem Morgen aber überkam mich ein Glücksgefühl, wie ich es seit Jahren nicht mehr erlebt hatte. »Könnte es wirklich Liebe sein?« fragte ich mich.

»Oder ist es bloß der Durst nach einem neuen Abenteuer?«

Die Broadway-Cafeteria war fast neun Häuserblocks entfernt, näher an der Eightieth als an der Seventieth Street. Ich hatte das Lokal liebgewonnen, weil dort keine Metalltische, sondern Holztische standen und weil die Stühle bequem waren, heimischer als anderswo. Die Cafeteria hatte etwas Europäisches an sich, und oft wurde dort Jiddisch gesprochen, manchmal auch Polnisch. Ich wollte die Cafeteria nicht atemlos und schwitzend betreten. Der Moralist und Pragmatiker in mir warnte mich davor, daß ich in die Klemme geraten und mich vielleicht nie mehr daraus befreien könnte. Ich hörte meine Mutter sagen: »Diese Miriam ist nicht besser als eine Hure, und dieser Max Aberdam ist ein unzurechnungsfähiger Wüstling, ein gewissenloser Schürzenjäger.« Und ich hörte meinen Vater sagen (wie oft hatte ich das schon gehört?): »Du sollst es voll und ganz verabscheuen und es voll und ganz von dir weisen.«

Früher hätte ich meinem Vater in Gedanken geantwortet und mit ihm argumentiert – aber jetzt nicht mehr. Ich kam genau in dem Moment vor der Cafeteria an, als ein Auto davor hielt und Miriam heraussprang, sehr behende und mit dem Gesicht eines Schulmädchens. Sie hatte sich mit einem weißen Kleid herausstaffiert. Sie lächelte und winkte mir zu. War sie in so kurzer Zeit auf die Idee gekommen, sich einen Bubikopf zu schneiden? Sie kam mir jetzt größer, schlanker und eleganter vor als am vergangenen Abend. Sie trug eine weiße Handtasche und weiße Handschuhe. Schelmisch und weltklug lächelte sie mich an. Dann hakte sie sich bei mir unter, und wir gingen so hastig in die Cafeteria, daß wir einen Moment lang in der Drehtür aneinandergepreßt wurden. Unsere Knie berührten sich. Wir mußten beide über unseren Übereifer lachen. Ich zog zwei Kassenbons aus der Maschine neben der Tür, und die Maschine klingelte zweimal. Dann entdeckte ich einen leeren Tisch an einem Fenster, das auf die Straße hinausging, und belegte ihn sofort mit Beschlag.

Miriam versicherte mir, sie sei nicht hungrig und wolle nur einen Kaffee. Auf dem Weg zum Buffet beschloß ich jedoch, Frühstück für uns beide zu holen. Auf der Straße kam ich mir oft linkisch und verloren vor, in der Cafeteria dagegen wußte ich genau Bescheid: wo die Tabletts gestapelt waren, die Löffel, Gabeln, Papierservietten und so weiter. Ich wußte, wo man sich für das Essen und wo man sich für den Kaffee anstellen mußte. Als ich mit Rühreiern, Brötchen, Butter, Cornflakes, Marmelade und Kaffee an unseren Tisch kam, sagte Miriam wieder, sie habe doch schon gegessen, aber dann kostete sie trotzdem von den Rühreiern, aß einen Löffelvoll Cornflakes und biß in ein Brötchen.

Wir saßen wie zwei Flüchtlinge an unserem Tisch, aber das Opfer Hitlers war Miriam, nicht ich. Sie war unzähligen Gefahren ausgesetzt gewesen, bevor sie Zuflucht in diesem gelobten Land gefunden hatte, wo ein jüdisches Mädchen Auto fahren, eine Wohnung mieten, an einer Universität studieren, ja sogar eine Dissertation über einen unbekannten jiddischen Schriftsteller schreiben durfte. Ich genoß das erste Stadium einer Liebesaffäre, den Beginn, wenn das künftige Liebespaar sich gegenseitig noch nichts schuldig ist, wenn nichts anderes ausgetauscht wird als reines Wohlwollen, das noch nicht durch Ansprüche, Beschwerden, Eifersucht verdorben ist.

Schon bald vertraute mir Miriam Zalkind (das war,

wie sie mir sagte, ihr Familienname) ihre Geheimnisse an. Ihre Mutter war in den dreißiger Jahren eine Warschauer Kommunistin gewesen (Salonkommunisten hatte man solche Leute genannt) und hatte Geld für die Unterstützung politischer Gefangener gespendet. Sie hatte eine Affäre mit einem sogenannten kommunistischen Funktionär gehabt. Miriams Vater war Mitglied der Volkspartei gewesen, hatte sich aber, als diese scheiterte, der Poale Zion – sowohl dem rechten wie auch dem linken Flügel – zugewandt und hatte den Zentralverband der jiddischen Schulen unterstützt. Ihr Bruder Manes war Revisionist geworden, hatte zur Jabotinsky-Fraktion gehört und sich für die Beendigung des britischen Mandats in Palästina – notfalls sogar durch Terroraktionen – eingesetzt. Die Moskauer Prozesse, Stalins Antisemitismus und sein Pakt mit Hitler hatten Miriams Mutter, Fanja, von ihrem Glauben an den Kommunismus geheilt. Als sie mit einem Schauspieler nach Palästina durchbrannte, war Morris, Miriams Vater, in die Wohnung einer Künstlerin namens Linda McBride gezogen.

Miriam sagte: »Sie ist so wenig eine McBride wie ich eine Türkin bin. In Wirklichkeit heißt sie Beile Knepl. Eine Galizierin. Ihr erster Mann war ein Goi, dessen Name sie beibehalten hat. Ich habe einmal versucht, ihre Gedichte zu lesen, konnte aber bloß darüber lachen. Sie möchte modern und futuristisch sein. Sie malt auch, und ihre Bilder sind wie ihre Gedichte: Schmiererei. Warum sich mein Vater in eine *jente* wie sie verknallt hat, werde ich nie verstehen.

Wie Sie wissen, bin ich keine Moralistin. Ich habe in Polen und auch hier in Amerika Männer gehabt und mir eingebildet, jeden von ihnen zu lieben oder zumindest von jedem dieser Männer geliebt zu werden. Alles, was sich in unserer Familie abgespielt hat, ist eine Art Selbstmord. Statt in Rußland oder in den Konzentrationslagern Selbstmord zu begehen, haben viele unserer Flüchtlinge sich erst hier in Amerika umgebracht, nachdem sie reich und fett geworden und in Sicherheit waren. Es vergeht kein Tag, an dem ich nicht vom Tod eines Freundes erfahre. Glauben Sie, daß dies alles nur Zufall ist?«

»Ich weiß nicht, was ich glauben soll. Es gibt so etwas wie einen Todeswunsch.«

»Den habe ich auch. Ich studiere, lese, begeistere mich für Sie und andere, träume davon, glücklich zu werden, Reisen zu machen, ein Kind zu haben – und plötzlich habe ich dieses ganze verfluchte Spiel satt und möchte ihm ein Ende machen. In Max ist dieser Wunsch noch stärker als in mir. Er spricht ständig vom Tod. Er möchte für jeden Vorsorge treffen, für all die Flüchtlinge und besonders für mich. Alle paar Wochen ändert er sein Testament. Er ist so optimistisch, zu glauben, daß er ein Vermögen hinterlassen wird, aber ich bin überzeugt, daß er früher oder später alles verlieren wird. Er hat Ihnen vermutlich erzählt, daß ich einen Ehemann habe. Stanley Bardeles. Er ist ein Narr, ein zwanghafter Schreiberling. Er verweigert mir die Scheidung und macht mir alle möglichen Schwierigkeiten ... Max hat sich eingeredet, ich sei ein hilfloses kleines Mädchen, ein Kind – aber ich habe oft das Gefühl, schon alt, sehr alt zu sein.«

»Wie viele Männer haben Sie schon gehabt?« Ich bereute diese Frage sofort.

In Miriams Augen glomm ein Lächeln auf.

»Warum fragen Sie mich das?«

»Ach, ich weiß nicht. Alberne Neugier.«

»Ich habe viele gehabt.«

»Zwanzig?«

»Mindestens.«

»Und warum?«

»Vielleicht wegen dieses Todeswunsches. Meine Lehrerin hatte einen Bruder, der in Warschau mein Liebhaber wurde. Er kam 1944 beim Aufstand um. Wenn man viele Monate lang in einem Loch liegen muß und die Beine kaum ausstrecken kann und in Lebensgefahr ist, dann ist jede Begegnung mit jemandem aus der Welt der Lebenden ein aufregendes Ereignis. Das war ein Teil des Preises, den ich für meinen Wunsch, zu leben, bezahlen mußte. Als ich endlich wieder in Freiheit war und eine Stadt voller Ruinen und Gräber sah, hatte ich das Gefühl, wie durch ein Wunder aus meinem eigenen Grab auferstanden zu sein. Sie haben eine ähnliche Erzählung geschrieben – wie war doch gleich der Titel?«

»›In der Welt des Chaos‹.«

»Ja, ich habe sie gelesen. Alle Flüchtlinge haben Geschichten zu erzählen, und manche von ihnen haben ein Leben gelebt, das schlimmer ist als der Tod. Wir haben uns damals heimlich nach Deutschland abgesetzt. Auf den Straßen hat es von Mördern jeder Art nur so gewimmelt – von Räubern, Faschisten, allen möglichen Fanatikern. Wir haben in Scheunen, Ställen und Kartoffelkellern übernachtet. Manchmal habe ich neben irgendeinem Mann geschlafen, der mich, ohne ein Wort zu sagen, bestiegen hat. Es hatte keinen Sinn, viel Aufhebens zu machen. Wir alle rechneten ja damit, bald zu sterben. Sie finden mich sicher widerlich, nachdem ich Ihnen das alles erzählt habe. Aber da Sie gefragt haben, wollte ich Ihnen antworten.«

»Ich hatte nicht das Recht, Sie danach zu fragen. Und ich finde nicht die Opfer, sondern die Mörder widerlich.«

»Damals kamen israelische Agenten, Mitglieder der Bricha, um uns zu helfen. Auch sie waren Männer und keine Engel. Was hat eine Frau denn unter solchen Umständen zu bieten? Nur ihren Körper. Als wir in Deutschland eintrafen, wurden wir wieder in ein Lager gesteckt, um auf unser Einreisevisum für Amerika oder Palästina zu warten. Mein Vater wurde Schmuggler und erwarb sich ein kleines Vermögen. Aber wir waren immer noch Lagerinsassen. Ich wurde durch und durch zynisch und begann zu bezweifeln, daß es überhaupt noch so etwas wie Liebe oder Loyalität gibt. In Amerika lernte ich zufällig Stanley Bardeles kennen, der mir schöntat. Ich redete mir ein, ich hätte die wahre Liebe gefunden, und merkte zu spät, daß er ein Narr war. Du meine Güte, es ist schon Viertel vor elf! Wollen Sie immer noch mit in die Park Avenue kommen?«

»Ja, wenn Sie es möchten.«

»Wenn ich es möchte? Jede Minute mit Ihnen ist für mich eine reine Freude.«

»Warum sagen Sie das?«

»Weil Sie und Max Brüder sind und ich die Frau von euch beiden sein möchte. Ach, Sie können ja noch erröten! Sie sind noch ein Kind, wirklich wahr!«

Ich saß neben Miriam und sah zu, wie sie den Wagen lenkte, während sie eine Zigarette rauchte. »Wissen Sie«, sagte sie, »in meinem ersten *gilgul* habe ich in Tibet gelebt, wo eine Frau zwei von drei Brüdern heiraten darf. Warum nicht auch hier? Erstens liebe ich euch beide, Sie und Max. Zweitens will Max mir einen Ehemann verschaffen. Ich frage mich oft, warum den Männern alles erlaubt ist und den Frauen nichts. Max und ich, wir haben eine ganz offene Beziehung. Gestern hat er mich gefragt, wen ich mir als Ehemann oder als Liebhaber wünsche, und ich habe sofort gesagt: Aaron Greidinger. Hoffentlich finden Sie es nicht beleidigend, die Nummer zwei zu sein. Max ist älter als Sie. Für mich ist er die Nummer eins und wird es immer bleiben.«

»Miriam, ich wäre entzückt, die Nummer zwei zu sein.«

»Meinen Sie das ernst?«

»Durchaus.«

Sie reichte mir ihre rechte Hand und ich umschloß sie mit meiner linken. Unsere Hände waren feucht und zitterten. Ich tastete nach ihrem Puls, der sehr schnell und kräftig schlug. Sie fuhr jetzt durch die Madison Avenue, und ich fragte, warum, da wir doch in die Park Avenue wollten. »Ich kann Sie nicht mit nach oben nehmen, solange die Mutter des Kindes zu Hause ist. Wie Sie sehen, habe ich alles geplant. Ich habe die Telefonnummer aufgeschrieben. Warten Sie zehn Minuten, dann rufen Sie an. Die Mutter des Kindes geht aus, sobald ich gekommen bin. Sie ist ebenfalls verliebt – auf ihre Weise.«

Miriam stoppte, und ich stieg aus. Sie gab mir den Zettel und sagte: »Sehen Sie auf Ihre Uhr und rufen Sie in zehn Minuten an.« Ehe ich ein Wort sagen konnte, raste sie davon.

»Wo ist der Zettel, den sie mir gegeben hat?« fragte ich mich. Es war immer das gleiche: sobald ich etwas Massel hatte, begannen Kobolde und Dämonen mir Streiche zu spielen. Plötzlich merkte ich, daß ich den Zettel in der linken Hand hielt. »Warum bin ich so aufgeregt?« fragte ich mich. Und wieder hörte ich die Stimme meines Vaters: »Du Wüstling!«

Nach zehn Minuten ging ich zum nächsten Telefon und wählte die Nummer. Miriam meldete sich sofort. »Sie ist weg. Kommen Sie herauf!« Ich war mir sicher, daß die Park Avenue rechts von mir war, aber statt dessen landete ich in der Fifth Avenue. Ich ging wieder zurück. Wieso schlug ich immer den falschen Weg ein? Mittlerweile war ich vor dem Apartmenthaus angelangt, einem großen Gebäude, offenbar für reiche Leute. Der Portier war wie ein General herausstaffiert, einschließlich der Goldknöpfe und Epauletten. Er musterte mich mißtrauisch. Der Lift war mit einer Bank und einem Spiegel ausgestattet, und der Fahrstuhlführer wartete, bis Miriam die Wohnungstür geöffnet hatte. Ich betrat eine Wohnung, die mir wie ein Palast vorkam. Miriam führte mich am Arm, als gingen wir durch ein Museum mit Orientteppichen, prächtigen Tapisserien, Stuckdekken und großen Hängelampen. Leise öffnete sie eine Tür, die in ein Kinderzimmer führte, in dem teures Spielzeug herumlag. In einem Bettchen schlief ein kleiner, blasser, rothaariger Junge. Daneben sah ich ein Fläschchen stehen, neben dem ein Thermometer lag. Mir schoß der Gedanke durch den Kopf: Er könnte mein Kind sein.

Als könnte sie meine Gedanken lesen, sagte Miriam: »Didi sieht aus wie Sie.«

»Wie kommen Sie denn auf diese Idee?« fragte ich, überrascht von ihren telepathischen Fähigkeiten.

»Sie haben noch ein paar rote Haare auf dem Kopf. Seine Mutter hat feuerrote Haare. Sie ist lesbisch und lebt von ihrem Mann getrennt. Jetzt wohnt sie mit ihrer Geliebten hier. Beide stammen aus wohlhabenden jüdischen Familien in Brooklyn. Die Leidenschaft der beiden werde ich nie verstehen. Den Ehemann habe ich einmal gesehen. Hochgewachsen, bildhübsch. Hat an der Harvard-Universität seinen Doktor gemacht. Warum hat sie überhaupt geheiratet und ein Kind bekommen, wenn sie Vertreterinnen ihres eigenen Geschlechts den Vorzug gibt? Aus irgendeinem Grund traut sie mir und vertraut sich mir an. Ach, das ist alles so tragikomisch! Die andere kenne ich auch. Häßlich wie die Nacht und mit einer tiefen Baßstimme.«

Das Wohnzimmer war eine Mischung aus alt und neu: ein goldbeschlagener Flügel und Bilder von modernen Malern, deren Namen ich nicht kannte. »Und das hier«, sagte Miriam, »ist kein Bücherschrank, sondern eine Hausbar.« Was wie Bücher mit Goldschnitt aussah – Shakespeare, Milton, Dickens und Maupassant – war in Wirklichkeit die Tür eines Schranks, in dem Weinflaschen, Whiskey, Champagner und Dutzende von Likören standen.

»Wenn Sie etwas trinken und Ihre Sorgen vergessen wollen, können Sie's ruhig tun.«

»Nein danke, nicht jetzt.«

»Max ist schon mehrmals hiergewesen. Er säuft wie ein Loch. Er kann eine ganze Flasche Kognak wegputzen und ist danach nicht besoffen, bloß angeheitert. Meine Arbeitgeberin läßt mir in ihrer Wohnung freie Hand. Ich darf hier essen, trinken und Gäste einladen. Sie hat mir ihr Herz ausgeschüttet. Was für eine Art Irrsinn hat denn von ihr Besitz ergriffen? Wenn ich an die Zeit zurückdenke, die ich in dem dunklen Loch bei meiner Lehrerin verbracht habe, kommt mir das Ganze wie ein Hirngespinst vor. Und jetzt habe ich – zumindest zeitweilig – alles, was ich haben möchte. Trotzdem bin ich nicht glücklich.«

»Warum nicht?«

»Sagen Sie's mir doch! Vielleicht verlange ich zuviel. Gibt es überhaupt so etwas wie Glücklichsein?«

»Was genau fehlt Ihnen denn?«

»Das wüßte ich selber gern. Da jetzt feststeht, daß Max nach Polen reist, hat er mich aufgefordert mitzukommen, aber mir schaudert bei dem Gedanken, wieder dort zu sein und zwischen den Gräbern herumzulaufen. Max ist alles für mich – mein Vater, mein Liebhaber, mein Ehemann, alles, was ich auf der Welt habe. Seit meine Mutter sich mit diesem Gauner davongemacht hat, ist mir jedes Gefühl für sie vergangen. Jetzt sehe ich sie als das, was sie ist: ein liederliches Weibsstück, das nur sich selbst lieben kann. Mein Vater ist aus dem gleichen Holz geschnitzt. Jetzt denken Sie: Na ja, der Apfel fällt nicht weit vom Stamm. Und Sie haben recht. Wie könnte ich denn anders sein, da ich doch die Tochter dieser beiden bin? Ich weiß genau, was Sie von mir halten.«

»Nein, das wissen Sie nicht.«

»O doch. Ich liebe Max, aber da er auch andere Liebschaften hat und all seinen verrückten Ideen nachgibt – warum sollte ich dann nicht das gleiche tun? Er drängt mich ständig, ich solle mir einen anderen Ehemann suchen, und hat sich sogar erboten, mir einen zu beschaffen. Tut er das, weil er sich schuldig fühlt oder weil er mich loswerden will? Vielleicht kommen Sie eher hinter die Wahrheit als ich.«

»Wie soll ich hinter die Wahrheit kommen? Ich kenne Sie noch keine vierundzwanzig Stunden. Gestern vormittag habe ich noch gar nicht gewußt, daß Sie existieren. Und ich glaubte sogar, Max sei tot.«

»Sie kennen mich noch keine vierundzwanzig Stunden, aber ich kenne Sie schon fünf Jahre. Ist eigentlich jemals ein Roman über eine Frau geschrieben worden, die einen Mann schon seit fünf Jahren kennt, während er sie erst seit einem Tag kennt? Der Romanheld müßte ein Schriftsteller wie Sie sein, und die Heldin jemand wie ich.«

»Er könnte auch Schauspieler sein«, sagte ich.

»Das schon, aber ich könnte nie einen Schauspieler lieben, der doch bloß die Worte nachplappert, die jemand anders geschrieben hat. Ich kann nur einen Mann lieben, der seine eigenen Worte spricht, auch wenn sie unwahr oder verrückt sind. Die Wahrheit ist, daß Sie und ich vom selben Schlag sind.«

»Und trotzdem wollen Sie keine Kinder haben.«

»Ich will dich.«

Wir umarmten uns, sahen uns in die Augen, preßten uns aneinander. Unsere Blicke schienen zu fragen: Bist du bereit? Doch die Frage blieb unbeantwortet, weil das Telefon zu läuten begann. Es weckte Didi auf, und wir hörten ihn weinen.

»Moment!« rief Miriam und riß sich von mir los. Der Anruf kam von ihrer Arbeitgeberin, die ihr mitteilte, daß sie früher als geplant nach Hause kommen würde. Mir war natürlich klar, daß ich jetzt verschwinden mußte. Miriam ging in Didis Zimmer und beruhigte den Kleinen. Dann kam sie zurück und gab mir einen Abschiedskuß. Als ich draußen im Flur auf den Fahrstuhl wartete, blickte ich zurück. Mit trauriger Miene stand Miriam an der Türschwelle. Erstaunt über die eigene Wollust starrten wir einander an.

# 5

Am nächsten Morgen wurde ich in der Zeitungsredaktion ans Telefon gerufen, und als ich den Hörer nahm, fragte jemand in polnischem Jiddisch: »Sind Sie der Schriftsteller Aaron Greidinger?«

»Ja. Darf ich fragen, wer spricht?«

»Chaim Joel Treibitscher.«

Ich wußte, daß er ein Freund von Max und der Onkel von dessen Geschäftspartner Harry Treibitscher war.

»Kürzlich hat mir jemand Ihren Roman geschickt«, sagte er, »und ich habe ihn von der ersten bis zur letzten Seite gelesen. Wie kann sich ein Schriftsteller an solche Dinge erinnern? In Ihrem Buch findet man Wörter und Redewendungen, die ich nicht mehr gehört habe, seit meine Großmutter Tirze-Mejte gestorben ist – sie ruhe in Frieden.«

Ich wollte ihm sagen, welch unerwartete Ehre sein Anruf für mich sei, doch es war mir nicht möglich, seinen Wortschwall zu unterbrechen. Er sprach so laut, daß ich den Hörer etwas entfernt von meinem Ohr halten mußte. Er artikulierte sich in dem Ganzton-Halbton-Singsang, der im Bet Midrasch, dem chassidischen *schtibl*, und an der Schwarzmarktbörse üblich gewesen war, wobei er auch ein wenig von dem eingedeutschten Jiddisch einstreute, das auf zionistischen Kongressen gesprochen wurde.

»Wieso können Sie sich an so vieles erinnern? Haben Sie Pura, den Engel des Vergessens, dazu bewegen können, keine Macht über Sie zu haben? Intonieren Sie zum Sabbatausgang, nach der Hawdala, das *armimas, rmimas, mimas, imas, mas?* Und haben Sie als Junge niemals das

Wasser getrunken, das Ihre Mutter – sie ruhe in Frieden – nach dem Teigkneten stehenließ? Und haben Sie niemals Flechsen gegessen und immer darauf geachtet, die Ärmel Ihres Untergewandes nicht zusammen mit dem *arbe-kanfess* anzulegen?«

Es gelang mir, ihn kurz zu unterbrechen: »Sie haben aber auch ein gutes Gedächtnis.«

»Was ist ein Mensch ohne Gedächtnis? Nicht besser als eine Kuh. Die Gemara lehrt uns: ›Du sollst beobachten‹ und ›Du sollst dich erinnern‹ ist beides gemeinsam vom Himmel gekommen. Also, es geht um folgendes: Mein guter Freund, der in diesem Teil der Welt als Max Aberdam bekannt ist, und meine Frau, Matilda, haben beschlossen, gemeinsam nach Polen zu reisen. Um es kurz zu machen: Wir haben vor, eine kleine Party für die beiden zu geben, ein zwangloses Beisammensein, eine Abschiedsparty oder wie immer man es nennen will. Und weil ich weiß, daß Sie und Max in Warschau befreundet waren und erst kürzlich hier in New York Ihre Freundschaft aufgefrischt haben, möchten wir auch Sie zum Abendessen einladen. Keine Sorge, das Fleisch bei mir zu Hause ist absolut koscher – *lemehadrin min hamehadrin*, selbst für den Strenggläubigsten geeignet. Sie brauchen in Ihrer Zeitung nicht davon zu berichten, obwohl ein bißchen Publicity niemals schaden kann. Amerika lebt schließlich von der Publicity. Ich wohne in der West End Avenue, nicht weit von Ihnen.«

»Woher wissen Sie, daß ich mit Max befreundet bin?«

»Ich habe bereits mit Max geredet, und er hat versprochen, Priwe, seine liebe Frau, mitzubringen und vielleicht auch seine Sekretärin Miriam. Es wird eine kleine Gesellschaft sein – nur eine Tischrunde. Notieren Sie sich doch bitte das Datum und meine Adresse.«

Ich bedankte mich bei Chaim Joel Treibitscher und sagte, ich wüßte, wieviel er für das Jiddische und Hebräische und für die jiddische Kunst getan habe. Worauf er auf seine Art antwortete: »*Ejsche, beschejsche, polowine* – das ist keinen Schuß Pulver wert.«

Daß dieser noble Mann mich in sein Haus eingeladen hatte, war ein Zeichen dafür, daß meine Aktien gestiegen waren. Ich hatte allerdings, seit ich in Amerika war, Dinnerparties, Bankette und Empfänge gescheut, weil ich nie die passende Kleidung hatte. Seit ich in Amerika war, hatte ich jeden gesellschaftlichen Verkehr vermieden. »Pfleg keinen Umgang mit anderen!« hatte der Misanthrop in mir gemurrt. Und jetzt brachte mich eine einzige Begegnung mit Max Aberdam in zahllose Schwierigkeiten. Meine alte Scheu stellte sich wieder ein, eine Scheu, die ich nie ganz verloren hatte. Matilda war ein Snob, und auf ihrer Party hatte man vermutlich im Smoking zu erscheinen, mit steifem Hemd und schwarzem Querbinder. Ich rief Max zu Hause an, aber niemand meldete sich. Dann rief ich Miriam an, die ja auch eingeladen war. Sie sagte: »Was soll das? Ich habe weder das richtige Kleid noch die richtigen Schuhe und auch keine Geduld für so etwas. Du weißt doch, daß Matilda über dreißig Jahre lang Max' Mätresse war?«

»In Warschau wurde davon gemunkelt.«

»Das weiß doch jeder. Es ist ein offenes Geheimnis. Ich glaube, ich werde nicht zu der Party gehen. Matilda spielt gern die *grande dame*. Da würde ich mich wie ein Fisch auf dem Trockenen fühlen.« Dann fragte sie: »Was machst du gerade?«

»Ach, gar nichts.«

»Komm herüber!«

»Wann?«

»Jetzt gleich.«

Ja, wir duzten uns bereits, obwohl wir über das Küssen noch nicht hinausgekommen waren. Durch Otto Weiningers Schriften war ich davor gewarnt, mich im Netz einer Frau zu verstricken – »Das Weibliche« –, eines Geschöpfes ohne Sittlichkeit, ohne Gedächtnis, ohne Logik, der Mittlerin des Geschlechtstriebs, der Bejahung des Körperlichen, der Veneinung des Geistigen. Trotzdem sagte ich: »Ich komme.«

»Wann? Nimm ein Taxi! Laß mich nicht warten. Ich brauche dich jetzt mehr denn je.«

»Ich brauche dich auch.«

Ich fragte mich, warum Max die Beziehung zwischen Miriam und mir zugelassen hatte. Otto Weininger nannte die Frau eine Mittlerin, in unserem Fall jedoch war Max der wahre Mittler. Die Eifersucht hat ihr Gegenteil: die »Paarung«, wie Otto Weininger es nannte. Der Wille, zu teilen, der Wunsch nach sexueller Gemeinschaft. Das hatte ich bei Männern wie auch bei Frauen bemerkt, besonders bei Mitgliedern des Warschauer Schriftstellerclubs. Eigentlich war ich diesem Phänomen zuerst im Pentateuch begegnet, als ich noch in den Cheder ging: Rahel hatte Jakob ihre Dienerin Bilha als Konkubine gegeben, und Lea hatte ihm ihre Dienerin Silpa überlassen. Alle Eigentümlichkeiten des modernen Menschen haben ihre Wurzeln in der Frühzeit der Zivilisation.

Am Telefon hörte ich Miriam sagen: »Nimm ein Taxi!« Sie schrie es fast. Es klang wie ein Befehl, wie ein ungeduldiges Verlangen, das nicht mehr bezähmt werden kann.

Ich war es nicht gewöhnt, ein Taxi herbeizuwinken, aber ich schaffte es. »War jemand schon einmal in einer so mißlichen Lage wie ich?« fragte ich mich im Taxi. »Ist schon einmal ein Roman über jemanden wie mich geschrieben worden, über Liebschaften und Verstrickungen wie meine?« Verglichen mit meiner Situation kam mir die erzählende Literatur, die ich las, simplifizierend vor, ohne echte Komplikationen. Soweit ich es beurteilen konnte, war niemand in diesen Büchern so arm wie ich, ausgenommen vielleicht der Protagonist in Knut Hamsuns *Hunger*. Er ließ sich aber nicht auf Liebesaffären ein, er phantasierte nur.

Das Taxi hielt, und ich bezahlte. Als es weiterfuhr, merkte ich, daß ich dem Fahrer statt eines Dollarscheins einen Fünfdollarschein gegeben hatte. Arm wie ich war, war es mir bestimmt, Geld einzubüßen.

Ich fuhr mit dem Aufzug in die vierzehnte Etage. Als ich die Hand ausstreckte, um zu klingeln, wurde die Tür geöffnet. Offenbar hatte Miriam hinter der Wohnungstür bereits auf mich gewartet. Wortlos umarmten wir uns. Meine knochigen Knie stießen an ihre und drängten Miriam in die Wohnung. Die Tür knallte hinter uns zu, vielleicht hatte ein Windstoß sie zugeschlagen. Wir vergeudeten keine Zeit mit Zweifeln oder Gewissensbissen. Wir ließen uns aufs Bett fallen. Miriam trug einen Schlafrock über dem nackten Körper. Schweigend gaben wir uns einander hin, bissen einander voller Leidenschaft in die Lippen. Der Abend dämmerte schon, und immer noch wälzten wir uns auf dem Bett und versuchten, unseren Körpern auch noch das letzte bißchen Lust abzuringen. In Gedanken flehte ich das Telefon an, nicht zu läuten – und es blieb stumm. Merkwürdigerweise fing es, sobald wir uns im Bett aufgesetzt hatten, wie wild zu läuten an, so, als könnte es sich jetzt nicht mehr beherrschen.

Ich hörte Miriam sagen: »Hallo, Max!« und zog mich ins Badezimmer zurück, weil ich ihr Gespräch nicht belauschen wollte. Ich schaltete das Licht nicht ein. Im Widerschein des glutroten New Yorker Himmels sah ich im Spiegel eine geisterhafte Gestalt, zerzaust und ramponiert. Ich war so rot im Gesicht, wie Esau es gewesen sein muß, als er mit dem Wildbret nach Hause kam, sterbenselend und willens, sein Erstgeburtsrecht für ein Linsengericht zu verkaufen. Ich hatte jede meiner früheren Lieben betrogen, mich selber betrogen, jene Mächte betrogen, die mich davor gewarnt hatten, mich in der eigenen Schlinge zu fangen und mich nie mehr daraus befreien zu können.

Die Badezimmertür ging auf, und Miriam huschte herein, halbnackt, nur mit Strümpfen bekleidet. Ich nahm sie wieder in die Arme, und wortlos standen wir im Dunkeln da. Der Glanz ihrer Augen verriet jenes Gefühl der Befriedigung, das beide Geschlechter empfinden, wenn sie sich ein *fait accompli* bestätigen können.

Schließlich brach ich das Schweigen. »Hast du Max gesagt, daß ich hier bin?«

»Nein.«

Gott sei Dank, sagte ich mir insgeheim.

Wir gingen wieder ins Schlafzimmer, wo es noch dunkel war. Mir fiel die gängige Redensart ein: »Die Nacht ist für die Liebe da«, aus der eine tiefe Wahrheit spricht. Die Geschlechter hatten noch nicht die Scham verloren, von der im Buch Genesis die Rede ist, und ihr Tastsinn kam ihnen besser zustatten als ihr Gesichtssinn. Wir legten uns aufs Bett, etwas entfernt voneinander, vielleicht um den Gedanken des anderen Raum zu lassen. Mir wurde bewußt, daß ich mich jetzt nicht mehr genau erinnern konnte, wie Miriam aussah. Eigentlich waren wir uns immer noch fremd, so fremd wie sich unsere frommen Großväter und Großmütter gewesen waren, als sie sich in dem dunklen *ichud-schtibl* paarten, in das man sie nach dem Mizwatanz geführt hatte.

Ich fragte: »Weiß Max, daß wir uns zum Frühstücken getroffen und über deine Dissertation gesprochen haben?«

»Ja, ich hab's ihm gesagt.«

»Wo ist er?«

»Bei den Treibitschers. Zum Abendessen.«

»Worüber habt ihr beide denn so lange gesprochen?« Ich war mir nicht klar darüber, ob ich ein Recht hatte, das zu erfahren.

Miriam gab keine Antwort. Ich bezweifelte, daß sie meine Frage überhaupt gehört hatte, doch dann sagte sie leise: »Max und Matilde wollen länger in Polen bleiben, als ursprünglich geplant war. Und danach wollen sie eine Europareise machen. Sie möchten, daß wir uns in der Schweiz mit ihnen treffen.«

»Was für einen Sinn soll das haben?«

»Es hat keinen Sinn, überhaupt keinen.«

Die letzten Wörter dieses Satzes murmelte Miriam im Halbschlaf. Ich wollte sie noch etwas fragen, aber sie schlief schon fest und tief. Ich hatte vergessen, wie schnell junge Leute einschlafen können. Eine Weile lag ich regungslos da. »Bin ich glücklich oder unglücklich?« fragte ich mich. Aber ich konnte mir diese Frage nicht beantworten. Halb döste ich, halb gab ich mich Wachträumen hin. Wir brauchten Max nicht zu verheimlichen, was heute geschehen war. Wir hatten ihn nicht betrogen, denn er war es ja gewesen, der uns zusammengeführt hatte. Miriam liebte ihn. Selbst auf dem Höhepunkt unserer Leidenschaft hatte sie von ihrer

Liebe zu ihm gesprochen. Als ich ihr versichert hatte, daß ich auf diese Liebe nie eifersüchtig sein würde, wußte ich, daß dies nicht nur leere Worte waren. Wir beide hatten schweigend einen Pakt geschlossen.

Ich sank in tiefen Schlaf, in einen traumlosen Schlaf. Als ich die Augen öffnete und ins Dunkel starrte, konnte ich mich an nichts mehr erinnern, wußte ich nicht mehr, wo ich war, wer ich war, was ich tat. Einen Moment lang glaubte ich, wieder in Polen zu sein. Ich streckte die Hand aus und berührte Haare, einen Hals, Brüste. War es Lena? Oder Sabina? Oder Gina? Aber Gina war doch schon tot. Plötzlich fiel mir alles wieder ein. Im selben Moment wachte Miriam auf und sagte: »Max?«

»Nein, ich bin's.«

»Komm her!«

Und mit wiedererwachter Wollust stürzten wir uns aufeinander.

Miriam und ich sagten Max, wir hätten beschlossen, nicht auf Chaim Joel Treibitschers Party zu gehen, doch er bestand hartnäckig darauf, daß wir teilnehmen sollten. »Was für einen Sinn hat es denn, sich zu verkriechen wie ein Wurm im Meerrettich?« bedrängte er mich. »Auch wer ›Zuflucht bei den Schiffen‹ sucht, muß früher oder später die Nase herausstecken. Wenn du ein Schriftsteller sein willst, mußt du Umgang mit Menschen haben. Du bist kein junger Bursche und kein Anfänger mehr. In deinem Alter waren Puschkin und Lermontow schon weltberühmt. Wie lange willst du noch mit gesenktem Kopf dastehen wie eine Geiß auf dem Krautacker?«

Und zu Miriam sagte er: »Wenn du ihn nicht in deine Obhut nimmst und einen Mann aus ihm machst, wird er für immer ein *schmegege* bleiben. Dann habt ihr zwei nichts mehr zu beißen und müßt verhungern.«

Er sprach mit ihr nicht wie ein Liebhaber, sondern wie ein Brautvater. Sein eines Auge funkelte, sein anderes zwinkerte. »Ich werde nicht ewig euer Kindermädchen sein. Aber da mir meine eigenen Kinder genommen wurden, seid ihr jetzt meine Kinder. Aaron, wenn du unentwegt Ratschläge erteilst, kannst du kein *schlimasl* bleiben. Falls mir etwas zustoßen sollte, wird euch beide niemand mehr unterstützen.«

»Max, was ist denn mit dir los?« fragte Miriam.

»Ich bin nicht meschugge. Ich weiß, was ich sage.«

»Du wirst bestimmt hundertundzwanzig.«

»Vielleicht ja, vielleicht nein. Ich kann euch nichts garantieren.«

»Max, geh nicht nach Polen.«

»Geiß, sei still!«

»Geiß« war einer der vielen Spitznamen, die er Miriam gegeben hatte und die er »Jethrosnamen« nannte. Dazu gehörten Pizele, Krümel, Hexe, Panna Marianna, Klein *telischa*, Etl-Betl und Geiß. Weil er damals in Warschau meinen Spitznamen Zuzik erfahren hatte, redete er mich prompt auch jetzt damit an. Außerdem nannte er mich scherzhaft Esel, Schreiberling und *Katwa raba*. Miriam nannte mich Arele, Jeschiwabocher und Schmetterling. Ich gab ihr den Kosenamen, den mir meine Mutter gegeben hatte: *oizerl* – Schatzele.

An diesem Abend hatte Max uns in ein Restaurant in der Fifty-seventh Street eingeladen. Ich beobachtete besorgt, wie er eine Zigarre nach der anderen rauchte. Er bestellte sich ein Beefsteak und zwei verschiedene Sorten Schnaps. Miriam erinnerte ihn zum x-ten Mal daran, daß sein Arzt ihm verboten hatte, mehr als zwei Zigarren pro Tag zu rauchen. Außerdem sei er auf Diät gesetzt und dürfe nur einen einzigen Cocktail trinken. Worauf Max rief: »Nicht heute, mein Schatz, nicht heute!« Dann zog er ein Döschen aus seiner Brusttasche und steckte sich eine weiße Tablette in den Mund.

Während wir am Tisch saßen, erzählte Max einige Einzelheiten aus Chaim Joel Treibitschers Leben. Er war ein reicher Mann geblieben. Sein Geschäftsimperium in Amerika übertraf jenes, das er in Europa gehabt hatte. Nachts schlief er vier Stunden und am Tag eine Dreiviertelstunde – keine Minute länger oder kürzer. Wenn er im Bett lag, verging kaum eine Nacht, in der ihm nicht eine neue Idee kam, wie er seinen Reichtum mehren könnte. In Amerika hatte er in den dreißiger Jahren Häuser und Fabriken aufgekauft, außerdem Aktien und festverzinsliche Wertpapiere, die alle stiegen. In Miami Beach hatte er Grundstücke erworben, die jetzt ein Vermögen wert waren. Lange bevor Israel ein jüdischer Staat geworden war, hatte er Häuser und Grundstücke in Jerusalem, Haifa und Tel Aviv erworben. Alles, was er anfaßte, verwandelte sich in Gold. Matilda, seine Frau, war selber reich. Sein als Börsenmakler für Max tätiger Neffe Harry war in New York geboren.

Vor kurzem hatte Chaim Joel Treibitscher ein neues Projekt lanciert: die Übersetzung der besten Werke der jiddischen und hebräischen Literatur in mehrere europäische Sprachen. Außerdem plante er, ein Jiddisch-Hebräisches Wörterbuch zu veröffentlichen. Max hatte sich Matilda gegenüber so lobend über Miriam geäußert, daß sie ihn schon des öfteren gebeten hatte, Miriam im Hause Treibitscher einzuführen. Die Familie sei sehr daran interessiert, begabten Flüchtlingen bei der Weiterentwicklung ihres Talents zu helfen. Sie wären gern dazu bereit, Miriam ein Stipendium zu gewähren, damit sie ihre Dissertation über meine literarischen Werke fertigschreiben könnte. Max verlangte von uns die feste Zusage, zu der Party zu kommen – natürlich nicht gemeinsam. Er selbst werde mit seiner Frau kommen. Miriam und ich äußerten uns nicht dazu.

Nach dem Essen forderte Miriam ihn auf, mit in ihre Wohnung zu kommen, aber er sagte: »Heute nicht, meine Liebe, heute nicht.« Und zu mir sagte er: »Geh du mit zu ihr. Ein Mann in meinem Alter sollte einen Ersatzmann haben. Außerdem habe ich Priwe versprochen, frühzeitig heimzukommen. Aaron, wie hast du bloß die Klugheit aufgebracht, nicht zu heiraten?«

»Mich hat keine gewollt«, erwiderte ich.

Er deutete auf Miriam. »*Sie* will dich.«

»Ich will euch beide«, sagte Miriam. »Das ist die Wahrheit.«

»Du ruchloses Mädchen!«

»Was dem einen recht ist, ist dem anderen billig.«

»Du bist mit einem Mann getraut worden.«

»Erstens ist Stanley kein Mann, sondern ein Golem. Und zweitens sind wir nicht von einem Rabbiner, sondern nur auf dem Standesamt getraut worden.«

»Wir haben's also obendrein mit einer Schriftgelehrten zu tun, was? Wenn deine Großeltern dich hören könnten, würden sie trauern und sich die Kleider zerreißen und nicht nur sieben Tage, sondern sieben Jahre Schiwe sitzen.«

»Und was würde das nützen?«

»Da der Allmächtige eine Ewigkeit und einen Mittwoch lang Schweigen bewahrt hat, wie sollen wir da etwas wissen?« erwiderte Max. »Er will, daß wir die Wahrheit erkennen, aber wir haben uns wie blinde Gäule in dunklen Gräben verlaufen. Manchmal, Miriam, nenne ich dich Rindvieh. Aber das wahre Rindvieh ist meine Ehefrau. Priwe sitzt an ihrem Séancetisch, schaltet ein rotes Licht ein und beschwört wie die Hexe von Endor alle möglichen Geister – Spinoza, Karl Marx, Jesus, Buddha, den Baalschem Tow. Sie befiehlt ihnen, zu kommen, also kommen sie und bringen Botschaften von der ›anderen Seite‹.«

Als wir das Restaurant verließen, brummelte Max: »Die Reise nach Polen hab' ich so nötig wie einen Kropf. Gebt mir euer Wort darauf, daß ihr zu der Party kommt!« Er griff nach unseren Händen. Seine Hand war ungewöhnlich warm. »Arele«, sagte er, »sei kein Narr. Du wirst das Rennen machen, wie man hier sagt. Taxi!«

Ein Taxi hielt, und Max rief uns zu: »Wir sehen uns auf der Party!«

Miriam und ich hatten beschlossen, Max nichts von unserer Affäre zu sagen. Falls er bereits davon wußte, brauchten wir es ihm nicht zu gestehen. Und wenn er es nicht wußte oder sich nicht ganz sicher war – weshalb ihn vor seiner Abreise vergrämen? Wir sprachen über ihn, wie Kinder über ihren Vater sprechen. Ich sagte Miriam, sie hätte einen Vaterkomplex (womit ich nicht den Ödipuskomplex meinte), und sie stritt es nicht ab. »Welche Tochter hat ihn denn nicht?« schnauzte sie mich an. Sie gab zu, daß sie Max oft »Tatele« nannte.

Bis dahin hatte ich geglaubt, keine Frau lieben zu können, von der ich wußte, daß sie einen anderen liebte. Jetzt aber wurde mir klar, daß es mir früher schon öfter passiert war. Ich hatte verheiratete Frauen geliebt, jede um ihrer selbst willen und ohne auf ihren Ehemann eifersüchtig zu sein. Ich hatte diesen Frauen sogar bei jeder Gelegenheit erklärt, ihr Ehemann müßte immer die Nummer eins für sie bleiben. Ich hatte mich gefragt, ob meine Einstellung zu ihrem Ehemann eine rein pragmatische sei, oder ob sich dahinter eine sonderbare Moral verbärge. Damals glaubte ich, daß die moderne sexuelle Befreiung zu inoffizieller, aber allgemein akzeptierter Polygamie und Polyandrie führen würde. Nur selten würde sich ein Mann damit begnügen, bis ans Ende seiner Tage nur mit einer einzigen Frau zusammenzusein. Und nur selten wäre eine Frau damit zufrieden, nur einem einzigen Mann zu gehören. Die Gesellschaft wäre gezwungen, statt des weitverbreiteten sexuellen Betrugs und des Ehebruchs eine Art sexueller Genossenschaft zu praktizieren. Ich hatte mir oft gesagt, der eigentliche Betrug sei nicht darin zu sehen, daß zwei Männer dieselbe Frau oder zwei Frauen denselben Mann lieben, sondern darin, daß beide Seiten gezwungen sind, zu lügen, und daß das Gesetz diejenigen, die doch nur gemäß ihrer Natur und ihren körperlichen und geistigen Bedürfnissen handeln, zu raffinierten Täuschungsmanövern zwingt. Jetzt liebte ich zum ersten Mal eine Frau, die ich und die mich nicht täuschen wollte.

Wie erfreulich es war, mit einer jungen Frau zusammenzusein, ohne ihr versichern zu müssen, sie sei meine einzige Liebe und werde es immer bleiben! Wie erfreulich es war, von meiner Geliebten nicht verlangen zu müssen, was ich von mir selbst nicht verlangen wollte! An den Tagen, an denen wir zusammen waren (meistens in der Wohnung in der Park Avenue, wo Miriam den kleinen Didi versorgte), sprachen wir von den Eskimos, den Tibetanern und anderen Völkern, die nie einen Sinn für sexuelles Eigentum entwickelt hatten. Ich erzählte ihr von jener Anarchistengruppe (Anhängern von Proudhon, Stirner, Madame Kollontaj und Emma Goldman), die in der freien Liebe das Fundament der sozialen Gerechtigkeit und der Zukunft der Menschheit gesehen hatten. Die einzige Frage war: Was sollte aus den Kindern werden? Ich selber hatte nicht den leisesten Wunsch, eine neue Generation zu zeugen, Miriam dagegen sprach des öfteren davon, daß sie sich allmählich danach sehne, ein Kind zu haben.

Den Tag vor der Party verbrachte ich zusammen mit Miriam, und zum ersten Mal übernachtete ich in ihrer Wohnung. Erst zwei Wochen waren vergangen, seit Max mich ihr vorgestellt hatte, aber mir kam diese Zeit ungewöhnlich lang vor. Als wir an diesem Abend die Cafeteria verließen und den Broadway entlanggingen, empfand ich zum ersten Mal die innere Ruhe, die uns wahre Liebe schenken kann. Ich wünschte mir nichts anderes, als bei Miriam zu sein. Es war Sommer, und wir gingen Arm in Arm. Miriams junges Gesicht hatte einen nachdenklichen Ausdruck, der, wie mir schien, die Quintessenz des Lebens widerspiegelte. Wir bogen vom Broadway in Richtung Central Park West ab und gingen wie im Traum die 100th Street entlang. In Miriams Apartmenthaus beförderte uns der Fahrstuhlführer schweigend nach oben. Wir betraten Miriams dunkle Wohnung, deren Fenster auf den Park hinausgingen. Wir waren müde und legten uns in den Kleidern auf Miriams breites Bett, als wollten wir dem Schlagen unserer übervollen Herzen lauschen. Miriam drückte ihre Lippen an mein Ohr und flüsterte: »Hier ist dein Zuhause.«

Ich dachte oft über Tiere und ihre Art zu lieben nach. Manche Geschöpfe Gottes haben einen so mächtigen Körper, daß sie – soviel ich wußte – beim Geschlechtsakt nicht viel Geschicklichkeit an den Tag legen. Ich hatte bei der Paarung von Pferden und Rindern und von Löwen im Zoo zugesehen. Sie taten, was sie tun mußten, und widmeten sich dann wieder ihren üblichen animalischen Beschäftigungen. Das kommt daher, so sagte ich mir, daß Tiere nicht sprechen können – im Gegensatz zu Männern und Frauen, für die die Sprache ein Instrument der Wollust ist. Mit Worten drücken sie ihre Sehnsüchte aus, ihre Bedürfnisse und alles, was schon geschehen ist und was geschehen hätte können.

Das Thema unseres Vorspiels, unseres Nachspiels und des Geschlechtsaktes selbst war an diesem Abend Max. Wir versprachen einander, ihn nie zu täuschen und ihn als eine verwandte Seele zu betrachten. Ich hatte schon früher stürmische Ausbrüche erlebt, aber Miriam und ich, so schien es mir, übertrafen sie alle. Wir legten uns in dieser Nacht frühzeitig schlafen, und als ich später im Halbschlaf auf das Leuchtzifferblatt meiner Uhr sah, war es halb drei.

Als ich die Augen wieder zumachte, war mir, als flüsterte Miriam mir etwas zu, aber ich konnte nicht verstehen, was sie sagte. Plötzlich stieß sie einen leisen Schrei aus. Ich wachte sofort auf, zu Tode erschrocken. Jemand machte sich an der Wohnungstür zu schaffen und versuchte, sie aufzustemmen. Miriam drehte sich so hastig um, daß sie fast aus dem Bett fiel. Der Dieb oder Mörder oder wer immer es war hatte sich Zutritt zur Wohnung verschafft. Plötzlich ging das Licht im Flur an, und ich sah einen jungen Mann: gedrungene Figur, lange Haare, schwarzer Bart. Er trug ein rosafarbenes Hemd und eine schmutzige Hose. In der rechten Hand hatte er einen Revolver, in der linken eine kleine Mappe. Das alles erinnerte mich an eine Szene in einem zweitklassigen Film, gleichzeitig aber war mir klar, daß vielleicht mein letztes Stündlein geschlagen hatte. Im nächsten Moment war ich hellwach und gefaßt. Miriam, splitterfasernackt, machte eine Bewegung, als wollte sie auf den Mann einschlagen, blieb aber plötzlich wie angewurzelt stehen. »Stanley!«

»Ja, ich bin's«, sagte der junge Mann. »Versuch bitte nicht, zu schreien oder sonstwas Dummes zu tun.«

Ich setzte mich im Bett auf und beobachtete die Szene – ohne die panische Angst, in die sie mich eigentlich hätte versetzen müssen, aber voller Neugier. Ich wußte, daß Stanley Miriams rechtmäßiger Ehemann war. Sie hatte ja schon von ihm gesprochen, von seiner sexuellen Unzulänglichkeit, von seiner Gefühlsduselei.

»Wer ist das? Dein neuester Liebhaber?« fragte er und deutete mit dem Revolver auf mich.

Miriam schaute sich nach etwas um, womit sie ihre Blöße bedecken könnte. Aber ihr Nachthemd lag außer Reichweite, und ich wagte nicht, es ihr zu bringen.

»Was willst du?« fragte sie.

»Dich.«

»Du siehst doch, daß ich jemanden habe.«

»Mit Max hast du wohl Schluß gemacht?«

»Nein, habe ich nicht.«

»He, Sie!« sagte Stanley zu mir. »Wenn Sie noch ein paar Jahre leben wollen, sollten Sie schleunigst verschwinden. Andernfalls wird man Sie hinaustragen.«

Erst jetzt fiel mir auf, daß er einen fremdländischen Akzent hatte. Er schien alles, was er sagte, aus einer anderen Sprache zu übersetzen. Aus dem Jiddischen? Oder dem Polnischen? Oder dem Deutschen?

»Darf ich mich anziehen?« fragte ich.

»Ja. Nehmen Sie Ihre Klamotten, und gehen Sie ins

Badezimmer! Versuchen Sie nicht, um Hilfe zu rufen, sonst werde ich ...«

»Einen Moment!«

»Nehmen Sie Ihre Sachen, und verschwinden Sie. Dalli, dalli!«

Ich stellte meine Füße auf den Boden, und beim Aufstehen knickten sie fast ein. Meine Knie stießen an den Heizkörper. Jackett, Hose und Hemd hatte ich über einen Stuhl gehängt, der zwischen dem Bett und dem Badezimmer stand. Mir war, als wäre ich plötzlich erblindet. Wo waren denn bloß meine Schuhe und Socken und mein Hut? Als ich mein Jackett vom Stuhl nahm, fielen meine Lesebrille, Schlüssel und einige lose Geldscheine heraus. Als ich ins Badezimmer gehen wollte, fragte Miriam auf Jiddisch: »Hast du etwas fallen lassen? Ich habe Schlüssel auf den Boden fallen gehört.« Ihre Stimme klang kein bißchen ängstlich.

»Nichts, was wichtig wäre«, erwiderte ich.

»Sie sprechen Jiddisch?« fragte Stanley.

»Ja. Ich stamme aus Polen.«

»Aus Polen, hm? Moment mal, ich glaube, ich weiß, wer Sie sind. Sie sind dieser jiddische Schriftsteller. Ich habe Ihr Foto gesehen. Wie heißen Sie?«

Ich sagte es ihm.

»Ich kenne Sie, ich kenne Sie. Ich habe Ihr Buch gelesen. Auf Englisch, nicht auf Jiddisch. Wie heißt es doch gleich?«

Ich nannte den Titel.

»Ja, ich habe es gelesen. Ich bin Dichter. Ich schreibe auf Englisch, nicht auf Jiddisch.« Dann schnauzte er Miriam an: »Keine Bewegung! Bleib dort stehen!«

»Ich bleibe ja stehen, du Schwachkopf!«

»Mr. Stanley«, sagte ich, »mir ist Ihre Situation bekannt, und ich kann Ihre Gefühle verstehen. Sie brauchen uns aber nicht mit dem Revolver zu bedrohen. Wir leisten keinen Widerstand. Ich bin kein junger Mann mehr, ich gehe schon auf die Fünfzig. Wir drei sind doch Juden.« Ich schämte mich meiner eigenen Worte.

»Hm? Sie vielleicht – aber die dort ist schlimmer als ein Nazi.« Stanleys Stimme wurde lauter.« Was für eine Art Jude sind Sie, wenn Sie sich mit einer Nutte einlassen?«

»Stanley, mach dich nicht lächerlich«, sagte Miriam. »Leg den Revolver hin!«

»Ich tue, was *ich* will, nicht, was du mir sagst. Bleib dort stehen, oder es ist aus mit dir! Was ist mit Max? Hast du ihm den Laufpaß gegeben?«

»Nein, hab' ich nicht.«

»Ich bin hierhergekommen, um entweder deinem oder meinem verpfuschten Leben ein Ende zu machen. Den dort werde ich nicht umbringen, aber dich, du dreckige Hure! Bald ist es vorbei mit dir. Mr. – wie war Ihr Name –, Mr. Greidinger, Sie sollten wissen, daß Sie sich mit einer Hure eingelassen haben. Sie war schon mit fünfzehn eine Hure, das hat sie mir selber gesagt. Als ihre Eltern 1939 nach Rußland gingen, hat sie sich geweigert, mitzugehen, weil sie die Geliebte eines Zuhälters war. Der hat sie dann auf die arische Seite geschmuggelt und sie später in ein Bordell gesteckt. Ist das wahr oder nicht?«

Miriam schwieg.

»Darf ich jetzt ins Badezimmer?« fragte ich.

»Einen Moment! Sie soll erst meine Frage beantworten. Ist es wahr oder nicht? Sie hat es mir doch selber erzählt. Antworte, oder du bist tot!«

»Es ist nicht wahr.«

»Ich habe es doch aus deinem eigenen dreckigen Mund gehört! Nazis waren deine Kunden, Judenmörder. Sie schenkten dir Sachen, die sie ermordeten jüdischen Mädchen abgenommen hatten. Ist das eine Lüge? Antworte, oder dein letztes Stündlein hat geschlagen!«

»Ich wollte nicht mit sechzehn sterben.«

»Du hättest mit deinen Eltern über die Brücke fliehen können, statt mit einem Zuhälter zusammenzuleben. In Deutschland, im Lager, warst du die Geliebte eines Deutschen. Und hier, im College, hast du es mit deinen Professoren getrieben. Sage ich die Wahrheit?«

»Mit sechzehn wollte ich am Leben bleiben. Jetzt nicht mehr. Du kannst mich sofort erschießen, du Psychopath!«

»Gehen Sie ins Badezimmer!« befahl mir Stanley. »Und sputen Sie sich!«

Ich wollte die Tür zum Badezimmer öffnen, doch sie schien zu klemmen. Ich zog am Türknauf, aber meine Hand war kraftlos geworden. Ich wandte den Kopf und sah hinüber zu Miriam (die immer noch nackt war) und zu Stanley. Die Szene kam mir unwirklich vor, wie eine jener Karikaturen, die das Leben aus uns macht. Ich hörte mich sagen: »Entschuldigt mich!« Wie albern und feige von mir! In meiner Zwangslage überkam mich so etwas wie Scham – über mich selbst, über Miriam und sogar über diesen Stanley mit seiner gedrungenen Figur, den kurzen, dicken Beinen, dem Spitzbauch, den langen Haaren, die sein Gesicht halb verdeckten, und dem schwarzen Bart. Der Revolver zitterte so heftig in Stanleys Hand, daß er jeden Moment hinunterfallen konnte. Mir stieg etwas in die Kehle und würgte mich – eine Mischung aus Hustenreiz und Lachreiz.

Sobald ich im Badezimmer war, wurde mir übel. Meine

Kopfhaut drückte auf meine Schädeldecke, Kreise tanzten mir vor den Augen, eine bittere Flüssigkeit stieg mir in den Mund. Ich torkelte und schaffte es gerade noch, mich auf den Toilettensitz zu hocken. Die Wände, das Waschbecken, die Wasserhähne, das Milchglasfenster, die Decke wirbelten um mich herum, als säße ich in einem fahrenden Karussell. Ich bekam einen Brechreiz, wollte aber den Fußboden nicht beschmutzen. Kaum war ich aufgestanden, da erbrach ich auch schon einen Schwall bitterer Flüssigkeit ins Waschbecken. Mit der einen Hand hielt ich mich am Heizkörper fest, mit der anderen stützte ich mich an die Wand. Weil die beiden im Schlafzimmer nicht merken sollten, wie übel mir war, drehte ich die Wasserhähne auf und reinigte das Becken.

Mühsam öffnete ich das Milchglasfenster und ließ mich von der kühlen Nachtluft erfrischen. Ich hatte es geschafft, mir die Peinlichkeit, ohnmächtig zu werden, zu ersparen und nicht Gefahr zu laufen, beim Hinfallen einen Schädelbruch zu erleiden. Aber ich war besudelt mit dem übelriechenden Erbrochenen. »Soll er mich doch erschießen!« sagte ich mir. »Es ist mir egal.«

Die Badezimmertür wurde aufgerissen, und vor mir stand Miriam, die jetzt einen Bademantel anhatte. Dicht hinter ihr stand Stanley – ohne sein Schießeisen. Beide redeten auf mich ein, aber meine Ohren waren so taub, als wären sie mit Wasser angefüllt. Ich schämte mich, weil ich nackt war und wegen des Gestanks, den mein Körper verbreitete. »Macht die Tür zu!« fuhr ich sie an. »Ich komme gleich.«

»Wisch dich ab!« rief Miriam und deutete auf ein Handtuch. »Er fängt sich schon wieder«, hörte ich Stanley sagen. »Schließ die Tür!«

Ich wollte die Dusche andrehen, aber anscheinend

funktionierte sie nicht. Draußen brach schon der Tag an, und das blutrote Licht der aufgehenden Sonne fiel auf die gekachelten Wände des Badezimmers. Ich konnte mein Gesicht im Spiegel sehen: fahl, verzerrt, unrasiert. Ich wusch mich mit kaltem Wasser, dann öffnete ich Miriams Medizinschränkchen und suchte nach einem Rasiermesser. Meine Angst vor Stanley war verflogen, und ich wollte ihm keinesfalls so ältlich und ungepflegt gegenübertreten, wie ich im Spiegel aussah. Mein Jackett und meine Hose hatte ich ins Badezimmer mitgenommen, aber weder mein Hemd noch meine Schuhe waren da.

Ich hatte mich also auf eine Liebesaffäre mit einer Hure eingelassen. Ihr Ehemann war in der Nacht mit einem Schießeisen hereingeplatzt. Um ein Haar hätte er uns beide erschossen. Es war nicht nur ein Gedanke, es war eine Stimme, die ich buchstäblich hören konnte, so, als wäre die Seele meiner Mutter immer bei mir, als folgte sie mir auf Schritt und Tritt. Etwas in mir flehte: »Mutter, wo bist du? Vergib mir!« Und sie antwortete, als wäre sie noch am Leben: »Noch tiefer kannst du nicht sinken. Versprich mir, daß du vor dieser Dirne fliehen wirst, bevor es zu spät ist.«

»Ja, Mutter, ich verspreche es.«

»Nur Wege zur Unterwelt bietet ihr Haus; sie führen zu den Kammern des Todes.« Mein Vater skandierte diesen Vers aus den Sprüchen Salomos mit der ihm eigenen nuschelnden Stimme. »Wer zu ihr geht, kehrt nicht zurück; und er wählt nicht die Wege des Lebens.«

Irgendwie schaffte ich es, mich zu waschen. Dann zog ich das Jackett an, darunter war ich nackt. Ich öffnete die Tür einen Spaltbreit und spähte hinaus. Niemand war im Schlafzimmer, aber ich glaubte, aus einem anderen

Zimmer unterdrücktes Lachen zu hören. Ich suchte nach meinem Hemd und meinen Schuhen, doch sie waren verschwunden. Eine meiner Socken lag auf dem Bett. Ich rief: »Miriam!«

Sie kam sofort in den winzigen Flur – blaß, zerzaust, immer noch in ihrem zugeknöpften Bademantel. Stanley folgte ihr auf dem Fuß. »Wo sind deine Schuhe?« fragte sie und sah sich suchend auf dem Fußboden um. Im Schlafzimmer war noch Nacht, die Jalousien ließen das Licht der aufgehenden Sonne nicht herein. Wir sahen uns immer noch im Flur nach meinen Schuhen um, als ich plötzlich bemerkte, daß Stanley den Revolver auch jetzt noch an Miriams Rücken hielt. Im selben Moment sah ich meine Schuhe auf dem Heizkörper stehen. »Da sind sie ja!«

Stanley, der sie ebenfalls gesehen hatte, sagte mit grimmiger Miene über Miriams Schulter hinweg: »Ziehen Sie sich an, und verduften Sie! Miriam ist immer noch meine Frau, nicht Ihre.«

»Ja, danke«, sagte ich unterwürfig.

»Wohin soll er denn so früh am Morgen gehen?« fragte Miriam. »Ich möchte nicht, daß ihn der Fahrstuhlführer so früh am Tag aus meiner Wohnung kommen sieht.«

»Dann soll er halt die Treppe benutzen.«

»Die Tür zum Treppenhaus ist abgeschlossen.«

»Nein, sie muß für den Fall, daß ein Feuer ausbricht, offen sein«, entgegnete Stanley.

Ich zog hastig die Socke an. Da die zweite verschwunden war, schlüpfte ich barfuß in den anderen Schuh. Ich wollte die Schuhe zuschnüren, aber weil ich bei dem schwachen Licht die Ösen für die Schnürsenkel nicht sehen konnte, ließ ich's bleiben. Ich hörte Stanley sagen:

»Sputen Sie sich, und verschwinden Sie! Aber wohlgemerkt – falls Sie bei der Polizei oder bei Max, diesem alten Narren, etwas verlauten lassen, werden Sie dafür mit dem Leben bezahlen.«

»Ich werde es niemandem sagen.«

»Es ist in Ihrem eigenen Interesse. Mein eigenes Leben bedeutet mir gar nichts.«

Ich wollte ihn fragen, was mit Miriam geschehen würde, ließ es aber bleiben. Statt dessen sagte ich: »Ihr beide werdet euch sicher versöhnen.« Wieder schämte ich mich meiner eigenen Worte. Meine Kehle war so trocken, daß ich kaum sprechen konnte.

»Versöhnen? Ich habe sie anständig behandelt. Ich habe sie nicht gezwungen, mich zu heiraten. Sie war hinter mir her, nicht ich hinter ihr. Stimmt's, Miriam?«

»Es ist viel zu spät für solche Diskussionen.«

»Es ist nie zu spät. Da du mit ihm ins Bett gegangen bist und ihm vermutlich erzählt hast, wie gut du bist und wie schlecht ich bin, und wie sehr du ihn liebst und was für eine treue Ehefrau du abgeben würdest, hat er ein Recht darauf, die Wahrheit zu erfahren.«

»Keiner ist hinter dem anderen hergewesen.«

»O doch. Du hinter mir. Ich hatte es nicht eilig mit dem Heiraten. Ich hatte schon gemerkt, daß du keine heilige Jungfrau warst, haha. Aber du hast verlangt, daß wir zum Standesamt gehen. Ist das etwa nicht die Wahrheit?«

»Von mir aus. Mich kann nichts mehr verletzen«, sagte Miriam zögernd.

»Das alles ist wahr. Dieser Mann ist Schriftsteller. Ein jüdischer Schriftsteller. Auf dem Buchumschlag stand, daß er der Sohn eines Rabbiners ist. Er muß erfahren, was du bist und mit wem er sich eingelassen hat.«

»Er weiß schon alles.«

»Nein, nicht alles. Sogar ich weiß noch nicht alles über dich. Immer wenn ich jemandem begegne, der dich kennt, erfahre ich von noch mehr Liebhabern, noch mehr Affären, noch mehr Lügen.«

»Ich habe dir von Anfang an die Wahrheit gesagt.«

»Binden Sie sich die Krawatte um!« forderte Stanley mich auf. »Bevor Sie gehen, möchte ich Sie etwas fragen. Stimmt es, daß Sie an Gott glauben?«

»Ich glaube an Seine Weisheit, nicht an Seine Barmherzigkeit.«

»Wie meinen Sie das?«

»Jeder kann Seine Weisheit erkennen, ganz gleich, ob man es Gott oder Natur nennt. Aber wie kann man nach Hitler an Seine Barmherzigkeit glauben?«

»Gott ist böse?«

»Jedenfalls zu Tieren und Menschen.«

»Wie können Sie mit dieser Art Glauben leben?«

»Eigentlich kann ich's nicht.«

»Ich würde mich gern einmal mit Ihnen unterhalten. Aber nicht jetzt.«

»Stanley, darf ich etwas sagen?« fragte Miriam.

»Du hältst den Mund! Ich warne dich noch einmal: wenn du noch ein Wort sagst, hast du Pech gehabt.«

»Ich gelobe feierlich, nichts mehr zu sagen.«

»Also, gehen Sie!« sagte Stanley zu mir. »Wenn Sie in den Zeitungen lesen, daß wir beide tot sind, dann wissen Sie, warum.«

»Tun Sie's nicht! Wenn Miriam das ist, was Sie sagen, lohnt es sich nicht, ihretwegen zu sterben.«

»Und wofür lohnt es sich zu sterben? Leben Sie wohl!«

Ich öffnete die Tür zum Korridor. Miriam rief mir etwas nach, das ich aber nicht verstehen konnte. Im schwachen Licht der Nachtlampe sah ich, daß die Tür zum

Treppenhaus nicht abgeschlossen war. Im Korridor herrschten noch mitternächtliche Wärme und ein Rest von nächtlicher Stille. Die abgestandene Luft roch nach Abfall und dem Dunst von Gas und schlafenden Körpern. Vorsichtig wie ein Halbblinder tastete ich mich die Treppe hinunter. Ich hatte mein eigenes Leben gerettet, Miriam aber in den Händen eines Mörders zurückgelassen. Wieder hörte ich die Stimme meines Vaters: »Du sollst es voll und ganz verabscheuen und es voll und ganz von dir weisen.« Und etwas in mir fügte hinzu: »Diese Welt und die nächste Welt sind sich gleich.«

Ich war die Treppe schon halbwegs hinuntergestiegen, als ich wie angewurzelt stehenblieb. Was hatte Miriam mir nachgerufen? Hatte sie mir Lebewohl gesagt? Oder mich um etwas gebeten? Sie hatte es fast geschrien, aber aufgeregt, wie ich war, hatte ich es nicht verstanden. Aber war das jetzt nicht egal? Jetzt war doch Schluß mit allem, was zwischen uns gewesen war. Mein Mund – Zahnfleisch und Kehle –, meine Gedärme und meine Augen schmerzten bitterlich. Eine nackte Glühbirne warf Schatten an die rußige Decke. Ich hörte Schritte, und da kam auch schon ein Arbeiter mit einem Besen und einer Mülltonne die Treppe herauf. Einen Moment lang starrte er mich an – er wußte wohl nicht so recht, ob er mich fragen sollte, was ich hier zu suchen hatte. Dann stieg er weiter hinauf, begleitet vom Geschepper der Abfalleimer und ihrer Deckel. Falls Stanley Miriam umbrachte und dann die Flucht ergriff, würde dieser Mann bei der Polizei bezeugen, daß er mich auf der Treppe gesehen hatte. Man würde mich verdächtigen, den Mord begangen zu haben. Etwas in mir lachte. Ich war ein Stück Abfall geworden, das nachts weggeworfen und am Tag zusammengekehrt wird. Ich lehnte mich an die

Wand, um nicht zusammenzubrechen. Meiner Berechnung nach war ich jetzt so viele Treppenstufen hinuntergestiegen, daß ich im Erdgeschoß angekommen sein mußte. Ich wollte die Tür zum Vestibül öffnen, aber sie war abgeschlossen. Meine Beine waren so kraftlos, daß ich mich hinsetzen mußte. Was sollte ich der Polizei sagen, falls ich verhaftet wurde? Ich hatte Stanley doch mein Wort gegeben, nichts zu verraten. Die Luft hier unten war von Kohlen- und Modergeruch und anderen penetranten Souterraingerüchen geschwängert. Erst jetzt fiel mir auf, daß die Wände ziegelrot und verrußt waren. Ich war zu tief hinuntergestiegen. Ich mußte erst Kraft schöpfen, bevor ich wieder eine Treppe höher stieg. Wieder dröhnten mir Stanleys Worte in den Ohren: die Geliebte eines Goi, eines Zuhälters ... er steckte sie in ein Bordell ... Nazis waren ihre Kunden. Judenmörder ... sie schenkten ihr Sachen, die sie ermordeten jüdischen Mädchen abgenommen hatten.

Ich stieg zum nächsten Treppenabsatz hinauf, sah eine Tür, machte sie auf und befand mich im Vestibül. Der Zeiger des Zifferblatts über dem Fahrstuhl stand auf 14, dem Stockwerk, in dem Miriam wohnte. Der Portier war nirgends zu sehen. Auf der Straße blieb ich stehen und atmete tief, sog die kühle Morgenluft und die von den Bäumen und Wiesen im Park aufsteigende Feuchtigkeit ein. Die Morgensonne, gerade erst dem Meer entstiegen, hing am klaren blauen Himmel. Kreischende Vogelschwärme flogen über den Park. Tauben wuselten auf dem Gehsteig und den Bänken herum, hüpften auf ihren kleinen roten Beinen, pickten nach unsichtbaren Leckerbissen, gurrten, schlugen mit den Flügeln. Erst jetzt wurde mir klar, daß meine körperliche Schwäche etwas mit Hunger zu tun hatte. Ich hatte das Essen eines ganzen Tages erbrochen. Ich war wie ausgehöhlt. Am Central Park West gab es keine Restaurants, und auf der Straße fuhren weder Taxis noch Busse vorbei. Ich griff in meine hintere Hosentasche, doch sie war leer. Mir fiel ein, daß mein Geld und meine Schlüssel herausgefallen waren, bevor ich meine Kleidungsstücke mit in Miriams Badezimmer genommen hatte. Ich griff in meine Brusttasche und stellte fest, daß auch mein Scheckbuch verschwunden war.

Ich ging langsam weiter, weil ich zu schwach war, um schnell zu gehen, und weil ich nicht wußte, wohin ich gehen sollte. In meinem Zimmer in der Seventieth Street bewahrte ich weder Geld noch Lebensmittel auf. Meine Reiseschecks hatte ich in einem Banksafe deponiert, aber der Schlüssel dazu hing an dem Schlüsselring, den ich bei Miriam verloren hatte. Am Abend hätte ich eigentlich mit Miriam auf Chaim Joel Treibitschers Abschiedsparty für Max gehen sollen, aber das alles gehörte bereits der Vergangenheit an.

## 6

Ziellos und verwirrt ging ich weiter, ohne zu wissen, ob meine Füße mich *uptown* oder *downtown* trugen. Völlig erschöpft ließ ich mich schließlich auf eine Bank fallen, die noch feucht von Tau war. Ich hatte kein Geld, kein Scheckbuch, keine Schlüssel. Die Wahrheit über Miriam hatte mich so verstört, daß ich bei Gott und bei den Seelen meiner Eltern, bei allem, was mir heilig war, schwor, ihr lasterhaftes Gesicht nie wieder eines Blickes zu würdigen. Und ich schwor auch, daß ich mit Max Aberdam nichts mehr zu schaffen haben wollte.

Ich war zu erschöpft, um in die Seventieth Street zu gehen und die Frau des Hausverwalters um meinen Zimmerschlüssel zu bitten. Ich hatte kein Kleingeld bei mir, nicht einmal die paar Münzen, die man für eine Busfahrkarte oder ein Münztelefon brauchte. Mein Adreßbuch war ebenfalls in Miriams Wohnung liegengeblieben, und ich konnte mich an keine der darin notierten Telefonnummern erinnern. Ich hatte nicht einmal ein Taschentuch, um mir den Schweiß von der Stirn zu wischen. Ich hatte ein mulmiges Gefühl in der Magengrube, und eine eklige Flüssigkeit stieg mir in den Mund. Obwohl ich eine böse Schlappe erlitten hatte, konnte ich nicht umhin, darüber zu staunen, wie schlau die Vorsehung – oder wie immer man die Macht nennen will, die das Los des Menschen bestimmt – meinen Niedergang herbeigeführt hatte. Wie in den längst vergangenen Tagen Hiobs war alles ungeheuer schnell passiert – ein Schicksalsschlag nach dem anderen.

Ich mußte mich unbedingt irgendwo ausruhen, mich waschen und rasieren. Zum Glück fiel mir ein, daß Stefa Kreitle in der Nähe wohnte, nur zehn Häuserblocks weiter. Während der Kriegsjahre hatten wir den Kontakt zueinander verloren, und ich hatte fest geglaubt, sie sei umgekommen. Aber 1947 war sie plötzlich in New York aufgetaucht, mit ihrem Mann, Leon Kreitle, und ihrer erwachsenen Tochter Franka – und wieder war es wie eine Auferstehung von den Toten gewesen. Ich war damals dreiundvierzig, Stefa ging auf die Fünfzig, Leon war fünfundsiebzig – ein alter Mann. Nur ein paar Tage vor Hitlers Überfall auf Polen war es ihnen gelungen, nach

England zu fliehen. Leons beide Töchter waren in den Lagern umgekommen. Er hatte natürlich sein gesamtes Vermögen eingebüßt. In London hatte Stefa als Zimmermädchen und später als Krankenschwester gearbeitet. Wir hatten unseren Briefwechsel schon vor dem Krieg abgebrochen. Damals war ich in New York in eine persönliche Krise geraten und in Schwermut verfallen. Ich war nicht mehr ins Redaktionsbüro gegangen und hatte mich fast ganz aus meiner engen Bindung an die jiddische Sprache, die jiddische Literatur und die jiddischistische Bewegung gelöst.

Zwischen 1947 und dem Beginn der fünfziger Jahre hatte sich sowohl Stefas wie auch mein Leben gründlich verändert. Leon hatte in Amerika Freunde und einen Geschäftspartner gefunden, mit dessen Hilfe er preisgünstige Häuser auf Long Island baute. Fast über Nacht war er wieder wohlhabend geworden. Franka, Stefas Tochter, hatte einen Goi geheiratet. Während ihrer Kindheit in Danzig hatte sie sich vom Judenhaß der Nazis anstecken lassen, und in Amerika war sie zum katholischen Glauben ihres Mannes, eines Ingenieurs, übergetreten. Sie hatte jeden Kontakt zu ihrer Mutter und ihrem Stiefvater abgebrochen.

Auch mein Leben hatte sich damals verändert. Ich hatte wieder zu schreiben begonnen und hatte – in jiddischer Sprache – einen Roman und einen Erzählungsband veröffentlicht. Ich hatte einen Übersetzer und einen Verleger gefunden, der die englische Fassung herausbrachte. Ich war ständiger Mitarbeiter der jiddischen Zeitung geworden und schrieb Essays, Buchbesprechungen und verschiedene Kolumnen. Außerdem betätigte ich mich als Ratgeber im jiddischen Rundfunksender. Ich war wieder mit Stefa in Verbindung getreten, und immer wenn ich sie traf, hatte ich das unheimliche Gefühl, mit einem Geist zusammenzusein, einem von denen, über die ich Geschichten schrieb. Die Jahre, in denen wir nicht in Verbindung standen, hatten eine Art Mauer zwischen uns errichtet. Stefa sprach Englisch mit Londoner Akzent und hatte das bißchen Jiddisch, das sie in Warschau gelernt hatte, längst vergessen. Das war nicht dieselbe Stefa, die sich oft mit mir gestritten, mich »Literatnik« genannt und mein Polnisch korrigiert hatte. Aus ihr war eine Dame mit guten Manieren und die Großmutter eines kleinen Kindes geworden. Ihre Knie waren nicht mehr spitz, sondern rundlich, ihr Busen war voller, ihre Hüften waren molliger geworden. Nur wie sie Leon behandelte, das hatte sich nicht verändert. Sie brummelte oft, sie käme nie dahinter, was für ein Mensch er eigentlich sei. Und manchmal fügte sie hinzu: »Das ganze männliche Geschlecht ist mir ein Rätsel.«

Leon hingegen hatte sich kaum verändert. Er war völlig kahl. Sein Gesicht war so knochig und die Haut so straff, daß er keine Falten hatte. Und er wog nach wie vor höchstens einen Zentner. Mit achtzig Jahren ging er immer noch seinen Geschäften nach, ließ Häuser bauen, erwarb Grundstücke und spekulierte mit Wertpapieren.

Die Kreitles hatten eine Wohnung in einem Wolkenkratzer an der Ecke Central Park West und Seventy-second Street. Leon beschwerte sich nach wie vor darüber, daß ich nicht öfter zu ihnen kam. Er hatte in Amerika begonnen, die jiddische Zeitung zu lesen, vielleicht weil er nie richtig Englisch gelernt hatte. Erstaunlicherweise war er brennend an meiner schriftstellerischen Arbeit interessiert. Unentwegt stellte er mir Fragen: Ob alles, was ich schrieb, wirklich passiert sei, oder ob ich es mir ausgedacht hätte. Wie es möglich sei, Geschehnisse zu erfinden, die so echt wirkten. Und wann ich mir das alles ausdächte – nachts, tagsüber, im Schlafen oder Wachen? Er versicherte mir, daß er in Warschau genau solche Personen und Typen gekannt habe, wie sie von mir beschrieben wurden – ich hätte bloß die Namen verändert. Dabei lächelte er und blinzelte mir zu. Manchmal beklagte er sich auch. »Wo hast du bloß diese Wörter und Redewendungen her? Ich habe sie seit dem Tod meiner Großmutter Chaje Kejle nie mehr gehört. Und wieso kannst du dich so gut an die Warschauer Straßen erinnern, während ich sie schon fast vergessen habe? Was für eine Art Lebewesen ist denn ein Schriftsteller? Sag's mir, ich will's wissen!«

»Meistens ein Lügner«, sagte Stefa.

»Ein Lügner, hm? Muß wohl so sein. Trotzdem gehe ich jeden Morgen gleich nach dem Aufwachen schnurstracks zum Broadway und kaufe mir die jiddische Zeitung. Ich will wissen, was als nächstes passiert. Allerdings, wie kann sich jemand wie dieser Kalman in deinem Roman – wohlhabend, klug, ein gewitzter Geschäftsmann – derart von dieser Klara täuschen lassen? Hat er denn nicht gemerkt, daß sie nicht ihn, sondern nur sein Geld wollte? Hast du wirklich so jemanden gekannt? Nu, diese Klara ist ein ganz raffiniertes Frauenzimmer. Sie ist – wie sagt man? – eine oder zwei Sünden wert, hihihi. So eine muß vor allem Massel haben. Ich habe eine solche Frau gekannt. Sie hatte alle guten Eigenschaften, war hübsch, gescheit, ein prächtiges Weibsbild. Aber wenn es für sie einmal nicht so lief, wie es sollte, gab es ein großes Kuddelmuddel.«

Am Tag bevor Max Aberdam in meinem Büro aufgetaucht war, hatte ich Stefa und Leon versprochen, zum

Abendessen zu kommen und bei ihnen zu übernachten. Wochen waren vergangen, und ich hatte vergessen, bei ihnen anzurufen. Leon war in mein Büro gekommen, und als er mich nicht antraf, hatte er mir eine Nachricht hinterlassen, die aus einem einzigen, falsch buchstabierten hebräischen Wort bestand, das soviel bedeutet wie »Kann das sein?«. Die Unterschrift lautete: »Dein aufrichtiger Freund und glühender Bewunderer Leon Kreitle.«

Diesmal hatte ich Glück. Der Nachtportier im Apartmenthaus der Kreitles kannte mich und wies sogar den Fahrstuhlführer an, mich in die achte Etage zu fahren. Ich läutete an der Wohnungstür, worauf Leon, nachdem er durch den Spion gespäht hatte, mir öffnete. Er trug einen reichverzierten Schlafrock und Plüschpantoffeln. Neugierig und spöttisch musterte er mich. Dann sagte er auf seine ironische Art: »Na sowas! Besuch in aller Herrgottsfrühe! Ist der Messias gekommen? Oder bist du aus Sing-Sing entflohen?«

»Beides.«

»Komm herein, komm herein! Stefa schläft noch, aber ich bin wie üblich um fünf Uhr aufgewacht. Warum hast du nicht angerufen? Ich mache mir gerade Frühstück, du bist herzlich dazu eingeladen. Entschuldige, daß ich dir ein jüdisches Kompliment mache, aber du siehst mies aus. Ist etwas passiert? Du siehst schläfrig aus. Vermutlich bist du die ganze Nacht aufgewesen und hast *schlichess* verkündet.« Er nahm mich beim Arm und führte mich in eine Art Eßnische, die durch einen Raumteiler von der Küche abgetrennt war. Brotscheiben und eine Schale mit Obst waren schon auf dem Tisch. Leon deutete auf einen Metallstuhl, dann sagte er: »Wie du siehst, habe ich meine alten Gewohnheiten beibehalten.

Nur der Wein, mit dem ich früher mein Essen hinuntergespült habe, ist nicht mehr da. Daß ich das Weintrinken aufgegeben habe, hat allerdings nichts genutzt. Seitdem habe ich schon zwei Herzanfälle gehabt. Man kann Gott nicht überlisten. Aber wer weiß? Hätte ich meine Diät nicht eingehalten, dann hätte ich womöglich drei Herzanfälle gehabt und wäre vielleicht sogar gestorben. Mit achtzig sollte man sich nicht bei Gott beklagen, zumal wenn Er gar nicht existiert. Du hältst mich wahrscheinlich für einen Ignoranten, aber in meinen jungen Jahren habe ich studiert. Mein Vater war ein frommer Jude, ein gelehrter Jude. Was willst du essen? Ich kann dir Spiegeleier oder ein Omelett machen.«

»Mir ist alles recht. Ich bin dir sehr dankbar.«

»Ach, ich habe deinen Orangensaft vergessen. Einen Moment!«

Ich setzte mich hin und spürte wieder, wie schwach ich auf den Beinen war. Leon reichte mir ein Glas Orangensaft.

»Trink! *L'chaim!* Früher warst du regelmäßig bei uns zu Gast. In letzter Zeit hast du dich aus irgendeinem Grund nur noch selten hier blicken lassen. Oh, da kommt Stefa!«

Sie sah verschlafen aus, und ihre grauen Haare waren ein wenig in Unordnung. Sie trug ein Spitzennachthemd und Pantoffeln mit Pompons. Für ihr Alter sah sie sehr gesund aus. Sie hätte noch jugendlicher gewirkt, wenn sie sich die Haare gefärbt hätte, aber das hätte sie als Amerikanisierung empfunden und für vulgär gehalten. Sie sah mich überrascht an, mit jenem spöttisch-vorwurfsvollen Lächeln, mit dem man einen engen Freund oder Verwandten mustert, der unangemeldet zu Besuch kommt.

»Träume ich, oder bist du's wirklich?«

»Nein, Stefele«, sagte ich, »du träumst nicht.«

»›Stefele‹, hm? So hast du mich seit Jahrzehnten nicht mehr genannt. Was ist passiert? Hat dich jemand mitten in der Nacht hinausgeworfen? Ist ihr Ehemann plötzlich mit einem Schießeisen aufgetaucht?«

Ich traute meinen Ohren nicht. »Ja«, sagte ich, »stimmt genau.«

»Das überrascht mich nicht. Ich bin wie üblich die halbe Nacht wach gelegen und erst bei Tagesanbruch eingeschlafen. Plötzlich habe ich Stimmen in der Küche gehört und mich gefragt: Ist es mit Leon schon so weit gekommen, daß er Selbstgespräche führt, oder bin ich senil geworden?«

»Laß ihn essen und seinen Kaffee trinken. Soviel ich mich erinnern kann, ist dies das erste Mal, daß ich deinem Liebhaber ein Frühstück serviert habe. Ausdauer wird belohnt. Setz dich hin, Stefele. Ich serviere auch dir das Frühstück. Laßt uns feiern – ›im Himmel ist Jahrmarkt‹.«

»Na schön. Ich möchte bloß eine Tasse Kaffee. Aber mach ihn stark!«

Stefa sprach mit ihrem Mann teils Polnisch, teils Englisch. Manchmal streute sie ein jiddisches Wort ein. Sie setzte sich an den Tisch und sagte: »Merkwürdigerweise haben wir vergangene Nacht von dir gesprochen. Leon liest mir deinen Fortsetzungsroman vor. Wir wachen immer fünf Minuten vor zwei auf. Um diese Zeit beginnt Leon vor sich hin zu summen, und ich habe einen leichten Schlaf. Wie wird diese Klara in deinem Roman enden? Jedesmal wenn ich erraten will, wie es weitergeht, stellst du die Handlung auf den Kopf. Das ist wohl deine Methode?«

»Es ist die Methode des Lebens.«

»Das habe ich ihr auch gesagt«, pflichtete Leon mir bei. »Das Leben ist spannender als jeder Roman. Wenn mir vor dreißig Jahren jemand gesagt hätte, daß ich auf meine alten Tage Amerikaner und Mitbesitzer eines Hotels in Miami Beach sein würde, hätte ich ihn für meschugge gehalten. Dein Liebhaber, Stefele, hat einmal in einem Artikel geschrieben, Gott sei ein Romancier und die Welt sei Sein Roman. Das stimmt genau. Und wenn nicht Gott, dann regiert eine andere Macht unsere kleine Welt.«

»Würdest du wohl aufhören, Aaron als meinen ›Liebhaber‹ zu bezeichnen«, sagte Stefa ärgerlich.

»Was ist er denn? Etwa dein Vater Leibusch-Meir?«

»Er ist alles andere als mein Liebhaber. Ein Liebhaber liebt, aber Aaron weiß nicht einmal, was Liebe ist. Schau ihn doch an! Was hat meine Mutter immer gesagt? ›Jedenfalls sieht er besser aus, als er im Grab aussehen wird.‹«

»Entschuldigt mich einen Moment, ich muß jemanden anrufen. Ich bin gleich wieder da.« Leon sprang vom Stuhl auf und trippelte flugs hinaus.

»Er lamentiert ständig, wie alt und krank er sei«, sagte Stefa, »und dabei hat er noch so viel Energie wie ein junger Geschäftsmann.« Dann sagte sie in einem anderen Ton: »Also, was ist mit dir los? Soweit ich mich erinnern kann, haben wir beide noch nie miteinander gefrühstückt.«

»Doch. Einmal.«

»Wann denn? In den Zeiten König Sobieskis?«

»Als ich mit Lena in Otwock zusammenlebte. Ich rief dich vom Danziger Bahnhof an, und du sagtest, du hättest einen Packen Briefe für mich. Ich hatte an diesem Morgen bereits mein kärgliches Frühstück verspeist, aber du hast darauf bestanden, daß ich noch einmal mit dir zusammen frühstücken sollte.«

»Du liebe Güte, was für ein unheimlich gutes Gedächtnis dieser Mann hat! Ja, du hast recht. Wie lange ist das her? Schon zwei Ewigkeiten!«

»Mir ist, als wäre es erst gestern gewesen.«

»Jaja. Du hast mich in die Wohnung dieses närrischen Hebräischlehrers geschleppt, der uns dann so unsanft die Tür wies. Aus irgendeinem Grund habe ich gerade dieses Frühstück nicht in Erinnerung behalten.«

»Gerade dieses Frühstück hat mir das Leben gerettet.«

»Du warst damals nicht gut und bist im Lauf der Jahre nicht besser, sondern schlechter geworden. Du schreibst sogar in deinen Geschichten über mich, wobei du allerlei seltsame Namen benutzt – aber ich erkenne mich trotzdem wieder. Selbst Leon erkennt mich und auch sich in deinen Geschichten. Beim Vorlesen sagt er oft: ›*Dein* Aussehen. *Deine* Worte.‹ Arele, wie *du* heute aussiehst, macht mir Sorgen. Bist du krank oder sonstwas?«

»Ich bin nicht krank.«

»Was dann? Meschugge?«

»Scheint so.«

»Na ja, wie man sich bettet, so schläft man. Glaub mir, ich mißgönne dir deine Weibsbilder nicht. Als ich aus England nach New York kam und du mir von deinem Leben hier erzählt hast, sagte ich: ›Laß uns ganz einfach Freunde sein.‹ Fremde können wir beide nicht füreinander sein, weil das, was zwischen uns gewesen ist, nicht einmal von Gott getilgt werden kann. Ich habe in England genug erdulden müssen und möchte keinesfalls in neue Komplikationen verwickelt werden. Sich mit dir und deinen Weibsbildern einzulassen, heißt, einen gesunden Körper ins Krankenhaus zu verdammen. Trotzdem frage ich dich um unserer Freundschaft willen: Warum bringst du dich um und machst dein Talent kaputt? Was für einen Sinn hat das?«

»Gar keinen.«

»Was ist denn passiert?«

»Ich kann jetzt nicht zu Hause – ich meine in meinem Zimmer – bleiben und auch nicht ins Büro gehen. Ich muß mich ein paar Tage ausruhen.«

»Du weißt, daß du dich hier ausruhen kannst, solange du willst. Frankas Zimmer steht leer, jetzt gehört es dir. Du kannst hier essen und schlafen. Keine Bange, ich werde dich nicht vergewaltigen.«

»Das befürchte ich auch nicht.«

»Wirst du etwa verfolgt und bedroht?«

»Nein, aber ich muß mich einige Tage versteckt halten.«

»Mein Haus ist dein Haus. Leon hängt noch mehr an dir als ich. Es ist mir ein Rätsel, warum. So seltsam und ungehobelt es klingen mag – ich kann ohne dich auskommen. Er aber nicht. Heute hat er dich als meinen Liebhaber bezeichnet. Manchmal sagt er auch, du wärst mein ›nächster Ehemann‹. Er hat sich eingeredet, daß wir beide nach seinem Tod unter dem Traubaldachin stehen werden.«

»Er wird mich bestimmt überleben.«

»Das glaube ich auch. Was kann ich jetzt für dich tun?«

»Nichts. Ich brauche bloß Ruhe.«

»Geh in Frankas Zimmer und ruh dich aus. Ich stelle dir keine Fragen mehr.«

»Stefa, du bist der beste Mensch, den ich kenne.«

»Lügner! Halunke!«

»Ich muß dir einen Kuß geben.«

»Wenn's sein muß.«

Ich zog mich in Frankas Zimmer zurück, durch dessen Fenster, die auf den Park hinausgingen, die Sonne schien, und in dem ein Bett, ein Schreibtisch und Bücherregale standen. Franka hatte Fotos von Filmstars aufgehängt, außerdem Porträts ihrer Großeltern und ihrer Tante, die jung gestorben war, weil sie zuviel getanzt hatte. An der einen Wand entdeckte ich das Foto eines jungen polnischen Offiziers zu Pferde – das war Mark, Frankas Vater.

An diesem Tag stand so gut wie fest, daß ich bei Stefa und Leon einziehen würde. Trotz meines Protests erklärte Stefa, sie werde ein Sofa in Frankas Zimmer stellen, außerdem einen Schrank für meine Bücher und Manuskripte und für die aus der Zeitung ausgeschnittenen Fortsetzungen meines Romans. Leon wollte mir ein Geschenk machen – eine neue jiddische Schreibmaschine. Bei jeder Gelegenheit sagte er: »Da es ohnehin vom Schicksal bestimmt ist, daß du Stefas nächster Ehemann wirst, warum nicht gleich damit anfangen? Dann bleibt es dir erspart, um meinen Tod zu beten.« Worauf Stefa erwiderte: »Wenn dir diese Phantastereien Spaß machen, dann träum nur weiter davon.«

Die Texte meiner Radiosendungen hatte ich schon vor Wochen auf Tonband gesprochen. Aber als der Montag immer näher rückte, sah ich ein, daß ich mich wieder in der Zeitungsredaktion blicken lassen mußte. Ich rief den jungen Mann am Empfang an, und er teilte mir mit, daß während meiner Abwesenheit viele Ratsuchende in mein Büro gekommen seien. Er hatte ihnen Nummern zugeteilt, so ähnlich wie in einer überfüllten Bäckerei. Außerdem hatte ich vor, am Montag in mein Zimmer in der Seventieth Street zu gehen und mir die Manuskripte, die ich dortgelassen hatte, zu holen. Ich versprach Stefa, dieses Zimmer aufzugeben und zu ihr und Leon zu ziehen. Ich sagte ihnen, daß ich dann wenigstens meine Mahlzeiten bezahlen wollte, doch beide erklärten, das sei eine Beleidigung. Ausgerechnet jetzt, da ich endlich gut verdiente und es sogar geschafft hatte, ein Bankkonto zu eröffnen, kam ich mir wie ein Schmarotzer vor. Leon ließ durchblicken, daß er vorhabe, sein Testament zu ändern und Stefa und mich als Testamentsvollstrecker einzusetzen. Als ich Einspruch erhob, erwiderte er pfiffig: »Es ist *mein* letzter Wille, nicht deiner.«

Stefa brummelte: »Mit achtzig wird er kindisch.«

Es schien ein heißer Tag zu werden. Ich hatte nach wie vor weder Schlüssel noch Scheckbuch. Aber ich wußte wenigstens, daß Miriam noch am Leben war. Am Sonntag hatte ich ihre Nummer gewählt und den Hörer aufgelegt, als sie sich meldete. Möglich, daß Stanley noch bei ihr war und sie in ihrer Wohnung gefangenhielt. Vielleicht hatte er sie gezwungen, sich mit ihm zu versöhnen. Wieder schwor ich, daß ich nichts mehr mit Miriam zu tun haben wollte und auch nichts mehr mit Max Aberdam, der jetzt wohl schon in Polen war. Ein neues Scheckbuch und einen neuen Safeschlüssel konnte ich mir ohne weiteres beschaffen. Das Glück war mir hold: Kaum hatte ich einen Stützpfeiler meiner Existenz eingebüßt, da wurde er auch schon durch einen anderen ersetzt. Zugegeben, das war nur deshalb geschehen, weil ich es nie fertigbrachte, eine Beziehung abzubrechen. Was ich auch anfing – ich schien alles unaufhörlich hinter mir herzuschleppen, ob es sich nun um meine Schriftstellerei oder um mein Privatleben handelte.

Als ich bei meinem Logierhaus in der Seventieth

Street angelangt war, stand die Haustür offen, vermutlich, um Luft hereinzulassen. Ich war schon ein paar Stufen hinaufgestiegen, als ich das Telefon im Hausflur läuten hörte. Ich rannte hinunter, grapschte nach dem Hörer und rief: »Hallo!« Dann hörte ich Gemurmel und das knisternde Geräusch, das entsteht, wenn jemand nicht so recht weiß, ob er antworten soll. Und dann hörte ich Miriam mit leiser, bebender Stimme sagen: »Ich bin's, die Hure.«

Ich machte eine Bewegung, als wollte ich den Hörer auflegen, doch er schien sich an meine Hand zu klammern. Entweder wollte oder konnte ich nicht sprechen. Dann sagte Miriam: »Du hast deine Schlüssel bei mir liegenlassen. Und dein Scheckbuch. Und Geld. Wie die Hure, bei der Juda gewesen war, möchte ich dir ›dein Siegel, deinen Armreif und deinen Stab‹ zurückgeben.«

Mir fiel ein, daß diese Worte, die sie auf Englisch zitierte, aus dem Pentateuch stammten. Vor mehr als vierzig Jahren hatte ich diese Sätze in Melamed Jechiels Cheder in der Krochmalnastraße gelernt. Miriam hatte diese Geschichte anscheinend in der englischen Bibelübersetzung entdeckt. Ich sagte: »Tamar gab vor, eine Dirne zu sein, aber du *bist* eine.«

»Warum ist dann ein so frommer Mann wie Juda zu ihr gegangen?«

»Miriam, dies ist nicht der richtige Moment, um über Geschichten aus dem Pentateuch zu diskutieren.«

»Und wann *ist* der richtige Moment? Ich möchte dir deine Sachen zurückgeben. Ich bin vielleicht eine Hure, aber keine Diebin.«

Wieder wollte ich auflegen, und wieder hinderte mich eine physische Macht daran. Ich hörte mich fragen: »Wo bist du?«

»In der Nähe der Broadway-Cafeteria, in der wir gegessen haben. Deine Sachen habe ich bei mir. Wenn es dir peinlich ist, mit einer Hure gesehen zu werden, kann ich die Sachen in dein Zimmer bringen.«

»Miriam, zwischen uns ist es aus.«

»Ich weiß, aber ich möchte dir dein Eigentum zurückgeben.«

Ihre Stimme klang flehend. Schließlich sagte ich: »Wir treffen uns in der Cafeteria.«

»Gut. Ich bin in fünf Minuten dort.«

Als ich auflegte, schwor ich, daß ich nie, nie, nie wieder etwas mit dieser Dirne zu schaffen haben wollte.

Ich ging hinaus auf die Straße und lief eine Zeitlang in Richtung Hudson River statt in Richtung Broadway-Cafeteria. Dann machte ich kehrt und ging zurück. Daß Miriams Anruf genau in dem Moment gekommen war, als ich das Haus betreten hatte, bedeutete, daß sie schon mehrmals angerufen hatte. Mir kam auch der Gedanke, daß Stanley ihr womöglich gefolgt war und uns beide erschießen würde. Andererseits war ich froh, meine Schlüssel und mein Scheckbuch ohne den üblichen Papierkrieg wiederzubekommen. Mir war klar, daß ich meine Arbeit vernachlässigt hatte. Ein Schriftsteller, dessen Romane in Fortsetzungen erscheinen, hat niemals frei. Wenn er seine Arbeit ernst nimmt, spielt sich auch sein Leben in Fortsetzungen ab. Er muß ständig die überraschenden Wendungen und unerwarteten Ereignisse ausfindig machen, die dem entsprechen, was Spinoza die Ordnung der Dinge und der Ideen nannte. »Beeil dich nicht!« befahl ich mir. »Soll Miriam doch warten!« Aber meine Füße hasteten wie von selbst weiter. Vielleicht waren sie gespannt darauf, zu erfahren, wie jenes frühmorgendliche Zusammentreffen mit Stanley ausgegangen war. Als Fußgänger auf mich zukamen, wich ich nach rechts aus, aber da sie nach links auswichen, stießen wir zusammen. Das passierte mehrmals. Entweder vollführten wir eine Art Tanz miteinander, oder wir standen uns im Weg. Als ich in der Eightieth Street angelangt war, sah ich Miriam an der gegenüberliegenden Ecke stehen. Ich wartete auf grünes Licht.

Ja, es war Miriam, aber sie sah jetzt anders aus. Sie trug ein kurzes rotes Kleid und rote Stiefel. Auch ihre Strümpfe waren rot. Ihre Wangen waren auffallend rot geschminkt, ihre Wimpern blauschwarz getuscht. Zwischen ihren scharlachroten Lippen steckte eine lange Zigarettenspitze mit einer brennenden Zigarette. Ich begriff sofort: Sie hatte sich herausstaffiert wie eine Warschauer Prostituierte. Sogar die lange Zigarettenspitze war typisch Warschau. Miriam hatte alles geplant: das Zitat aus dem Pentateuch und die Aufmachung, in der sie hierhergekommen war. Ich sah, wie Fußgänger sie musterten, die Achseln zuckten und grinsten. Mir schoß der Gedanke durch den Kopf: Man wird mich bestimmt verhaften, wenn ich mit ihr weitergehe.

Die Verkehrsampel sprang von Rot auf Grün, und ich wollte die Fahrbahn überqueren. Aber just in diesem Moment kam ein riesiger Lastwagen aus der Seventyninth Street, so daß ich Miriam nicht mehr sehen konnte. Ich mußte um das haushohe Ungetüm herumgehen. Dann hörte ich lautes Hupen – ein Auto kam plötzlich aus einer Seitenstraße geprescht und hätte mich um ein Haar überfahren. Ich konnte die Motorhitze spüren und die Auspuffgase riechen, als das Auto an mir vorbeiraste. Drohte mir der Tod, weil ich so erpicht darauf war, mich mit diesem Mädchen zu treffen, das kein wahres Wort sagte und das Max, mich, Stanley und weiß der Teufel wen sonst noch zum Narren hielt? »Unrat! Unrat!« murmelte ich vor mich hin. »Sie ist versumpft in Liederlichkeit und Falschheit.« Es würde, so schwor ich mir wieder, das letzte Mal sein, daß mir ihr verruchtes Gesicht unter die Augen kam.

Wir saßen in der Cafeteria, diesmal aber nicht am Fenster, sondern an einem Tisch, der hinten in einer Ecke stand. Mehrere Gäste glotzten uns an, aber niemand kam auf uns zu oder stellte uns zur Rede. Nach einiger Zeit wischte sich Miriam das Rouge und die Wimperntusche ab. Während wir Kaffee tranken, sagte sie: »Ja, das war ich und das werde ich immer bleiben. Ich habe keinerlei Schuldgefühle. Mit sechzehn war ich dumm genug, mich in so einen Schurken wie Janek zu verlieben und alles zu ertragen, was mir zugemutet wurde. Aber welchen Zweck hat es, Reue zu empfinden? Reue ist ein religiöser Begriff. Wenn man nicht an einen personifizierten Gott und an Sexualmoral glaubt, wie kann man dann reumütig sein? Ich habe das ganze schmutzige Spiel ertragen müssen, wenngleich ich zugeben muß, daß es mir manchmal gefallen hat. Damals war ich fast immer betrunken. Es war besser, dort zu sein, wo ich war, als zwischen den Ruinen des Gettos herumzuirren. Ich war bereit zu sterben. Weshalb ich überlebt und das alles zumindest körperlich gesund überstanden habe, dafür habe ich keine Erklärung. Wenn ich überhaupt etwas bedaure, dann die Tatsache, daß ich dir und Max nicht die Wahrheit über mich gesagt habe. Aber sie ist ja trotzdem, wie man so sagt, ans Licht gekommen.«

»Jemand wie du sollte das Wort ›Wahrheit‹ gar nicht in den Mund nehmen.«

»Du hast einmal geschrieben, hinter jeder Lüge verberge sich eine Wahrheit. Nicht im Sinne Freuds, sondern ganz objektiv gesehen.«

»Die Wahrheit ist, daß du die größte Schwindlerin bist, der ich – zu meinem Pech – bisher begegnet bin.«

»Mag sein. Trotzdem ist es wahr, daß ich gelebt, gelitten und gehofft habe. Du hast einmal Spinozas Ausspruch zitiert, es gebe keine Lügen, sondern nur entstellte Wahrheiten. Selbst ein Wurm hat seine eigene kleine Wahrheit. Er wird geboren, lebt ein Weilchen und wird dann zertreten. Das sind *deine* Worte, nicht meine.« In Miriams Augen blitzte so etwas wie Triumph auf.

»Was ist an jenem Morgen passiert, nachdem ich gegangen war?« hörte ich mich fragen und bedauerte es sofort.

»Das möchtest du wohl gerne wissen?«

»Du bist nicht verpflichtet, meine Frage zu beantworten.«

Miriam schwieg eine Weile, dann sagte sie: »Allerhand ist passiert. Stanley blieb den ganzen Tag und die nächste Nacht bei mir. Ich glaubte, ich würde die Nacht nicht überleben, und war bereit zu sterben. Du brauchst es mir nicht zu glauben, aber ich habe jahrelang mit dem Tod gelebt. Ich kenne ihn so gut wie meinen eigenen Körper. Stanley war nicht der erste, der mich mit einem Revolver bedroht hat. Derselbe Janek, für den ich mich aufgeopfert habe, hatte seinen Spaß daran, auf ein Wasserglas zu schießen, das er mir auf den Kopf gestellt hatte. Er brachte seine Kollegen – Polen und Deutsche – mit, und sie spielten das gleiche Spiel. Das ist nur eine von hundert wahren Geschichten, ob du's glaubst oder nicht. Denk bloß nicht, ich sei hierhergekommen, um zu weinen oder mich bei dir zu entschuldigen. Ich schulde dir gar nichts – dir nicht und auch Max nicht.«

»Wo ist Max?«

»In Polen.«

»Hast du ihn vor seiner Abreise getroffen?«

»Nein. Wie denn? Das Telefon hat geläutet, aber Stanley verbot mir, den Hörer abzunehmen. Später erfuhr ich, daß Max am Morgen nach der Party mit Matilda Treibitscher nach Polen gereist war.«

»Wie bist du deinen Ehemann losgeworden?«

Ein Lächeln glomm in Miriams Augen auf.

»Meinen Ehemann, hm? Da er mich nicht umgebracht hatte, mußte er ja irgendwann wieder gehen. Bevor er ging, erklärte er sich bereit, sich von mir scheiden zu lassen. Es war komisch, wirklich komisch.«

»Warum komisch?«

»Er konnte sich nicht entschließen, ob er mich umbringen sollte oder nicht. Ständig redete er davon, und schließlich bat er mich um Rat. Ist dir so etwas schon einmal zu Ohren gekommen? Der Mörder bittet sein Opfer um Rat! Mitten in dieser sogenannten Tragödie mußte ich lachen.«

»Was hast du ihm geraten?«

»Mein Rat lautete: ›Tu, was du willst.‹«

»Ist das wieder eine deiner Schwindeleien?«

»Nein, es ist wahr.«

»Was ist danach passiert?«

»Er sagte mir Lebewohl und ging. Wenn er eben erst vom Töten gesprochen hatte, schwafelte er im nächsten Moment von Versöhnung. Er schlug sogar vor, daß wir ein Kind haben sollten. Ich hätte so etwas nicht für möglich gehalten, wenn ich mich nach allem, was ich erlebt habe, überhaupt noch über etwas wundern könnte. Mich kann nichts mehr erschüttern. Wenn sich in diesem Moment der Himmel öffnen würde und Gott, umgeben von den himmlischen Heerscharen oder von Dämonen, in diese Cafeteria käme, würde ich nicht mit der Wimper zucken. Du magst ein Schriftsteller sein, du *bist* ein Schriftsteller, aber wozu die menschliche Spezies fähig ist, weiß ich besser als du.«

»Die Geschichte von deiner Lehrerin und dem dunklen Alkoven, in dem du angeblich die Kriegsjahre verbringen mußtest – war das auch eine Lüge?«

»Es war keine Lüge. Ich habe nicht hart gekämpft, um zu überleben – wozu auch? Aber ich entwickelte eine Art Ehrgeiz, durchzuhalten und diese gräßlichen Jahre lebend und kraftvoll zu überstehen. Für mich wurde das gewissermaßen zu einem Spiel oder Sport: Werde ich es schaffen oder nicht? Du schreibst oft, das Leben sei ein Spiel oder eine Wette oder dergleichen. Ich hatte beschlossen, dem Todesengel um jeden Preis aus der Hand zu schlüpfen. Als mir klar wurde, daß ich jeden Tag geschnappt und abtransportiert werden könnte, bin ich geflohen, und meine Lehrerin hat mich bei sich aufgenommen.«

»Wann war das?«

»Ende 1942. Nein, erst 1943.«

»Hat deine Lehrerin von deinem Lebenswandel gewußt?«

»Ja. Nein. Wer weiß?«

»Und in ihrem Haus hast du all diese Bücher gelesen?«

»Ja.«

»Und was ist danach passiert?«

»1945 bin ich herausgekrochen wie eine Maus aus ihrem Loch, und dann begann ein anderes Kapitel: herumwandern, sich über Grenzen schmuggeln, in Scheunen und Gräben übernachten und alles andere.«

»Was ist aus deinem Zuhälter geworden?«

»Janek ist tot.«

»Während des Aufstands umgekommen?«

»Jemand hat mit ihm abgerechnet.«

»Genau das tun die Menschen – sich gegenseitig umbringen, um zu beweisen, daß Malthus recht hatte.«

Um Miriams Lippen spielte ein Lächeln. »Ist das deine Theorie?«

»Sie ist so gut wie jede andere Theorie.«

Lange saßen wir schweigend da. Dann nahm Miriam ihre Tasse, trank einen Schluck und sagte: »Der Kaffee ist kalt.«

Wir gingen hinaus und liefen in Richtung Central Park West. Leute gingen an uns vorbei und glotzten uns an. Männer lächelten über Miriams seltsame Aufmachung, Frauen schüttelten mißbilligend den Kopf. »Ach«, sagte Miriam, »ich habe ja ganz vergessen, dir deine Sachen zu geben. Sie sind in meiner Handtasche – dein Geld, die Schlüssel, das Scheckbuch.«

Sie wollte dic Handtasche öffnen, doch ich sagte: »Nicht hier auf der Straße.«

»Wo gab Tamar dem Juda sein Eigentum zurück?«

»Sie ließ es ihm von einem Boten überbringen.Vorher wollte Juda ihr ein Zicklein überbringen lassen, aber der Bote konnte sie nicht finden. Als Tamar zum Scheiterhaufen geführt wurde, schickte sie Juda seine *maschkoness* zurück.«

»Oh, du erinnerst dich an alles! Ich habe diese Geschichte erst vor ein paar Tagen gelesen und schon wieder vergessen.«

»Du hast sie gelesen, aber ich habe sie im Cheder gelernt.«

»Bringt man Kindern so etwas im Cheder bei?«

»Früher oder später erfahren Kinder alles.«

»Eine Ziege als Gegenleistung für einen einzigen Besuch bei einer Prostituierten – das ist kein schlechtes Geschäft«, sagte Miriam und lachte.

»Offenbar war Tamar eine hübsche Frau.«

»Wieso hat ein bedeutender Mann, nach dem später alle Juden benannt wurden, es nötig gehabt, zu einer Prostituierten zu gehen? Und warum berichtet die Bibel davon? Und warum hat Juda ihr ein Zicklein geschickt? Würdest du jemanden aus deinem Büro bitten, einer Prostituierten eine Ziege zu überbringen?«

Das war so unvorstellbar, daß ich darüber lachen mußte. Auch Miriam brach in Gelächter aus. Nach einer Weile sagte ich: »Das waren götzendienerische Zeiten. Die Prostituierte stand in Verbindung mit dem Tempel. Sie stellte eine Institution dar, so ähnlich wie die Geishas in Japan.«

»Warum gibt es diese Institution nicht auch heute? Angenommen, du wärst Juda und ich wäre Tamar. Du hast deine *maschkoness* bei mir gelassen – Scheckbuch, Geld, Schlüssel. Wenn du niemanden hast, der mir eine Ziege überbringen kann, dann mußt du den Preis persönlich bezahlen.«

»Was ist dein Preis?«

»Auch eine Ziege.«

Plötzlich begann Miriam zu singen.

»Teiglech, migele, kozika,
rote Granatäpfelchen sind da.
Schlägt der Papa die Mama,
tanzen die Kinder, trallala.«

Wir setzten uns auf eine Bank außerhalb des Central Parks. Miriam wurde wieder ernst. »Was hat sich eigentlich seit den alten Zeiten geändert? Bei uns gibt es immer noch Götzendiener. Und Götzen ebenfalls. Ist Hitler denn nicht ein angebetetes Idol gewesen? Und was sind denn die Hollywoodstars, die sackweise Liebesbriefe erhalten und deren Fotos in der ganzen Welt verbreitet sind? Die gleiche Jentl in neuem Gewand. Die Huren sind sich bestimmt gleich geblieben, selbst wenn sie das College absolvieren und Dissertationen über dich schreiben. Was hätte jemanden wie mich davon abhalten sollen? Damals in Warschau hat sich meine Mutter mit allerlei Gesindel herumgetrieben. Angeblich war sie Kommunistin und Schauspielerin. Tatsächlich aber ist sie ebensowenig eine Schauspielerin gewesen, wie ich eine Rebbezin bin. Für sie war das alles nur ein Vorwand, um es mit Männern treiben zu können. Mein Vater ist auch nicht besser gewesen. Weiß der Himmel, wie viele Liebschaften er hatte! Er schickte mich auf ein Gymnasium, wo Hebräisch und Bibelkunde gelehrt wurden, aber er selber hat beides nicht ernst genommen. Er bestand darauf, daß ein jüdisches Mädchen wie ich den Sabbat begehen müsse, er selbst aber verstieß gegen jedes Sabbatgebot. Alle weltlichen Juden sind so. In Deutschland war mein Vater ein Schmuggler, und meine Mutter hatte eine Affäre mit einem Journalisten, der Halbjude war. Und wie glaubst du geht es im Judenstaat zu? Mit Ausnahme der Strenggläubigen in Mea Shearim sind sie alles andere als fromm. Und du selbst? Und Max? Und Stanley, dieser Narr? Keiner von euch hat ein Recht, mit dem Finger auf mich zu zeigen. Wieso bin ich schlechter als die Mädchen in meinem College? Weiß der Himmel, wie viele Männer meine Kommilitoninnen hatten! Und was ist mit den Frauen, die von ihren Ehemännern mit Pelzen und Schmuck und Cadillacs überhäuft werden, während sie sich die Zeit mit allem möglichen Unsinn vertreiben? Ich habe immerhin versucht, mein beschissenes Leben zu retten. Die meisten jüdischen Mädchen, die den Nazis in die Hände fielen, hätten das gleiche getan, wenn sie die Möglichkeit gehabt hätten.«

»Ich bin kein Moralprediger, und du brauchst dich nicht vor mir zu rechtfertigen.«

»Doch, du predigst Moral – du hast mich eine Hure genannt. Bin ich denn etwas Schlimmeres als solche Schürzenjäger wie du? Was seid ihr denn, ihr Schriftsteller und Künstler? Wenn es keinen Gott gibt und der Mensch vom Affen abstammt, warum kann ich dann nicht tun, was ich will?«

»Wenn sich alle Frauen so benähmen wie du, wüßte kein Mann, ob er wirklich der Vater seiner Kinder ist. Du weißt ja, was in Rußland nach der Revolution passiert ist, als die Prostitution eine proletarische Tugend wurde. Hunderttausende von Dieben, Verbrechern, Mördern trieben sich auf den Straßen herum. Sie waren nahe daran, Rußland kaputtzumachen. Was würde aus unseren jüdischen Überresten werden, wenn alle jüdischen Mädchen so lasterhaft wären wie du?«

»Sie sind bereits lasterhaft. Alle jüdischen Mädchen in meinem College hatten Affären mit Gojim. Und selbst diejenigen, die geheiratet haben und Gemeindemitglieder einer Synagoge wurden, sind völlig assimiliert. In Amerika besteht die Jüdischkeit darin, daß man Schecks nach Israel schickt oder der Hadassa angehört. Und dem Vernehmen nach soll es im jüdischen Staat auch nicht anders sein.«

Lange saßen wir schweigend da und starrten vor uns hin. Offenbar waren wir *uptown* gegangen, denn die

Bank, auf der wir saßen, war nicht weit vom Apartmenthaus der Treibitschers entfernt. Miriam machte plötzlich eine Bewegung.

»Hier sind deine *maschkoness.*« Sie öffnete ihre Handtasche und gab mir meine Schlüssel, mein Scheckbuch und die Dollarscheine, die sie in ein Kuvert gesteckt hatte. »Du kannst Max alles erzählen, was passiert ist. Denk daran, daß ich auch ohne Männer auskommen kann. Wenn du willst, soll dies unser letztes Treffen gewesen sein.«

Wir standen auf, gingen in den Park und liefen schweigend bis zum Teich. Der Morgen war sonnig gewesen, aber jetzt war der Himmel bewölkt. Die Luft roch nach Regen und schon ein wenig nach dem nahen Herbst. Vogelschwärme flogen kreischend übers Wasser. Ich durfte mich nicht mehr mit Miriam treffen, brachte es aber nicht fertig, mich von ihr zu trennen.

Wie sollte es jetzt weitergehen? Ich hatte oft das Gefühl, daß die Zukunft, egal, was man sagen oder tun würde, bloß eine Wiederholung der Vergangenheit wäre. Stefa hatte mir ein Zuhause angeboten, und ich hatte es akzeptiert. Sie war pummelig, eine Frau in mittleren Jahren und ziemlich verbittert geworden. Sie grollte ihrer verheirateten Tochter und grübelte unaufhörlich über sie nach. »Franka verabscheut die Juden«, sagte sie oft. »Sie ist mir böse. Was habe ich ihr denn getan?« Nein, ich konnte nicht bei Stefa und Leon einziehen. Ich konnte Leons Geseire nicht ertragen, seine Andeutungen bezüglich seines Testaments, sein endloses Gerede über meine schriftstellerische Arbeit. Er brachte es fertig, mir Lob zu zollen und mich dann auf seine primitive Art mit Sticheleien zu reizen. Irgendwie verstand er meine Leidenschaften und Illusionen, aber er spottete darüber mit der grimmigen Ironie eines alten Mannes, der die Eitelkeit des Lebens erkannt hat.

Die Dämmerung brach herein, und immer noch gingen Miriam und ich durch den Park. Er wurde allmählich menschenleer, und bald waren wir ganz allein. Es war ein langer Tag gewesen. Die rote Sonne hing wie ein riesiger Feuerball am Himmel. Sie schien nicht mehr, sie glühte. Es kam mir so vor, als hätte sie auf Grund eines astronomischen Irrtums vergessen unterzugehen und hinge jetzt verloren und verwirrt am Himmel. Ich phantasierte oft von einem kosmischen Wandel, der sich vor meinen Augen vollziehen würde. Die Erde würde sich von der Sonne losreißen – und was dann? Konnte Gott so etwas wie eine Erneuerung in dieser Welt bewirken? Aber könnte sie danach anders sein, wenn die Menschen die gleichen wie vorher blieben?

Miriam hakte sich bei mir unter, aber weil es mir unangenehm war, daß ihre Finger meine Haut berührten, entfernte ich einen nach dem anderen von meinem Arm. Sie sprach von der Zerstörung Warschaus, vom polnischen Aufstand, von den Greueltaten der Nazis, aber ich wollte nichts mehr davon hören. Aus irgendeinem Grund klammerte sie sich an mich. Konnte eine Frau wie sie Liebe empfinden? Mir fiel auf, daß sie ständig das Gesprächsthema wechselte, vermutlich weil sie befürchtete, mich zu langweilen. Ich überlegte mir selbstsüchtigerweise, ob ich jetzt die Oberhand über sie gewonnen hatte. Es war jener Machtinstinkt, der allen Lebewesen, allen Gattungen, allen Männern, Frauen, Tieren, Vögeln angeboren ist – eine Art Hackordnung. Ich brauchte Miriam nicht mehr gefällig zu sein, jetzt konnte ich allerlei Schmonzes und absurdes Zeug schwafeln. Ich hörte sie fragen: »Was wird deiner Meinung nach aus dem Jiddischen werden?«

Hatte sie sich diese Frage eben erst ausgedacht oder stand sie in Zusammenhang mit etwas, das sie vorher gesagt und das ich nicht gehört hatte? Ich beschloß, ernsthaft darauf zu antworten. »Diese Sprache wird nach und nach immer reicher werden, aber diejenigen, die sie sprechen, immer ärmer. Die Jiddischisten werden eine Schar von Bettlern sein und Gedichte schreiben, die niemand lesen wird. Die Schriftsteller werden Rucksäcke voller Manuskripte herumschleppen und unter der schweren Last ins Taumeln geraten. Sie werden eine Revolution planen, die nicht auf Erden stattfinden wird, sondern ...«

»Schau dir das an!« unterbrach mich Miriam.

Wir waren am südlichen Ende des Central Parks angelangt. Die Fenster der Wolkenkratzer spiegelten eine unheimliche Glut wider. Es war, als hätte eine riesige Wand aus Glas ganz von selbst zu glühen begonnen. Ein schöner Anblick – abgesehen davon, daß die Gebäude bei dieser Beleuchtung menschenleer wirkten. Ich mußte an eine Geschichte von Rabbi Nachman aus Bratzlaw denken, in der er von einem Palast erzählt, in dem eine lange Tafel für ein fürstliches Mahl gedeckt worden war, obwohl der Palast schon seit vielen, vielen Jahren leerstand.

»Lach nicht«, sagte Miriam, »aber ich bin hungrig.«

»Das ist kein Grund zum Lachen.«

»Schmetterling! Darf ich dich immer noch Schmetterling nennen?«

»Du darfst mich sogar Nachbi ben Wafsi nennen.«

»Was ist das denn für ein Name?«

»Er stammt aus dem Pentateuch. Es hat auch einen

Schriftsteller gegeben, der sich so nannte – ich weiß nicht mehr, ob er in jiddischer oder hebräischer Sprache geschrieben hat.«

»Schmetterling, ich kann nicht mehr ohne dich leben. Das ist die bittere Wahrheit.«

Ich blieb stehen, Miriam ebenfalls. »Schon so bald?« fragte ich. Ich hatte das Gefühl, daß nicht ich es war, der das gesagt hatte. Ich hatte meinem Mund eine Art Eigengesetzlichkeit gewährt, und er redete wie von selbst.

»Bei mir geht alles schnell«, erwiderte Miriam. »Entweder schnell oder gar nicht.«

»Und was ist mit Max?«

»Er fehlt mir auch.«

»Und Stanley?«

Miriam zuckte zusammen. »Sprich diesen Namen nicht aus. Verflucht soll er sein!«

»Wo möchtest du essen?«

Miriam antwortete nicht. Sie nahm meinen Arm und drückte ihn so fest, daß es weh tat. »Schmetterling, ich habe eine Idee. Aber versprich mir, nicht darüber zu lachen.«

»Ich werde nicht lachen.«

»Da du bereits die Wahrheit über mich weißt, kann doch alles so bleiben, wie es ist.«

»Kann *was* so bleiben?«

»Ich bleibe eine Prostituierte, und du wirst mein Kunde. Meine Wohnung wird unser Bordell sein. Du wirst mich dafür bezahlen, aber ich werde billig sein. Ein Dollar für eine Woche oder zehn Cents für eine Nacht. So billige Prostituierte hat es in Warschau gegeben, und zwar in der Krochmalnastraße, in der du gewohnt hast. Bin ich weniger begehrenswert als sie? Du machst dabei ein gutes Geschäft. Ich werde sogar für dich kochen. Die

Leute sind doch überall hinter Schnäppchen her. Ich werde dein Schnäppchen sein. Du darfst mich Hure nennen. Das ist von heute an mein Name.«

»Und Max?«

»Er wird mich auch so nennen. Ich mache Schluß mit diesen Täuschungsmanövern. Ich möchte eine ehrliche Prostituierte sein.«

Etwas in mir wollte lachen, aber ich spürte einen stechenden Schmerz im Mund.

»Und was ist mit den anderen?«

»Welche anderen? Es wird keine anderen geben.«

»Eine Prostituierte, die nur zwei Kunden hat?«

»Ja, dich und Max. Wenn er mich nicht haben will, werde ich nur dir gehören. Ich erinnere mich an eine biblische Geschichte über einen Propheten, der eine Hure heiratete. Aber ich möchte nicht heiraten, ich will bloß eine Hure sein.«

»Was sollen wir jetzt tun?« fragte ich.

»Gib mir zehn Cents.«

»Im voraus?«

»In Warschau wurde immer im voraus bezahlt.«

»Moment!«

Ich suchte in meiner Hosentasche herum, bis ich ein Zehncentstück fand. Miriam streckte die Hand aus.

»Hier!« Ich drückte ihr die Münze in die Hand.

Sie starrte sie eine Weile an, nahm sie dann mit der anderen Hand und drückte sie an die Lippen. »Das ist der glücklichste Tag in meinem Leben.«

# Zweiter Teil

# 7

Zwei Wochen vergingen, ohne daß wir etwas von Max hörten. War er vielleicht im kommunistischen Polen verhaftet worden? Ich rief bei Chaim Joel Treibitscher an, aber niemand war zu Hause. Ich verbrachte die Nacht mit Miriam, nicht in ihrer, sondern in der Park-Avenue-Wohnung der Lesbierin, deren Kind von Miriam versorgt wurde. Miriam hatte mich der Dame des Hauses – Lynn Stallner – vorgestellt, einer hochgewachsenen Frau mit grünen Augen und feuerroten, männlich kurzgeschnittenen Haaren, deren Gesicht und Hände mit Sommersprossen übersät waren. Sie hatte eine kurze Nase und volle Lippen. Sylvia, ihre kleinwüchsige Freundin, war ein dunkler Typ. Beide waren geschieden. Sie waren in die Sommerfrische nach Martha's Vineyard gefahren, und Miriam mußte sich um das Kind kümmern. In dem Luxusapartment bereitete sie Mahlzeiten für sich und mich zu. Wir tranken Wein aus Lynn Stallners erlesenem Weinkeller. Tagsüber, wenn Miriam mit dem kleinen Didi im Park und auf dem Kinderspielplatz war, saß ich in Lynn Stallners Bibliothek und las ihre Bücher. Außerdem machte ich mir Notizen über meine Themen und Einfälle. Manchmal blätterte ich in der jiddischen Zeitung, die Miriam jeden Morgen heraufbrachte.

In jedem Raum dieser Wohnung war ein Telefon, und oft rief ich Stefa an. Unsere Gespräche waren fast immer die gleichen. Wo ich mich denn an diesen heißen Sommertagen versteckt hielte? Sie wollte wissen, warum ich mich nicht mehr bei ihr blicken ließe. Sie und Leon träfen Reisevorbereitungen für einen vierwöchigen Aufenthalt in einem Hotel in Atlantic City. Sie würden mich gern mitnehmen. »Ich bin von dir enttäuscht, Arele«, beschwerte sich Stefa. »Statt dich auf deine Arbeit zu konzentrieren, treibst du dich mit allerlei Gesindel herum. Ich habe an dich und dein Talent geglaubt, aber du tust alles mögliche, um dich zu ruinieren. Leon ist begeistert von deinen jiddischen Werken, aber wer kann denn in Amerika Jiddisch lesen? Du steckst in einem Sumpf, aus dem du nie mehr herauskommen wirst. Schreiberlinge, die zwanzig Jahre jünger sind als du, werden reich und berühmt, während du dich an etwas klammerst, das krank, morsch und mehr tot als lebendig ist. Leon hat sich erboten, jemandem ein Honorar für die Übersetzung deines Werks ins Englische zu zahlen. Andere würden sich um eine solche Chance reißen, aber du tust nichts, um dich aus der Klemme zu ziehen.«

»Stefele, Literatur ist mir nicht so wichtig, daß ich dafür zum Bettler werden könnte.«

»Was *ist* dir denn wichtig? Ich könnte dich ja verstehen, wenn du ein frommer Jude wärst, wie es dein Vater gewesen ist, oder ein Zionist, dem es um die Wiedererrichtung der jüdischen Heimstatt ging. Aber was *du* tust, dein ganzes Verhalten, ist blanker Selbstmord. Von wo rufst du an?«

»Aus meinem Büro.«

»Lügner! Du bist nicht in deinem Büro.«

»Woher weißt du das?«

»Ich habe dort angerufen, und man hat mir gesagt, du wärst nicht da.«

»Warum hast du angerufen?«

»Weil Leon ein Geschäft früher als erwartet abschließen konnte und wir schon morgen nach Atlantic City fahren. Ich rief an, um mich von dir zu verabschieden.«

»Ade, Stefele. Ich wünsche dir eine schöne Sommerfrische.«

»Wo bist du?«

Ich zögerte, dann sagte ich: »Ich bin Babysitter bei einer lesbischen Mutter geworden.«

»Willst du dich über mich lustig machen?«

»Nein, das will ich nicht.«

»Moment bitte! Es hat an der Tür geklingelt. Ich bin gleich wieder da.«

Während Stefa zur Tür ging, blieb ich mit dem Hörer am Ohr sitzen. Vorher hatte ich die Morgenzeitung auf meinen Schoß gelegt, und jetzt hatte ich Gelegenheit, darin zu blättern. Plötzlich sprang mir eine Schlagzeile in die Augen, die sich über mehrere Spalten erstreckte: HARRY TREIBITSCHER BEGEHT SELBSTMORD. Etwas in mir erschauerte. Harry (oder Herschele) Treibitscher war der Börsenmakler, dem Max das Geld seiner Flüchtlingskunden anvertraut hatte. Die Zeitung berichtete, Harry Treibitscher habe sich erhängt, nachdem er wegen Veruntreuung von Wertpapieren in Gewahrsam genommen worden sei. Er sei der Neffe von Chaim Joel Treibitscher, einem eminenten Philanthropen, der seit langem in Gemeindeangelegenheiten tätig sei.

Ich hörte Stefas Stimme: »Arele?«

»Ja, Stefele.«

»Es war der Postbote mit einem eingeschriebenen Brief für Leon. Was hast du vorhin über einen Babysitter und eine Lesbierin gefaselt? Bist du betrunken oder sonstwas?«

»Ich bin nicht betrunken, aber ich habe gerade in der heutigen Zeitung gelesen, daß jemand, der mit dem

Geld polnischer Flüchtlinge spekulierte, sich das Leben genommen hat. Das ist wirklich eine Katastrophe.«

»Hattest du ihm dein Geld anvertraut?«

»Nein, aber ein guter Freund von mir. Vielleicht hast du schon von Max Aberdam gehört.«

»Nein, wer ist das? Von wo rufst du an? Wer ist diese Lesbierin?«

»Ich war schon in Warschau mit Max Aberdam befreundet. Er hat hier in New York eine Geliebte. Eine Studentin. Sie ist Babysitter bei dieser Lesbierin.«

»Was hat das mit *dir* zu tun?«

»Diese Studentin schreibt eine Dissertation über meine Werke. Sie hat mich eingeladen, um mir zu zeigen, was sie bisher geschrieben hat. Ich versuche, die vielen Fehler, die sie gemacht hat, zu korrigieren.«

»Also wirklich – ich glaube allmählich, daß du den Verstand verloren hast. Keine Universität akzeptiert eine Dissertation über einen unbekannten jiddischen Schriftsteller. Du läßt dich ständig mit Leuten ein, die dir bloß die Zeit stehlen. Ich kann den New Yorker Sommer nicht ertragen, deshalb fahren wir morgen nach Atlantic City. Aber wie du nur zu gut weißt – einen ganzen Monat lang tagaus, tagein mit Leon zusammenzusein, das ist wirklich unerträglich. Hier in New York hat er seine geschäftlichen Interessen und läßt mich in Ruhe. Aber sobald wir in der Sommerfrische sind, hat er nur mich, und es ist schwierig, ihn abzuschütteln. Wenn du mitkämst, könnten wir alle den Urlaub genießen. Ich möchte dir unsere Adresse geben, damit du anrufen und zu uns kommen kannst, wenn du genug hast von deinen Meschuggenen und Schmarotzern, die dir die Energie rauben. Hol einen Bleistift und schreib die Adresse auf!«

Sie diktierte mir den Namen des Hotels, die Adresse

und die Telefonnummer, dann fragte sie: »Wie war der Name deines Freundes, den du vorhin erwähnt hast?«

»Max Aberdam.«

»Ist er derjenige, der sich das Leben genommen hat?«

»Nein, nicht er, sondern sein Makler, sein Börsenmakler.«

»Ich habe nie von ihm gehört, aber Leon weiß bestimmt, wer das ist. Was hat das alles mit dir und der Lesbierin zu tun?«

»Zwischen alledem besteht ein Zusammenhang.«

»Amen und adieu! Dir kann nur Gott helfen.«

Kaum hatte ich den Hörer aufgelegt, da klingelte das Telefon schon wieder. Es war Miriam. Ihre Stimme klang erregt. »Warum hast du so ein langes Telefongespräch geführt?«

»Es war jemand aus meinem Büro.«

»Arele, Max ist krank!«

»In Polen krank geworden? Woher weißt du das?«

»Ich habe Didi in seinem Sportwägelchen zu meiner Wohnung gefahren, und der Hausverwalter hatte ein Telegramm für mich aus Warschau. Mein Herz hat mir gesagt, daß etwas passiert sein muß. Max liegt im Krankenhaus. Er ist operiert worden!«

»Gott der Gerechte, was ist passiert?«

»In dem Telegramm steht nur, daß er operiert worden ist. Ich weiß, daß er Nierenbeschwerden hatte. Ich war beunruhigt wegen seiner Reise. Sobald ich erfahren hatte, daß er nach Polen reisen wollte, wußte ich, daß er in sein Unglück rennt. Hier in New York hat er einen Arzt, der sich um ihn kümmert und seine Beschwerden kennt. Die Ärzte in Warschau, zumal nach dem Krieg, sind wahrscheinlich alle noch junge Burschen, Studenten.«

»Was genau steht in dem Telegramm?«

»Daß er operiert worden ist und daß er mir aus der Schweiz telegrafieren wird. Und herzliche Grüße an dich.«

»Von wo in der Schweiz?«

»Er hat keine Adresse angegeben. Vermutlich will er sich dort erholen. Ich weiß, daß Matilda Treibitscher irgendwo in der Schweiz eine Villa hat. Du weißt ja, daß sie mitgereist ist.«

Wir schwiegen eine Weile, dann sagte ich: »Miriam, ein Unglück kommt selten allein. Harry Treibitscher, oder Herschele, wie du ihn nennst, hat Selbstmord begangen.«

»Was? Das kann ich nicht glauben!«

Ich las ihr den Zeitungsbericht vor. Dann lamentierte sie im typischen Warschauer Singsang: »Das bringt Max um. Das ist sein Ende – und meines! Ohne ihn will ich nicht mehr leben. Arele, jetzt hat mich meine Strafe ereilt. Max hatte Harry sein ganzes Geld anvertraut, nicht nur sein eigenes, sondern auch das seiner Kunden. Was Geld anbelangt, ist Max ungemein ehrlich. Wenn er das erfährt, bricht es ihm das Herz. Ach, ich will nicht weiterleben! Schmetterling, du hast mir gerade ein Messer in die Brust gestoßen.«

»Miriam, Liebes, ich konnte dir diese Nachricht doch nicht verheimlichen.«

»Nein, warum auch? Das ist ein Schicksalsschlag, eine Katastrophe! Priwe wird nichts mehr haben, gar nichts. Ich habe Max gewarnt, ich habe es ihm vorausgesagt. Als ich dich gerade erst kennengelernt hatte, sagte ich dir bereits, daß Harry ein Schwindler, ein Spieler sei. Er setzte auf Pferde und fuhr in einem Rolls-Royce umher. Er war auf Prostituierte scharf, nicht auf billige wie mich, sondern auf solche, die sich ihre Dienste teuer bezahlen lassen – Schauspielerinnen, Mannequins, Opernsängerinnen, weiß der Teufel auf wen sonst noch. Max wußte über Harrys Seitensprünge Bescheid, hielt ihn aber für so ein Finanzgenie wie seinen Onkel Chaim Joel. Bei allen Fehlern, die er hat, ist der Onkel ein Jude der alten Schule. Harry dagegen war ein Scharlatan, ein Wüstling, ein Dieb. Er soll sogar Besitzer eines Privatflugzeugs gewesen sein. Warum muß man ein Privatflugzeug haben? So ein Gauner! Das war nicht bloß Geld« – Miriams Stimme wurde lauter –, »das war Schmerzensgeld, Blutgeld, Wiedergutmachungsgeld, das Mütter wegen ihrer Kinder erhalten hatten. Ach, einen Moment bitte ...« Durch die Telefonleitung konnte ich sie husten und keuchen hören. Und ich hörte Didi schluchzen. »Miriam, was ist denn?«

»Nichts, nichts. *Scha,* Didile! *Scha, oizerl,* süßes *neschomele*! Da, trink schön! Arele, sobald ich den Kleinen beruhigt habe, bringe ich ihn heim. Nur eines möchte ich dir noch sagen.«

»Was?«

»Schmetterling, flieg davon, flieh! Wenn du nicht völlig blind bist, mußt du den Morast erkannt haben, in den ich dich gezogen haben: Diebstahl, Raub, Prostitution, ein Meer von Unrat. Du wärst um ein Haar von Stanley erschossen worden. Hast du so etwas nötig? Du bist ein schöpferischer Mensch, du brauchst deine Ruhe und deinen Frieden. Weshalb solltest du in meiner Hölle schmoren?«

»Sag mir das alles später, Miriam, nicht am Telefon.«

»Auf bald!« Sie legte auf.

Ich war so beunruhigt, daß ich nicht auf dem Stuhl sitzenbleiben konnte. Ich ging zum Sofa auf der anderen

Seite des Zimmers. Zugegeben – was ging mich eigentlich Max Aberdams Gesundheitszustand an? Weshalb sollte ich mir Gedanken wegen des betrügerischen Neffen von Chaim Joel Treibitscher machen? Und wegen Priwe oder Zlowa, oder Irka Schmelkes und ihres wirrköpfigen Sohnes Edek? Ich mußte mit diesem Personenwirrwarr Schluß machen und mich wieder meiner Arbeit widmen. Aber wie sollte ich mich daraus befreien, was genau sollte ich tun? In meinem Zimmer in der Seventieth Street zu arbeiten, war unmöglich. Den ganzen Tag flutete das Sonnenlicht herein, und die Hitze im Zimmer war nicht mehr zu ertragen. Ob ich zu den Kreitles nach Atlantic City fahren sollte? Aber ein Erste-Klasse-Hotel konnte ich mir natürlich nicht leisten; die Kosten für ein paar Wochen in einem solchen Etablissement hätten meine Ersparnisse aufgezehrt. Ich war mir ja nicht einmal sicher, ob ich dort in Ruhe arbeiten könnte. Offen gestanden – ich mochte die Berge, nicht das Meer. Meine blasse Haut vertrug die grelle Sonne nicht. Schwimmen hatte ich nie gelernt. Außerdem hielt mich die Schamhaftigkeit, die ich seit meiner Kindheit nicht verloren hatte, davon ab, mich halbnackt in den Sand zu legen oder zusammen mit Frauen und Mädchen im Meer zu planschen.

Ich nickte ein, und als ich die Augen aufmachte, sah ich Miriam. Sie hatte Didi nach Hause gebracht und es bereits geschafft, ihn schlafen zu legen. Sie war erstaunlich verändert. Sie war jetzt eine erwachsene Frau mit wirren Haaren und geröteten Augen. Ihrem Blick und ihren zusammengekniffenen Lippen war die Verzweiflung eines in Schwermut verfallenen Menschen anzumerken.

Sie rief bei Chaim Joel Treibitscher an, in der Hoffnung, etwas Neues über Max' Zustand zu erfahren, doch man sagte ihr, der alte Herr sei ebenfalls nach Europa gereist. Dann sagte sie zu mir: »Ich würde ja nach Polen reisen, aber ich weiß Max' Adresse nicht, und Geld habe ich auch nicht.«

»Ich gebe dir, was ich habe.«

»Weshalb solltest du das tun? Ich könnte das Geld schon irgendwie zusammenkratzen. Mein Vater würde es mir geben. Aber ich will das Land, das die Juden ausgerottet hat, nie mehr zu Gesicht bekommen. Irgendwie habe ich gewußt, daß Max' Reise mit einem Fiasko enden würde. Wie könnte ich jetzt zu ihm gehen? Er ist vielleicht schon unterwegs in die Schweiz, um in Matildas Haus zu wohnen. Dort wäre ich das fünfte Rad am Wagen. Man würde mich ohnehin nicht zu ihm lassen. Mein einziger Wunsch ist, daß er am Leben bleibt, aber die Sache mit Herschele wird ihn umbringen. Schmetterling, was soll ich denn tun?«

»Nichts.«

»Irka Schmelkes hat mich angerufen. Die wissen alle, daß ich mit Max ein Verhältnis habe. Der Ton, in dem Irka mit mir sprach, gab mir zu verstehen, daß *ich* sie um ihr Geld gebracht hätte. Sie war ganz hysterisch und tat so, als hätte Max ihre Ersparnisse an mich verschwendet. Wer weiß, wozu diese alten Schachteln fähig sind! Wenn es um Geld geht, drehen die Leute durch.«

»Wenn sie nur durch Geld vor dem Schlimmsten bewahrt werden können, ist das doch verständlich.«

»Die werden alle bei mir anklopfen. Irka sagte, Max habe seine Frau bettelarm zurückgelassen. Das ist eine Lüge. Priwe verfügt über eigenes Geld. Aber auch sie haßt mich und hetzt die anderen gegen mich auf. Diese Zlowa ist ebenfalls eine niederträchtige Person. Die werden sich alle zu einer Clique zusammenschließen und ihre Wut an mir auslassen. Schmetterling, für mich gibt's nur einen einzigen Ausweg – den Tod. Ich möchte dich um einen Gefallen bitten, aber lach nicht darüber, ich meine es ernst.«

»Was denn?«

»In den dunklen Zeiten meines Lebens habe ich mehrmals Schluß machen wollen. Aber ich bin feige. Einmal habe ich Tabletten geschluckt, sie aber sofort wieder erbrochen. Du mußt mir helfen, zu sterben.«

»Miriam, jetzt reicht's aber!«

»Schrei mich nicht an! Ich habe nichts, wofür es sich zu leben lohnt. Ich habe auf der ganzen Linie versagt. Ich habe meinen Eltern Schande gemacht und sogar dich mit hinuntergezogen. Du siehst blaß und krank aus. Dieser ganze Schlamassel schadet deiner Gesundheit und ganz bestimmt deiner Schriftstellerei.«

»Und was soll ich für dich tun? Dir den Kopf abhacken?«

Miriams Augen leuchteten auf. Einen Moment lang sah sie wieder jung aus. »Ja, mein Schatz, tu das. Ich selber habe nicht den Mut dazu. Ich werde deine Hände küssen. Ich werde dir meinen Hals hinstrecken wie eine Taube.«

»Eine Taube?«

»Meine Großmutter hat immer gesagt, wenn man eine Taube schlachten will, streckt sie dem Messer den Hals hin.«

»Du spielst ja nur Komödie.«

»Nein, mein Schatz, ich meine es ernst. Ich habe zu Hause ein Hackbeil, das gebe ich dir. Ich werde eine schriftliche Bestätigung hinterlassen, daß ich es selber getan habe.«

»Miriam, nicht einmal Al Capone hätte sich selber den Kopf abhacken können.«

»Dann mußt du mich erwürgen. Du hast zwei kräftige Hände. In deinen Händen werde ich glücklich sterben.«

»Ein Todeskuß, was?«

»Was ist das?«

»Der Legende nach starb Moses, nachdem Gott ihn geküßt hatte.«

»Sei du mein Gott!«

»Du meinst, dein Todesengel.«

»Das ist doch dasselbe.«

Miriam schlang die Arme um meinen Hals. Sie begann, mich zu küssen und in die Lippen zu beißen. Ich wußte seit langem, daß Gespräche über Gewalt, Mord und Tod die Wollust wecken. In Augenblicken der Leidenschaft hatte ich Schreie wie »Töte mich!«, »Zerreiß mich!«, »Erstich mich!« gehört. Atavistische Instinkte brachen aus Kehlen hervor, Schreie aus dem Urwald, aus Höhlen. Wir warfen uns auf Lynn Stallners Sofa, rangen miteinander, wälzten uns, umarmten, küßten und bissen einander. Miriam begann wie ein Tier zu heulen. »Ich möchte ein Kind von dir haben! Ich möchte ein Kind in mir tragen!«

Das gehörte alles zum Liebesspiel. Die Nacht brach herein. Didi wachte auf und begann in seinem Bettchen zu wimmern. Miriam riß sich von mir los und rannte in sein Zimmer, um seine Windeln zu wechseln und ihm sein Fläschchen zu geben. Seine Mutter lag irgendwo in New England mit ihrer lesbischen Freundin im Bett. Als Miriam wieder hereinkam, machte sie das Licht an. Sie hatte Didi auf den Armen – einen rothaarigen Knirps mit blauen Augen und blassem Gesichtchen, der über seiner Windel ein Nachthemdchen trug. Seine kleine

Hand lag auf Miriams Brust. Miriam deutete auf mich und sagte: »Didi, das ist dein Daddy.« Der Kleine sah mich an, sein Gesicht war ernst und friedlich. Eine stille Weisheit sprach aus seinen Augen. Irgendwo in alledem, sagte ich mir, existiert eine Macht, die alle körperlichen und geistigen Verwirrungen kennt und versteht. Ich hatte nie ein Kind gehabt, hatte nie eine neue Seele in diese verfluchte Welt bringen wollen, doch an diesem Abend empfand ich väterliche Liebe für dieses kleine Wesen, das völlig hilflos und ganz auf menschliche Verantwortlichkeit und Güte angewiesen war. Ein Tier in diesem Alter hat Zähne, Klauen, oft auch Hörner, und kann sich bereits selber mit Nahrung versorgen. Der *homo sapiens* hingegen wird als hilfloser Invalide geboren und muß es jahrelang bleiben, ehe er dem Leben gewachsen ist und Erfahrung sammeln kann. Die Zeit der Kindheit scheint von Generation zu Generation länger zu dauern.

Miriam hielt den Kleinen zu mir hinunter. »Gib Daddy die Hand!«

Ich nahm Didis Händchen und küßte sie. Dann spielte ich eine Weile mit seinen Zehen. Miriam sagte mit tränenerstickter Stimme: »Ein liebes Kerlchen, nicht wahr?«

»Vorläufig ja.«

»Wie meinst du das?«

»Er könnte später ein Dieb, ein Gauner oder ein Mörder werden.«

»Ich glaube eher, daß ein anständiger Mensch aus ihm wird – ein Künstler oder Gelehrter.« Sie sah mich zärtlich-vorwurfsvoll an. »Wir könnten einen kleinen Jungen wie Didi haben, wenn nicht alles schiefgegangen wäre.«

Als Lynn Stallner anrief, um Miriam mitzuteilen, daß sie am nächsten Tag nach New York zurückkehren würde, schlug Miriam mir vor, in ihre Wohnung zu ziehen. Aber der Gedanke daran jagte mir Angst ein. Stanley hatte immer noch den Wohnungsschlüssel und hätte jederzeit hereinplatzen können. Ich verabschiedete mich von Miriam und kehrte in mein Zimmer in der Seventieth Street zurück. Als ich von dort weggegangen war, hatte ich vergessen, die Jalousien zuzuziehen. Die Sonne hatte das Zimmer den ganzen Tag über aufgeheizt. Es war so heiß wie in einem Backofen. Bücher, Zeitschriften und Zeitungen lagen auf dem Fußboden und dem Bett verstreut. Ein Wunder, daß die Hitze sie nicht in Brand gesteckt hatte. Ich war zu müde, um mich auszuziehen. In Jackett, Hose und Schuhen ließ ich mich aufs Bett fallen. Ich hatte die Morgenzeitung gekauft, war aber zu erschöpft, um sie zu lesen. Selbst zu so später Stunde drang vom Broadway das Geratter und Geschepper der U-Bahn durch mein Fenster. In den Sommermonaten war New York ein Inferno. Ich schlief die ganze Nacht in meinen Kleidern.

Am Morgen duschte ich mich in dem Waschraum im Flur, dann fuhr ich mit der U-Bahn ins Büro. Ich hatte meine Arbeit vernachlässigt. Auf meinem Schreibtisch lag eine Liste mit den Namen all derer, die hierhergekommen waren, um ihr Herz auszuschütten und sich bei mir Rat zu holen. Einige dieser Personen kannte ich bereits: den Kommunisten, der von Rußland enttäuscht und auf der Suche nach einer neuen Auslegung des Marxismus war; die Frau, die dreimal versucht hatte, sich das Leben zu nehmen; den betrogenen Ehemann, der im Alkohol und Drogenkonsum Trost gesucht hatte; den jungen Burschen, der von Lichtstrahlen, die Feinde auf ihn gerichtet hatten, in den Wahnsinn getrieben worden war; das Mädchen, das einen Weg zu Gott und zu einer erneuerten Jüdischkeit suchte. Ihnen allen hatte ich versichert, daß ich ihnen nicht helfen könnte. Ich sei selber eine verlorene Seele. Sie waren aber trotzdem überzeugt, daß nur ich sie retten könnte, und klammerten sich an mich und meine tröstenden Worte. Sie hatten Passagen aus meinen Artikeln ausgeschnitten und bestimmte Wörter unterstrichen. Manchmal überhäuften sie mich mit unverdientem Lob, manchmal mit bitterer Kritik. Und sie alle schrieben mir lange Briefe.

Ich hatte eine Artikelserie über Telepathie, Hellseherei, Vorahnungen, Wachträume und andere okkulte Phänomene geschrieben und daraufhin viele Briefe erhalten, in denen Erstaunliches berichtet wurde. Gelegentlich bekam ich auch Liebesbriefe von Leserinnen, die ein Foto beigelegt hatten.

Ich hätte meine Stellung gern aufgegeben, doch meine Vorgesetzten weigerten sich, mich aus meiner Funktion als Ratgeber im Radio und bei der Zeitung zu entlassen. Jahrelang war ich völlig unbekannt gewesen, und plötzlich kannten mich alle Leser und lüfteten sogar meine verschiedenen Pseudonyme. Auch Verrisse handelte ich mir ein. Ständig bekam ich neue Vorwürfe zu hören: ich sei zu pessimistisch, zu abergläubisch, zu skeptisch gegenüber dem Fortschritt der Menschheit, zu wenig interessiert am Sozialismus, am Zionismus, am Amerikanismus, am Kampf gegen den Antisemitismus, an den Aktivitäten der Jiddischisten, an der Gleichberechtigung der Frauen. Einige Kritiker warfen mir vor, ich hätte mich, obwohl ich die Errichtung eines jüdischen Staates miterleben durfte, mit verstaubter Folklore beschäftigt. Sie warfen mir vor, den Leser zurück ins finstere Mittelalter zu versetzen. Nu, und warum soviel Interesse an Sex?

Das Thema Sex stehe nicht in der Tradition der jiddischen Literatur.

Jemand klopfte an meine Tür, dann öffnete er sie langsam und vorsichtig, wobei er so verschmitzt lächelte wie ein alter Freund, der nicht damit rechnet, wiedererkannt zu werden. Er war schmächtig und hatte eine scharfgeschnittene Nase und ein spitzes Kinn. Er trug einen buntkarierten Anzug und eine Kopfbedeckung, die man in Warschau Radfahrermütze nannte. Er musterte mich von Kopf bis Fuß, dann sagte er: »Ja, Sie sind's. Sagt Ihnen der Name Morris Zalkind etwas?«

»Zalkind? Ja, natürlich.«

»Ich bin Miriams Vater.«

Ich sprang vom Stuhl auf. »Scholem alejchem!«

Er streckte mir nicht die ganze Hand, sondern nur zwei Finger hin. Er trug eine gelbe, schwarzgetüpfelte Krawatte, in deren Knoten eine Perlnadel steckte. Seine Fingernägel waren manikürt. Er erinnerte mich an die Dandies im Schriftstellerclub.

»Miriams Vater?« platzte ich heraus. »Sie sehen wie ein junger Spund aus.«

»Ich bin schon über fünfzig – das heißt, wenn es nach der Anzahl meiner Lebensjahre geht. Wenn es danach geht, was ich alles durchgemacht habe, bin ich schon hundertundfünfzig. Miriam hat Ihnen wahrscheinlich von mir erzählt. Ich hoffe, sie streitet nicht ab, daß sie einen Vater hat.« Er zwinkerte und lächelte, wobei man seine falschen Zähne sehen konnte. Mir fiel auf, daß er einen Siegelring mit einem Edelstein trug. In der Brusttasche seines Jacketts steckten ein Taschentuch und ein goldener Füllfederhalter.

»Nehmen Sie doch Platz! Ich bin wirklich sehr erfreut. Ihre Tochter spricht oft von Ihnen.«

»Stört es Sie, wenn ich rauche?«

»Nicht im geringsten. Fühlen Sie sich wie zu Hause.«

Er zog ein silbernes Zigarettenetui und ein silbernes Feuerzeug aus der Tasche und zündete sich eine Zigarette an. Seine Bewegungen waren blitzschnell und präzis. Er stieß den Rauch durch die Nase aus.

»Ich wohne auf Long Island«, sagte er, »habe aber ein Büro im Astor Building. Ich habe schon in Warschau Ihre Veröffentlichungen gelesen. Und auch alle Zeitungen – *Hajnt, Moment, Express* und sogar die *Volks-Zeitung*. Ich bin zu den Versammlungen im Schriftstellerclub gegangen, dort hat man mich auf Sie aufmerksam gemacht. ›Sehen Sie diesen rothaarigen jungen Burschen?‹ sagte jemand zu mir. ›Da wächst ein Talent heran.‹ In Rußland war es verboten, Ihren Namen auch nur zu erwähnen. Dort hielten die jüdischen Kritiker, diese *schmegegess*, Sie für einen Imperialisten. Ich weiß, ich weiß. Fanja, meine Frau – sie ist jetzt mit ihrem *lubownik* im Heiligen Land –, war einmal eine von denen. In Warschau hat sie ihnen Geld gegeben, für politische Häftlinge und weiß der Teufel für wen sonst noch. Sie alle haben das Geld in die eigene Tasche gesteckt. Über diese Jahre sind Bücher geschrieben worden, aber darin steht kein Tausendstel von dem, was wirklich passiert ist. Stalin hatte sie schon alle zum Tod verurteilt. Man hätte blind sein müssen, um das nicht mitzubekommen. Gehen Sie mit mir auf die Straße hinunter, ich habe etwas mit Ihnen zu besprechen, das sich nicht so schnell sagen läßt. Wir trinken eine Tasse Kaffee. Ich werde Sie nicht lange aufhalten. Höchstens eine Viertelstunde.«

Aus der Viertelstunde wurde mehr als eine Stunde, und noch immer redete Morris Zalkind. Wir aßen in der Cafeteria zu Mittag. Er erbot sich mehrmals, für uns beide zu bezahlen, aber ich hatte meinen Kassenzettel in die hintere Hosentasche gesteckt und war fest entschlossen, ihn nicht herzugeben. Morris Zalkind erzählte mir lang und breit seine Familiengeschichte. »Vermutlich wissen Sie bereits, daß mein Sohn Manes 1944 während des Aufstands ums Leben gekommen ist. Juden haben eine besondere Art Bazillus, der leider ewig lebt. Und jetzt erzähle ich Ihnen von Miriam. Moment, ich hole uns erst noch einmal Kaffee und Kuchen. Geben Sie mir Ihren Kassenzettel!«

»Nein, danke.«

»Stur, was? Ich bin gleich wieder da.«

Morris Zalkind kam mit zwei Tassen Kaffee und zwei Eierplätzchen zurück. Sobald er sich hingesetzt hatte, legte er wieder los. »Ja, Miriam. Ihretwegen bin ich zu Ihnen gekommen. Ich weiß alles, und, wie ich annehme, Sie auch. Miriam schreibt eine Dissertation über Ihre schriftstellerische Arbeit. Sie hält viel von Ihnen. Max Aberdam, ein Freund von Ihnen, ist ein Angeber. Miriam ist siebenundzwanzig, er ist siebenundsechzig, wenn nicht sogar schon siebzig. Er hat ein schwaches Herz und obendrein eine Ehefrau. Außerdem läßt er ein Frauenzimmer bei sich wohnen, das früher seine Geliebte war. Wie heißt sie doch gleich? Ach ja, Zlowa. Für ein Mädchen in Miriams Alter, ein hochbegabtes Mädchen, ist es reiner Selbstmord, sich mit so einem Taugenichts einzulassen. Ich habe dafür nur eine Entschuldigung: ihre Mutter ist auch so – völlig meschugge. Also, es geht um folgendes: Ich kann nicht mehr mit ihr reden, ich meine mit Miriam. Warum ist sie mir böse? Sie darf es und ich nicht? Wenn meine Frau im jüdischen Staat in aller Öffentlichkeit mit einem anderen zusammenleben darf, warum soll ich so etwas nicht dürfen?

Miriam hat mich als ihren Vater so gut wie aus dem Gedächtnis gestrichen. Mir ist vor allem daran gelegen, daß Sie mit ihr darüber reden. Sie wissen vermutlich, daß Harry Treibitscher Pleite gemacht hat, nachdem er zahlreiche Opfer Hitlers um ihr Geld gebracht hatte, und daß er danach Selbstmord begangen hat. Max Aberdam war der Mittelsmann – *ihm* haben diese Leute vertraut, nicht Harry. Max Aberdam ist mit Matilda Treibitscher, seiner alten Flamme, nach Polen gereist und dort schwer krank geworden. Wie ich gehört habe, ist Matilda ebenfalls erkrankt, worauf Chaim Joel Treibitscher, dieser alte Narr, nichts Eiligeres zu tun hatte, als ihr nachzureisen. Daß mein Kind, meine einzige Tochter, in diesen Skandal verwickelt ist, das ist eine Schmach und eine Schande. Meine Tochter spielt eine Rolle in diesem Spektakel, und mich zieht man deshalb auch durch den Schmutz. Ich habe erfahren, daß Miriam ins Ausland reisen will, um Max zu besuchen. Ich weiß natürlich, daß die Schriftstellerei Ihnen wenig Zeit läßt, aber da Sie offenbar jedermann Ratschläge erteilen – vernünftige Ratschläge, wie ich zugeben muß –, warum nicht auch meiner Tochter, die Sie glühend bewundert und buchstäblich anbetet? Sie wissen sicher schon, daß meine Tochter eine entsetzliche Dummheit begangen und einen Kerl aus einer ordinären Familie geheiratet hat, einen Schwachkopf. Miriam ist selber ihr größer Feind. Sie hat Dinge getan, für die es nur *eine* Bezeichnung gibt: Masochismus. Das ging so weit, daß wir sie zu einem Psychiater schicken wollten, einem gewissen Dr. Biechowsky, der in Polen eine Kapazität war. Aber davon wollte Miriam nichts wissen. In ihrem krankhaften Geisteszustand redete sie sich offenbar ein, daß wir sie ins Irrenhaus stecken wollten. Nu, ich könnte Ihnen noch viel erzählen.«

Morris Zalkind hatte am East Broadway geparkt. Er bestand darauf, mich in seinem neuen Auto auf eine Spritztour mitzunehmen. Er wollte mit mir ins Café Royal, zu Lindy's oder in ein Fischrestaurant in Sheepshead Bay gehen. »Warum müssen Sie in diesem Backofen New York sitzen? Wo ich jetzt wohne, auf Long Island, ist die Luft kühl. Vom Meer kommt immer eine frische Brise. Wenn Sie schon nicht an die kommende Welt glauben, warum dann *diese* Welt nicht etwas mehr genießen? Kommen Sie, verbringen wir ein paar Stunden miteinander! Wo wohnen Sie?«

»Ich habe ein möbliertes Zimmer in der West Seventieth Street.«

»Hat es wenigstens ein Bad?«

»Im Flur.«

»Was soll das? Wollen Sie denn nicht Ihre ganze Energie darauf verwenden, literarische Unsterblichkeit zu erlangen?«

»Eigentlich nicht.«

»Ich habe Miriam gefragt, was ihr eine Dissertation über Aaron Greidinger denn schon einbringen könnte, wenn der, um den es sich handelt, selber nichts zu beißen hat. Sie erwiderte, mir ginge es immer nur um Geld, ich hätte keinen Idealismus. Ich frage Sie, was hat man denn vom Idealismus? Aber meine Tochter ist störrisch wie ein Maultier. Ich habe eine Menge für sie gezahlt und zahle noch heute, auch wenn sie das nicht weiß. Ein Mädchen in ihrem Alter sollte heiraten, statt sich mit einem Mann herumzutreiben, der schwer krank und obendrein pleite ist. Was hat das denn für einen Sinn?«

»Liebe fragt nicht nach dem Sinn.«

»Was kann er ihr denn bedeuten?«

»Sie sieht ihn mit *ihren* Augen, nicht so, wie Sie ihn sehen.«

»Sie können das leicht sagen. Sie haben keine Frau und keine Töchter.«

Mir war vage bewußt, daß wir über die Brooklyn Bridge gefahren waren, und daß Morris Zalkinds Auto in Richtung Coney Island fuhr. Ich war seit Jahren nicht mehr in Coney Island gewesen. Wir fuhren durch Sheepshead Bay und durch Brighton, dann waren wir auf der Surf Avenue. Ja, das war Coney Island, wenn auch sichtlich verändert. Viele neue Häuser waren hier gebaut worden. Nur der Lärm und das Gewühl und die sonnigen, mit Badelustigen überfüllten Strände waren die gleichen geblieben. Meiner Schätzung nach waren aus den Jungen und Mädchen, die damals, als ich noch in dieser Gegend wohnte, am Strand herumtollten, inzwischen erwachsene Leute geworden, deren Kinder wahrscheinlich die halbnackten, sonnengebräunten Jugendlichen waren, die jetzt hier spielten. Aber sie hatten die gleichen Gesichter – die blitzenden Augen, den exaltierten Gesichtsausdruck, der Vergnügungssucht und die Bereitschaft verriet, sich um jeden Preis zu amüsieren. Ein junger Bursche trug ein Mädchen auf den Schultern. Sie hielt sich an seinen Locken fest, hatte ein Eistütchen in der Hand, schleckte daran und lachte das triumphierende Lachen der Jugend. Flugzeuge kreisten im Tiefflug über dem Wasser und machten Reklame für Eßwaren, aber das Wort »koscher« war nur ganz selten zu sehen. Auf Bänken, die auf der hölzernen Strandpromenade standen, saßen alte Leute, die, auf ihren Stock gestützt, plauderten und diskutierten.

»Ich möchte Sie etwas fragen«, sagte Morris Zalkind,

»aber nehmen Sie es mir nicht übel. Sie brauchen nicht zu antworten. Ich frage nur aus Neugier.«

»Was möchten Sie denn wissen?«

»Was für eine Beziehung haben Sie zu meiner Tochter? Ich weiß, daß Sie von Ihrer Schriftstellerei begeistert ist. Aber erstens sind Sie zwanzig Jahre älter als Miriam. Und zweitens: da sie schon Max, diesen alten Narren, hat – welche Rolle spielen dann Sie in dieser Affäre?«

Er hielt vor einem Restaurant. Eine Weile saß ich schweigend neben ihm. Die Wendung, die unser Gespräch genommen hatte, verblüffte mich. Dann hörte ich mich sagen: »Ihre Tochter ist charmant, klug und belesen und hat ein ungewöhnlich gutes Literaturverständnis. Sie ist ein ganz wunderbares Mädchen.«

»Es tut einem Vater gut, so viel Lob über seine Tochter zu hören. Aber wie gesagt, das New York der Einwanderer ist ein Schtetl, in dem die Leute vor allem damit beschäftigt sind, Klatsch zu verbreiten. Es heißt, Miriam hätte zwei Liebhaber, Max Aberdam und Sie. Das kann ich nicht glauben. Wozu braucht sie zwei alte Männer? Entschuldigen Sie, daß *ich* das von Ihnen sage. Ich bin schon über fünfzig. Aber für ein Mädchen in Miriams Alter sind Sie nicht mehr jung. Wenn das, was ich gehört habe, wahr ist, dann ist es schierer Wahnsinn.«

»Es ist nicht wahr.«

»Und obendrein hat sie einen Ehemann. Zugegeben, sie lebt nicht mit ihm zusammen, aber er will sich nicht scheiden lassen. Anscheinend ist er leidenschaftlich in sie verliebt, aber er treibt sich mit einem Revolver herum und hat jemandem anvertraut, daß er bereit sei, uns alle umzubringen – Miriam, mich, Max und wer weiß wen sonst noch. Ich habe die Polizei über seine Drohungen informiert. Weshalb sollte sich ein so intelligenter Mensch wie Sie in diese Intrigen und Skandale verwickeln lassen?«

»Miriam hat mir einige Teile ihrer Dissertation vorgelesen. So haben wir uns kennengelernt.« Diese Worte kamen mir nur schwer über die Lippen. Meine Kehle und mein Gaumen waren trocken.

»Das kann ich ja verstehen, aber die Nacht mit ihr zu verbringen, das ist doch etwas anderes. Ich weiß genau, daß Sie die Nacht in Miriams Wohnung verbracht haben. Einer der Mieter, ein Kunde von mir, hat Sie um fünf Uhr morgens aus dem Haus gehen sehen. Als er mir das sagte, war es für mich wie ein Schlag ins Gesicht. Ich möchte ganz ehrlich zu Ihnen sein. Wenn Sie es mit Miriam ernst meinen und ihr euch einig werden könnt, wird niemand glücklicher sein als ich. Es stimmt, daß die Juden ihre Schriftsteller nicht reich machen, aber ich habe bemerkt, daß Bücher von Ihnen bereits in englischer Sprache erscheinen. Sie stammen aus einer guten Familie, und es wäre für uns alle eine Ehre. Mein Lebenswandel berechtigt mich nicht, Ihnen Moral zu predigen, aber ein Vater ist halt ein Vater. Kommen Sie, wir trinken eine Tasse Kaffee. Ganz gleich, welche Antwort Sie mir geben – wir bleiben Freunde. Da ist das Restaurant!«

Wir setzten uns an einen Tisch, und der Kellner brachte uns Limonade und Brötchen. Als ich Morris Zalkind versehentlich Max nannte, lächelte er mir – merkwürdigerweise – nachsichtig zu.«Ich heiße Morris, nicht Max. Ich weiß, daß er imstande ist, Frauen zu täuschen, sogar meine Tochter. Aber daß er Ihnen etwas vormachen konnte, das will mir nicht in den Kopf.«

»Er hat Charme.«

»Und worin besteht sein Charme? Aus Schmeichelei?«

»So könnte man es nennen. Es gehört ein besonderes Talent dazu, allen Leuten etwas Angenehmes zu sagen.«

»Und sie um ihr Geld zu betrügen.«

»Ich bin nie von ihm betrogen worden, und Ihre Tochter auch nicht.«

»Da irren Sie sich aber. Ich habe meiner Tochter fünftausend Dollar gegeben, und er hat dafür unter dem Namen seines betrügerischen Maklers, der jetzt tot ist, Aktien für sie gekauft. Davon wird Miriam keinen Pfennig mehr sehen.«

»Das habe ich nicht gewußt.«

»Sie wissen eine ganze Menge nicht.«

Wir redeten lange miteinander. »Eine Mitgift zu geben ist aus der Mode gekommen, besonders in Amerika«, sagte Morris Zalkind. »Aber da Miriam meine einzige Tochter ist, bin ich bereit, euch eine ansehnliche Mitgift zu geben, nicht weniger als zwanzigtausend Dollar. Eigentlich gehört alles, was ich besitze, meiner Tochter. Ich bin sogar bereit, euch ein Haus zu schenken, damit Sie sich in Ruhe Ihrer Schriftstellerei widmen können. Geben Sie mir eine klare, ehrliche Antwort!«

Ich spürte, wie mein Nacken und mein Kopf heiß wurden. Mein Mund antwortete wie von selbst: »Das hängt ganz von ihr ab. Wenn sie einverstanden ist, dann soll es so sein.«

»Meinen Sie das ernst?«

»Ja.«

»Nu, das ist ein historischer Tag für mich. Sie wird bestimmt einverstanden sein. Wir werden mit allen Mitteln dafür sorgen, daß dieser Stanley sich scheiden läßt.«

»Dem Vernehmen nach leben Sie jetzt mit einer Künstlerin zusammen«, sagte ich.

»Ja, ja, ja. Mit Linda, Sie nennt sich Linda McBride,

das war der Familienname ihres Mannes, aber sie ist eine jüdische Tochter, eine Galizierin. Es ist nicht gut, daß der Mensch allein sei. Bei uns gibt es eine Redensart: ›Einer zu sein, ist keiner zu sein.‹ Offen gestanden verstehe ich Lindas Gedichte nicht. Sie malt auch, aber ihre Bilder verstehe ich auch nicht. Ja, wir beide leben zusammen. Allerdings habe ich nicht vor, mich von meiner Frau scheiden zu lassen und Linda zu heiraten. Essen Sie! Lassen Sie nichts auf dem Teller liegen!«

»Danke. Ich kann nicht so viel essen.«

»Möchten Sie vielleicht Sea Gate wiedersehen? Ich weiß, daß Sie früher dort gewohnt haben.«

»Woher wissen Sie das?«

»Von Ihnen. Sie schreiben alles mögliche und vergessen dann, was Sie geschrieben haben. Aber wir, die Leser, erinnern uns daran. Kellner!«

Morris Zalkind bezahlte die Rechnung. Ich wollte meinen Anteil selber bezahlen, doch davon wollte er nichts wissen. Wir stiegen wieder ins Auto, und kurz darauf waren wir in Sea Gate. Ich sagte, daß ich gern zu dem Haus fahren würde, in dem ich gewohnt hatte. Daß dieses Haus, in dem man Zimmer an jiddische Journalisten und Schriftsteller vermietet hatte, abgerissen worden war, das wußte ich. Dort stand jetzt ein Hotel. Aber ich wollte nachsehen, ob das Haus mit den zwei Holzsäulen an der Fassade noch da war, das Haus, in dem mein Bruder gewohnt hatte. Doch ich mußte feststellen, daß auch dieses Haus verschwunden war.

Dann schlugen wir den Weg zum Meer ein. Plötzlich hakte sich Morris Zalkind bei mir unter. Sein Arm strahlte väterliche Wärme aus, und mich überkam ein an Liebe grenzendes Gefühl für diesen Mann, der mir seine Tochter zur Frau geben wollte. Mir kam der Gedanke, daß er Ähnlichkeit mit Max hatte, nicht in körperlicher, sondern in geistiger Hinsicht.

Wir stellten uns ans Geländer, und Morris Zalkind sagte: »Schauen Sie sich diesen Sand und diese Muscheln an – sie sind Jahrmillionen alt. Ich habe gelesen, daß der Erdteil, den wir Afrika nennen, einst der Nordpol, jedenfalls aber eine kalte Zone gewesen sein soll. Dort, wo heute kalte Zonen sind, habe man Überreste von Palmen und tropischen Pflanzen gefunden. Die Welt hat sich einst auf den Kopf gestellt und wird es vielleicht irgendwann noch einmal tun. Wer weiß? Solange man noch atmet, muß man über ein Ziel für sich selber und für seine Kinder nachdenken. Was *will* Gott? Es muß doch etwas geben, das Er will.«

## 8

So klein meine Welt auch war, sie war voller aufregender Ereignisse. Plötzlich erfuhr ich, daß Matilda Treibitscher gestorben war. Es war auf dem Flug in die Schweiz passiert. Als sie in Warschau erkrankt war, hatte sie sich geweigert, ins Krankenhaus zu gehen. Chaim Joel Treibitscher, der nach Polen geflogen war, um seiner Frau beizustehen, war zusammen mit ihr und Max im Flugzeug, als sie starb.

Max schickte Miriam ein Telegramm aus der Schweiz, auf das sie mit einem langen Telegramm antwortete, das an die hundert Dollar gekostet haben mußte. Sie versicherte Max, daß sie und ich ihm herzlich zugetan seien, daß er uns fehle und daß alles so bliebe wie zuvor. Wir beide würden zu ihm hinüberfliegen, sobald wir Nachricht von ihm hätten. Ich hatte meinem Herausgeber gesagt, ich würde Urlaub nehmen. Die Zeitung war mir mehr als einen Urlaub schuldig. Ich hatte praktisch das ganze Jahr über gearbeitet, hatte Artikel abgeliefert, ohne darüber Buch zu führen, und hatte den Ablieferungstermin immer eingehalten, auch als ich Grippe gehabt hatte. Ich veröffentlichte gerade einen Fortsetzungsroman und konnte und wollte nicht bei der Zeitung kündigen, solange der Roman noch nicht fertig war.

Mehrere Stunden am Tag und jede Nacht war ich mit Miriam zusammen. Zum ersten Mal in meiner literarischen Laufbahn diktierte ich einige meiner journalistischen und auch belletristischen Arbeiten. Miriam hatte sich eine Art jiddische Kurzschrift ausgedacht. Auf der jiddischen Schreibmaschine konnte sie erstaunlich schnell tippen. Ich besprach die Themen verschiedener Artikel mit ihr, und gemeinsam konzipierten wir die restlichen Kapitel meines Romans – das letzte Drittel. Die Überzeugungskraft ihrer Ratschläge setzte mich in Erstaunen.

Kurz darauf erfuhr sie, daß Stanley eine neue Liebe gefunden hatte, offenbar eine Schauspielerin, mit der er nach Britisch-Kolumbien gegangen war. Miriams Vater war gerade mit Linda McBride auf einer Europareise. Ich hatte Miriam von meiner Begegnung mit ihm erzählt, worauf sie gesagt hatte: »Keine Macht der Welt kann mich von Max trennen – keine zwanzigtausend Dollar, nicht einmal zwanzig Millionen. Jetzt schon gar nicht.« Ich versicherte ihr, daß ich ihr und Max mein Leben lang die Treue halten würde. Wir spielten mit dem Gedanken, daß ich einen Roman mit dem Titel *Drei* schreiben sollte, die Geschichte zweier Männer und einer Frau. Er sollte davon handeln, daß Gefühle nicht auf Gesetze, Konfessionen, Gesellschaftssysteme oder politische Systeme achten. Wir waren uns einig darüber, daß es die Aufgabe der Literatur sei, Gefühle ehrlich darzustellen, so zügellos, antisozial und widersprüchlich sie auch sein mochten.

Zum Abendessen lud ich Miriam meistens in ein Restaurant ein. Die Liebe und das Miteinanderplaudern kamen jetzt oft zu kurz. Aber es gab kein Thema, das ich nicht mit ihr diskutieren konnte, ob es sich nun um Philosophie, Literatur, Religion oder Okkultismus handelte. Früher oder später liefen alle unsere Diskussionen auf das Thema Max und meine eigenartige Beziehung zu ihm hinaus. Wir hatten noch keine weitere Nachricht von ihm. Ob er in einem Schweizer Krankenhaus lag?

Wir erfuhren, daß mehrere Flüchtlinge, die um ihr Geld gebracht worden waren, in Priwes Wohnung eingebrochen, das Mobiliar zertrümmert, Kleidungsstücke und Bettwäsche aus den Schränken und Schmuckstücke aus Priwes Kommodenschubladen gezerrt hatten. Eine Frau hatte Zlowa geschlagen, die die Polizei holen wollte, dann aber von Priwe daran gehindert wurde. Irka Schmelkes hatte offenbar versucht, sich mit einer ganzen Menge Schlaftabletten das Leben zu nehmen, doch Edek hatte einen Notarztwagen gerufen und war mit ihr ins Krankenhaus gefahren, wo man ihr noch rechtzeitig den Magen ausgepumpt hatte.

Max' Schweigen machte Miriam schwermütig. Sie ließ durchblicken, daß sie Selbstmord begehen würde. Wenn Max tot sei, wolle sie auch sterben. In dieser Nacht hatte ich das Gefühl, daß ein Gespenst zwischen uns lag, das uns daran hinderte, beieinander zu sein. Miriam nannte mich mehrmals Max, entschuldigte sich dann jedesmal und korrigierte sich. Ich schlief ein, wachte aber auf, als das Telefon im Wohnzimmer klingelte. Auf dem Leuchtzifferblatt meiner Uhr sah ich, daß es Viertel nach eins war. Miriam hatte eine Schlaftablette genommen und schlief fest und tief. Wer rief denn mitten in der Nacht an? War es womöglich wieder Stanley? Im Dunkeln – ich wußte immer noch nicht, wo der Lichtschalter war – grapschte ich nach dem Hörer und hielt ihn ans Ohr. Niemand meldete sich. Ich wollte schon auflegen, als ich Gemurmel und Gehüstel hörte. Eine Männerstimme fragte: »Aaron, bist du's?«

Es war, als zerbräche etwas in mir. »Max?«

»Ja, ich bin's. Ich bin aus dem Grab gestiegen, um dich zu erwürgen.«

»Wo bist du? Von wo rufst du an?«

»Ich bin in New York. Gerade erst aus Europa eingeflogen. Die Maschine hatte Verspätung, und es hat eine Stunde gedauert, bis sie landen konnte. Arele, ich bin inkognito hier. Nicht einmal Priwe weiß, daß ich wieder hier bin. Wenn meine Flüchtlinge dahinterkommen, werden sie mich in Stücke reißen, und das zu Recht.«

»Warum hast du uns nicht geschrieben? Wir haben dir ein Telegramm geschickt.«

»Ich habe bis zum letzten Moment nicht gewußt, ob ich ins Flugzeug steigen kann oder nicht. Matilda ist tot, und ich bin halbtot. Alle Verwünschungen des *Tojcheche* sind während dieser Reise über mein Haupt gekommen.«

»Wo bist du jetzt?«

»Im Empire Hotel am Broadway. Wie geht es Miriam?«

»Sie hat eine Schlaftablette genommen und schläft jetzt fest.«

»Weck sie nicht auf. Ich bin in Polen schwer krank geworden, und eine Zeitlang hat es so ausgesehen, als müßte ich sterben. Matilda hatte einen Herzanfall und ist im Flugzeug gestorben. Nach vielen Schwierigkeiten konnte Chaim Joel ihren Leichnam ins Erez Israel bringen. Dort wird sie neben anderen Gerechten liegen. Was mich betrifft, so werde ich mich wohl mit einem Grab in New York begnügen müssen. Diese Quacksalber in Warschau haben bei meiner Operation gepfuscht. Mein Urin ist blutig.«

»Warum bist du in der Schweiz nicht ins Krankenhaus gegangen?«

»Man hat mir gesagt, daß es die besten Ärzte für solche Fälle in Amerika gibt.«

»Was hast du jetzt vor?«

»In der Schweiz hat man mir den Namen eines amerikanischen Arztes gegeben, der eine weltberühmte Kapazität ist. Ich habe ihm telegrafiert, aber noch keine Antwort erhalten. Ich möchte nicht unter Fremden sterben.«

»Soll ich Miriam aufwecken?«

»Nein. Komm morgen unauffällig zu mir. Niemand darf wissen, daß ich hier bin. Ich habe mir einen falschen Namen zugelegt: Sigmund Klein. Mein Zimmer ist in der achten Etage. Ich habe jetzt einen weißen Bart und sehe wie Reb Zotz aus.«

Plötzlich ging das Licht im Wohnzimmer an, und Miriam, im Nachthemd und barfuß, riß mir den Hörer aus der Hand. Halb lachend, halb weinend schrie sie ins Telefon. So hysterisch hatte ich sie noch nie erlebt. Ich ging wieder ins Schlafzimmer. Mehr als eine halbe Stunde verging. Miriam hatte ja nie ein Hehl daraus gemacht, daß Max für sie die Nummer eins war.

Dann flog plötzlich die Tür auf, und Miriam schaltete das Licht ein. »Schmetterling, ich gehe zu ihm ins Hotel!«

Ich entschloß mich, nicht mitzugehen. »Bist du verärgert oder sonstwas?« fragte sie.

»Ich bin nicht verärgert. Aber ich bin zwanzig Jahre älter als du und habe nicht mehr genug Energie für solche Abenteuer.«

»Du hast genug Energie. Ich würde lieber sterben, als ihn in seinem Zustand allein zu lassen.«

Ich legte mich wieder hin und sah ihr beim Anziehen zu. Sie war schnell fertig damit. Bevor sie ging, bat ich sie, sofort vom Empire Hotel aus anzurufen, ich bezweifelte aber, daß sie das tün würde.

Ich schlummerte ein und träumte, es sei Pessach und ich sei in Warschau. Mein Vater war mitten in der Feier zum Sederabend, und mein jüngerer Bruder Mosche stellte die vier Fragen. Ich sah alles deutlich vor mir: das Hessebett, meinen Vater in einem langen weißen Hemd, meine Mutter in ihrem Schabbeskleid, das sie zum ersten Mal an ihrem Hochzeitstag getragen hatte. Auf dem gedeckten Tisch sah ich die silbernen Kerzenleuchter stehen, den Wein, die Becher und den Sederteller mit der *charojssess*, dem Bitterkraut, dem Ei und dem Schenkelknochen. Um die Matzen war ein seidenes Matzentuch gewickelt, das meine Mutter für ihren Bräutigam mit Goldstickerei verziert hatte, als sie ihm anverlobt wurde. Ich hörte die Stimme meines Vaters lauter werden, als er skandierte: »Und Rabbi Eleazar, Sohn des Azaria, sprach: Siehe, ich bin fast siebzig Jahre alt, und es war mir so lange nicht vergönnt, in den Nächten die Geschichte vom Auszug aus Ägypten zu vernehmen, bis Ben Zoma sie so erläuterte ...«

»Vater lebt!« sagte ich mir. »Es hat keinen Hitler gegeben, keinen Holocaust, keinen Krieg. Das alles war nur ein böser Traum.« Ich erschauerte und wachte auf. Hatte das Telefon geläutet? Nein, ich hatte mir nur eingebildet, es klingeln zu hören. Irgend etwas brachte mir plötzlich zu Bewußtsein, daß mir in der Fortsetzung meines Romans, die in der Freitagzeitung erscheinen sollte, ein fataler Fehler unterlaufen war. Ich hatte beschrieben, wie die weibliche Hauptfigur am zweiten Tag von Rosch Haschana in die Synagoge geht, um das Gebet zum Gedenken an die Toten zu sprechen. Erst jetzt fiel mir ein, daß *Jizkor* nicht an Rosch Haschana gebetet wird. Ich wunderte mich über meinen Schnitzer und darüber, daß ein Traum vom Pessachfest und der Sederfeier meines Vaters mich an einen Irrtum erinnert hatte, der sich auf Rosch Haschana bezog. War mein Gehirn sich schon die ganze Zeit dieses Fehlers bewußt gewesen? Dieser Schnitzer war keineswegs bloß ein Leichtsinns- oder Druckfehler des jungen Schriftsetzers. Der Fehler stand in einem ziemlich langen beschreibenden Absatz. Die Zeitungsleser würden mich zur Zielscheibe ihres Spottes machen. Ob noch genug Zeit war, den Fehler zu korrigieren? Der Satz meines Textes lag noch auf dem Pult in der Setzerei, und der Text würde vermutlich früh am Morgen in Druck gehen. Es gab nur eine einzige Möglichkeit, den Namen, den ich mir als Schriftsteller gemacht hatte, vor Schande zu bewahren: Ich mußte mich sofort anziehen, in die Redaktion gehen und den ganzen Abschnitt eigenhändig aus der Druckform nehmen, was nach den Statuten der Druckergewerkschaft einem bloßen Schriftsteller nicht erlaubt war.

Ich war müde und erschöpft und konnte die Augen kaum offenhalten. Wie sollte ich ein Taxi auftreiben, das mich zum East Broadway fahren würde? Ob das Gebäude schon geöffnet und der Fahrstuhl in Betrieb war? Mir fielen die Worte des Rabbi Nachman aus Bratzlaw ein. »Solange die Flamme des Lebens brennt, kann alles berichtigt werden.« Ich sprang auf, um mich anzukleiden. Irgendwie schaffte ich es, meinen Anzug und meine Schuhe anzuziehen, aber meine Krawatte war verschwunden. Ich suchte danach, doch sie war nicht da. Ich ging zur Tür, aber ausgerechnet jetzt begann das Telefon zu klingeln. In der Eile hielt ich die Sprechmuschel zuerst ans Ohr und den Hörer an den Mund. Dann rief ich: »Miriam!«

»Schmetterling, ich habe ein Zimmer für dich! Hier im Hotel. Von Max' Zimmer aus nur zwei Türen weiter. Komm sofort her! Max ist krank, schwerkrank, und er möchte dich sprechen.« Sie brach in Tränen aus und konnte nicht weiterreden.

»Woran leidet er denn?« fragte ich und spürte einen Kloß in meiner Kehle.

»An allem, an allem! Komm sofort her! Die Ärzte in Warschau haben ihn umgebracht. Arele, er muß sofort in ein Krankenhaus gebracht werden, aber ich weiß nicht, an wen ich mich wenden soll. Ich habe versucht, einen Sanitätswagen zu bestellen, aber es hat nicht geklappt.«

Sie wollte mir erklären, warum der Sanitätswagen nicht käme, doch ihre Worte gingen in einer Tränenflut unter. Ich konnte hören, wie sie an ihren Worten fast erstickte. »Ich bin schon unterwegs«, murmelte ich.

Dann ging ich zum Fahrstuhl. »Sollen sie doch meinen Schnitzer drucken und mich zum Gespött machen!« sagte ich mir. Zum zweiten Mal in diesem Sommer verließ ich Miriams Wohnung mitten in der Nacht. Vom Park her blies ein kühles Lüftchen, der Gehsteig aber dampfte noch von der Hitzewelle des vergangenen Tages. Der Himmel war von den Lichtern der Stadt rotgefärbt, kein Mond, keine Sterne – eine Art kosmisches Wunder. Die Straßenlaternen warfen Licht auf die Bäume im Park.

Zehn Minuten lang wartete ich an der Ecke, aber es war kein Taxi zu sehen. Dann kamen zwei vorbei, hielten aber nicht, obwohl ich gewinkt hatte. Ich begann, *downtown* zu gehen, in Richtung Empire Hotel. Jetzt tauchte plötzlich ein Taxi nach dem anderen auf, aber ich wollte keines mehr herbeiwinken. Dann hielt eines neben mir. Wollte mich der Fahrer etwa ausrauben? Ich hörte, wie er mich auf Jiddisch und mit meinem Namen ansprach. Es war jemand, den ich seit meiner Kindheit kannte, mein Landsmann Mischa Budnik, der in Bilgoraj gewohnt hatte, als das Schtetl von den Österreichern besetzt wurde. Ich ging damals noch in den *Bet Midrasch* und hatte bereits mit dem Schreiben begonnen. Mischa war fünf Jahre älter als ich – ein Freigeist, der sich den Bart abrasiert hatte, hohe Schaftstiefel und Reithosen trug. Die Ochsen der einheimischen Bauern waren von den Österreichern konfisziert worden, und Mischa mußte sie nach Rowa Ruska treiben, wo sie in Güterzüge verladen wurden, die an die italienische Front fuhren. Auf dem Rückweg von Rowa Ruska hatte Mischa Tabak geschmuggelt, der aus Galizien stammte. Er und seine Frau Freidl, die ebenfalls geschmuggelt hatte, waren nach New York ausgewandert und hatten mich aufgesucht. Wir hatten erneut Freundschaft geschlossen. Die beiden gehörten zu meinen treusten Lesern. Sie hatten zwei verheiratete Töchter. Ich hatte diese Freunde vernachlässigt, die mir angeboten hatten, ein Zimmer in ihrer Wohnung zu benützen, wann immer ich wollte. Freidl hatte die alten Bilgorajer Gerichte für mich gekocht, mich geduzt und oft geküßt. In Amerika waren sie und ihr Mann Anarchisten geworden.

»Mischa!« rief ich.

»Arele!«

Er sprang aus dem Taxi und umarmte mich. Ich spürte seinen stachligen Bart auf meinem Gesicht. Er war fast einen Meter neunzig groß und als Kraftprotz bekannt.

»Ein Wunder!« sagte ich. »Ein himmlisches Wunder!«

»Ein Wunder, hm? Wo willst du denn mitten in der Nacht hin?«

Ich schilderte ihm mein Dilemma: ein schwerkranker Freund im Empire Hotel, die Zeitung, die im Begriff war, einen unerhörten Schnitzer zu drucken, den ich mir geleistet hatte. Mischa starrte mich an und schüttelte den Kopf. »Du bist drei Häuserblocks vom Empire Hotel entfernt. Steig ein!« Nach einer knappen Minute hielten wir vor dem Hotel.

»Woran leidet dein Freund? Herzanfall?«

»Er hat Prostatabeschwerden, scheint jetzt aber ganz plötzlich erkrankt zu sein.«

»Komm, wir bringen ihn in ein Krankenhaus. Ist er Schriftsteller?«

»Nein.«

»Wie heißt er?«

»Max Aberdam.«

Wutentbrannt drehte Mischa die schwarzen Augen heraus. »Max Aberdam ist in New York? In diesem Hotel?«

»Du kennst ihn?«

»Er hat Freidl um fünftausend Dollar gebracht und ist dann nach Polen zu den Bolschewiken geflohen.«

»Ich wußte nicht, daß du ihn kennst«, stammelte ich.

»Ich wollte, ich hätte ihn nie gekannt. Er hat Freidl um ihren Notgroschen gebracht.«

»Mischa, der Mann ist schwerkrank!«

Wir gingen in die Hotelhalle. Ein Portier, der vor sich hin dösend am Empfang saß, öffnete die schläfrigen Augen. »Ja?«

»Welche Zimmernummer hat Max Aberdam?« fragte Mischa Budnik.

»Ganz gleich, welche Zimmernummer er hat, Sie können ihn nicht mitten in der Nacht besuchen«, erwiderte der Portier mit verkniffenen Lippen.

»Max Aberdam ist krank! Er hatte einen Herzanfall«, fuhr Mischa Budnik ihn an.

»Soviel ich weiß, hat hier niemand einen Herzanfall gehabt.«

Der Portier schlug ein großes Buch auf und sah nach. »Hier ist kein Gast namens Aberdam eingetragen.«

In diesem Moment fiel mir ein, daß Max sich unter einem anderen Namen im Hotel eingetragen hatte. Er hatte mir den Namen genannt, aber ich hatte ihn vergessen.

Mischa Budnik starrte mich an. »Also wirklich, ich verstehe das Ganze nicht. Hast du Witze gemacht?«

»Es sieht vielleicht so aus, aber es ist leider wahr.«

»Max Aberdam ist also hier?«

»Ja. Er ist im Ausland krank geworden und dann nach New York geflogen, um einen Arzt zu konsultieren.«

»Hierherzukommen ist gefährlich für ihn. Seine Opfer werden ihn in Stücke reißen. Sie verfluchen ihn tausendmal am Tag. Ich habe Freidl zum ersten Mal, seit ich sie kenne, weinen gesehen. Fünftausend Dollar sind für uns kein Pappenstiel.«

»Max war nicht der Dieb.«

»Nu, der Teufel wird los sein! Wer Naziopfer um ihr Geld betrügt, muß herzlos sein.«

Der Portier rief uns etwas zu. Daß er eine saure Miene zog und auf den Ausgang deutete, hieß natürlich, daß wir gehen sollten. Ich gab Mischa durch einen Wink zu verstehen, daß er warten sollte, und wandte mich wieder an den Mann am Empfang.

»Entschuldigen Sie, aber eine junge Dame hat früher am Abend ein Zimmer für mich gebucht. Wir sind mit dem Kranken befreundet und möchten ihm beistehen.«

Der Portier zuckte die Achseln. »Wie heißt die junge Dame? Und wie heißen Sie?«

»Eine junge Dame, ziemlich klein. Sie heißt Miriam Zalkind.«

»Zalkind? Wir haben hier keinen Gast dieses Namens.«

Mischa Budnik kam zum Empfang herüber. »Mister«, sagte er, »dieser Herr ist Schriftsteller. Er ist nicht hierhergekommen, um Lügen zu erzählen.«

»Sie wollen sicher in ein anderes Hotel. Sie müssen gehen, sonst sehe ich mich genötigt, die Polizei zu holen.«

Wir gingen hinaus. Wieder und wieder versuchte ich, mich an den Namen zu erinnern, den Max mir genannt hatte, doch ich hatte keine blasse Ahnung, wie er gelautet hatte.

»Nu, morgen wird sich alles aufklären«, sagte Mischa. »Die junge Dame ruft dich bestimmt zu Hause oder im Büro an. Also, wie war das mit dem Schnitzer im Text deines Romans? Ich sehe da nicht ganz klar.«

Wieder erklärte ich ihm so einfach wie möglich das Problem mit der Setzerei. Darauf sagte er: »Wenn du willst, fahre ich dich zur Zeitung.«

»Aber nur, wenn du mich wie jeden anderen Fahrgast bezahlen läßt.«

»Bist du meschugge? Steig ein!«

Wir hielten am East Broadway, stiegen aus und stellten fest, daß der Eingang zum *Vorwärts* geöffnet war. Der Fahrstuhlführer kannte mich noch aus den dreißiger Jahren, als ich meine Artikel immer spätnachts abgeliefert hatte, um den festangestellten Mitarbeitern nicht zu begegnen, die volles Gehalt bezogen und der Perez-Gewerkschaft beigetreten waren.

Mischa und ich fuhren in die zehnte Etage. Die Setzerei war offen und nur von einer einzigen Glühbirne beleuchtet. Der Satz mit der neuesten Fortsetzung meines Romans lag auf dem Setzerpult, und darüber lag eine nicht mehr benötigte Korrekturfahne. Ich entfernte die Passage, die meinen Fehler enthielt – zum Glück war es der letzte Absatz der Fortsetzung –, und warf sie in einen Abfalleimer. Dann strich ich diesen Absatz auf der Korrekturfahne aus, schrieb das entsprechende Korrekturzeichen auf den Rand und vermerkte, daß der Drucker an dieser Stelle einen Lückenbüßer einfügen sollte. Das Unmögliche war gottlob im Handumdrehen zur vollendeten Tatsache geworden.

Auf dem Rückweg flehte ich Mischa an, um unserer Freundschaft willen geheimzuhalten, daß Max wieder in New York war. Nach langem Wenn und Aber erklärte er sich einverstanden.

Mischa Budnik war eigentlich mein ältester Freund. Er hatte mich schon gekannt, als ich noch rote Schläfenlocken hatte und einen Samthut, einen *chalet*, trug. Freidl, seine Frau (*sie* hatte einen Anarchisten aus ihm gemacht), hatte ein heimliches Techtelmechtel mit mir gehabt. Sie und auch Mischa glaubten an die freie Liebe und hielten die Institution der Ehe für überholt und scheinheilig. Freidl hatte sich geweigert, von einem Rabbiner getraut zu werden. Die beiden hatten nur deshalb in Krakau standesamtlich geheiratet, weil sie sonst keine Einwanderungsgenehmigung für Amerika erhalten hätten. Ihre Briefe an mich hatte Freidl mit ihrem Mädchennamen Freidl Silberstein unterschrieben. In dieser Hinsicht war sie noch weiter gegangen als die berühmte Emma Goldman.

Just in diesem Moment fiel mir der Name ein, unter dem sich Max im Hotel eingetragen hatte: Sigmund Klein.

Um neun Uhr morgens rief ich Sigmund Klein an. Miriam meldete sich. Als sie meine Stimme hörte, schrie sie gellend: »Du bist's? Du lebst noch? Ich wollte schon bei der Polizei melden, daß du mitten in der Nacht verschwunden bist. Was ist passiert?«

Mitten im Satz brach sie in Tränen aus. Ich wollte ihr erklären, was passiert war, doch sie war so aufgeregt, daß sie all die verrückten Einzelheiten gar nicht verstand. »Ich komme sofort!« brüllte ich ins Telefon, worauf Miriam auflegte. Ungewaschen und unrasiert ging ich ins Empire Hotel und fuhr mit dem Lift in die achte Etage. Miriam, in Morgenrock und Pantoffeln, sah blaß und mitgenommen aus. Ihr Blick verriet tiefe Besorgnis. Ich erkannte Max kaum wieder. Den Kopf auf zwei Kissen gestützt, lag er im Bett. Sein Bart war weiß geworden. Als er mir seine abgemagerte, gelblich verfärbte Hand hinstreckte, fiel mir auf, daß er keinen Siegelring mehr am Zeigefinger trug. Ich beugte mich zu ihm hinunter und küßte ihn. Er legte mir die Hand auf die Schulter und küßte mich. Dann sagte er: »Ich muß den Segensspruch ›Gelobt sei Er, der die Toten zum Leben erweckt‹ über dich sagen. Wir glaubten schon, du hättest einen Unfall gehabt. Was war denn mit dir los? Setz dich hin!«

Ich erzählte ihm von meinem Schnitzer – *Jizkor* an

Rosch Haschana! – und von dem unerwarteten Zusammentreffen mit Mischa Budnik. In Max' Augen leuchtete Heiterkeit auf. »Nu, jetzt hast du etwas, worüber du schreiben kannst. Mir geht's gar nicht gut, mein Freund. Aber ich bin gottlob noch nicht bereit, den Geist aufzugeben. Alles ist schiefgegangen, von Anfang an. Es war, als hätte mich ein Zaddik oder ein Hexer verwünscht. Ich weiß jetzt, warum ihr beide nicht zu Chaim Joel Treibitschers Party gekommen seid, aber damals hatte ich ja noch keine Ahnung, was sich zwischen euch abgespielt hatte. Matilda behauptete, du wärst einfach davongerannt und hättest mich schmoren lassen. Sie und ich, wir sind buchstäblich krank in Warschau angekommen. Dort hat man bereits vergessen, daß es noch Juden gibt. Daß ich die Operation überlebt habe, ist ein Wunder Gottes. Und dann haben sie mir gesagt, ich müßte noch einmal operiert werden. Kurz darauf war Matilda tot, und ich wollte nicht länger im Ausland bleiben. Hier habe ich wenigstens Miriam und dich. Dann kam die Nachricht von Herscheles Selbstmord. Als ich das erfuhr, war ich überzeugt, daß es auch mit mir bald zu Ende gehen würde.«

»Max, hier wirst du bestimmt kuriert, dann wirst du stark wie ein Ochse sein.«

»Schmetterling, laß nicht zu, daß er sich aufgibt!« rief Miriam. »Millionen Menschen leiden an dieser Krankheit und sind danach wieder gesund und kräftig.«

»Vielleicht geht's mir genauso, vielleicht auch nicht. Nichts dauert ewig. Arele, hier kann ich nicht bleiben, keinen Tag länger. Ich liege hier und denke an die Leute, die ich um ihre letzten paar Dollars gebracht habe, und möchte am liebsten sterben. Hoffentlich hast du niemandem gesagt, wo ich bin. Wenn sie dahinterkommen, fallen sie wie Heuschrecken über mich her und begraben mich bei lebendigem Leib. Ich weiß, daß Priwe Himmel und Hölle in Bewegung setzt, um mich ausfindig zu machen. Wie lange soll das nur so weitergehen?«

»Max, alles wird wieder gut«, sagte ich. »Du hast vermutlich kein Geld mehr. Ich habe Geld, wenn auch nicht viel, aber das ist besser als gar nichts.«

»Und wie bist du zu Geld gekommen? Hast du eine Bank ausgeraubt?«

»Ich habe viertausend Dollar.«

»Und ich habe eine Viertelmillion Dollar Schulden, nicht viertausend.«

»Ich biete dir mein Geld nicht für die Begleichung deiner Schulden an, sondern für einen Arzt und ein Krankenhaus.«

»Was sagst du *dazu*, Miriam? Über Nacht ist er ein Philanthrop geworden, der bereit ist, seinen letzten Pfennig herzugeben.«

»Miriam ist im Badezimmer.«

»Weshalb solltest du mir das bißchen geben, das du auf die hohe Kante legen konntest? Erwartest du, daß ich dir aus dem Jenseits einen Scheck schicke?«

»Ich erwarte gar nichts. Du sollst wieder gesund werden, nur das ist wichtig.«

»Nu, es hat sich gelohnt, zurückzukehren und so etwas gesagt zu bekommen. Wie heißt es so schön? ›Verkauf deine Hose, wenn's anders nicht geht, doch hab einen Freund, der treu zu dir steht.‹ Ich nehme dein Geld nicht. Jetzt muß ich mir vor allem einen Arzt und ein Krankenhaus suchen – nicht hier in New York, sondern weit weg, vielleicht in Kalifornien. In meinem Zustand kann ich nicht mehr als zwei Personen um mich haben, Miriam und dich.«

Miriam kam aus dem Badezimmer. »Ich möchte mich kämmen, kann aber meinen Kamm nicht finden.«

»Dein Kamm ist in meinem Bett. Etwas hat mich in die Seite gepikt – es war dein Kamm.« Er zog ihn unter dem Kopfkissen hervor. Miriam riß ihm den Kamm aus der Hand und ging sofort wieder ins Badezimmer. Max sah ihr nach.

»Auch sie ist ein Opfer«, sagte er. »All die Jahre habe ich nur das eine getan: nach Opfern gesucht und Unglück über sie gebracht. Aber du, Schmetterling, flieg, solange es noch nicht zu spät ist! Du mußt deine Arbeit tun, statt einem alten Mann nachzulaufen, der bald seinen letzten Atemzug tun wird. Ich sage dir das als dein Freund, nicht als dein Feind.«

»Heißt das, daß du meine Freundschaft nicht mehr willst?«

»Ich will sie, wirklich! Du bist mir ans Herz gewachsen. Darum flehe ich dich an, bei allem, was mir heilig ist: flieh mich wie die Pest!«

## 9

Der Arzt, den Max früher in Warschau gehabt hatte, Jakob Dinkin, und der Urologe Irving Saphir, die jetzt beide in New York lebten, befanden, daß Max sich erst erholen müsse, bevor er sich einer zweiten Operation unterziehen könnte. Er leide nicht nur an Prostatabeschwerden, sondern auch an einer Fehlfunktion der Nieren: es seien bereits Symptome einer Harnvergiftung festzustellen. Die Ärzte verschrieben Antibiotika und einen Leberextrakt zur Verhütung von Blutarmut.

Mischa Budnik hatte mir versprochen, unser Geheimnis für sich zu behalten, und ich glaubte nicht, daß er sein Wort gebrochen hatte. Vermutlich war es Miriams Nachbar in Central Park West, der Max' Rückkehr ausplauderte – derselbe Mann, von dem Morris Zalkind darüber informiert worden war, daß ich die Nacht bei Miriam verbracht hatte.

Zu dem Skandal, den Max befürchtet hatte, kam es allerdings nicht. Als die Flüchtlinge erfuhren, daß Max Aberdam schwerkrank war, hörten sie auf, bei Priwe anzuklopfen, sie anzurufen und ihr zu drohen. Nur einen Tag vor Max' Rückkehr nach New York wurde bekannt, daß Priwe an Bord eines kleinen jüdischen Schiffes gegangen war, das bis zur Landung in Israel fast einen Monat unterwegs sein würde – mit Zwischenlandung in Marseille und Neapel. Max erzählte mir, daß Priwe über einen erklecklichen eigenen Notgroschen verfüge, zusammengespart aus Geldbeträgen, die er ihr gegeben hatte, und aus einer einmaligen Wiedergutmachungszahlung der Deutschen.

Priwe war mit drei Monatsmieten für die Wohnung am Riverside Drive im Rückstand. Die Hausbesitzer hatten eine Räumungsklage eingereicht. Dr. Dinkin und Dr. Saphir befanden, es würde Max guttun, einige Wochen auf dem Land zu verbringen und der brütenden Hitze in New York zu entrinnen. Miriam bat ihren Vater, der sich gerade in Rom aufhielt, telegrafisch um ein Darlehen, aber in seinem Antworttelegramm erklärte er, daß er ihr keinen Penny geben würde, solange sie etwas mit diesem Scharlatan Max Aberdam zu tun hätte. Max, der jetzt mittellos war, weigerte sich nach wie vor, Geld von mir anzunehmen, aber ich konnte ihn dazu überreden, sich dreitausend Dollar bei mir zu borgen. Das war längst nicht genug, um die Kosten einer Operation oder den Aufenthalt in einem Hotel auf dem Land zu decken – aber dann ereignete sich etwas, das Miriam geradezu für ein Wunder hielt. Lynn Stallner wollte mit ihrer Freundin nach Mexiko fliegen und bat Miriam, in ihrer Abwesenheit für Didi zu sorgen. Sie besaß ein Haus am Lake George, das sie »Das Chalet« genannt hatte, ein Haus mit Giebeldach und einem Balkon im Schweizer Stil. Sie schlug Miriam vor, die Zeit bis zu ihrer Rückkehr mit Didi in diesem Haus zu verbringen. Lynn und Miriam vertrauten einander alles an, und als Miriam fragte, ob sie Max und mich mitnehmen dürfte, sagte Lynn: »Nimm mit, wen du willst.«

Alles ging sehr schnell. Lynn Stallner hatte Max kennengelernt und hatte sogar meinen Roman, der in englischer Übersetzung erschienen war, gelesen. Ihr Haus hatte jeden erdenklichen Komfort zu bieten, sogar ein Motorboot und eine Anlegestelle am See gehörten dazu. Ein Hausmeister kümmerte sich um das Anwesen.

Zwei Tage später bekam Miriam von Lynn einen Scheck zur Deckung der Kosten, die für sie und Didi anfallen würden, und außerdem einen Gehaltsscheck. In ihren Kombiwagen packte Lynn alles, was Didi möglicherweise in den kommenden Wochen brauchen würde, auch seine Spielsachen und ein zusammenklappbares Sportwägelchen. Miriam, die sich schon um Didi gekümmert hatte, als er erst vier Wochen alt war, konnte sich in vieler Hinsicht auf seine Bedürfnisse besser einstellen als seine Mutter. Didi, jetzt etwas über vierzehn Monate alt, machte schon die ersten Sprechversuche. Er krabbelte herum und konnte sogar schon auf eigenen Füßen stehen. Seine Mutter nannte er Mama und Miriam aus irgendeinem Grund Nana. Er begann jetzt schon mich wiederzuerkennen und ritt gern auf meinen Schultern. Für ihn standen während Lynns Abwesenheit zwei Kinderärzte zur Verfügung, der eine war in Brooklyn zu erreichen, der andere in Lake George. Lynn wollte jeden zweiten Tag aus Mexiko anrufen. Zu dem Haus in Lake George gehörten eine Garage und ein Auto, das Miriam zur Verfügung stehen würde.

Am Morgen des Abreisetages wurden Max, Miriam und ich von Lynn und Didi in der Halle des Empire Hotels abgeholt. Im Kombiwagen saß ich neben Miriam und Didi auf dem Rücksitz, Max neben Lynn Stallner auf dem Beifahrersitz.

Wenn Max, Miriam und ich unter uns waren, hatten wir keine Gelegenheit, Englisch zu sprechen. Jetzt hörte ich zu, wie Max mit Lynn Stallner Englisch sprach. Er hatte zwar einen starken polnisch-jiddischen Akzent, verfügte aber über einen großen Wortschatz. Trotz seiner Krankheit flirtete er vergnügt mit Lynn, scherzte mit ihr und machte ihr Komplimente, die sie erwiderte.

Während der sechsstündigen Fahrt nach Lake George stellte ich erstaunt fest, was für vielseitige Interessen Lynn hatte und wie präzise sie sich ausdrücken konnte. Bei den polnischen Juden herrschte die Meinung, gebürtige Amerikaner genössen keine gründliche Schulbildung und wären nach Abschluß der Highschool und des College fast noch Analphabeten. Diese junge Frau mit der roten Lockenmähne und dem sommersprossigen Gesicht wußte eine Menge über Aktien, festverzinsliche Wertpapiere, Banken, Versicherungen, Immobilienhandel und Politik. Sie erwähnte die Namen von Gouverneuren, Senatoren und Kongreßabgeordneten, die sie persönlich kannte. Sie war sehr bewandert in jüdischen Angelegenheiten, wußte alles über den neugegründeten jüdischen Staat, seine Konflikte mit den arabischen Staaten, seine politischen Parteien und ihre Programme. Über ihre Schulter hinweg unterhielt sie sich mit mir über Literatur, wobei sie Autoren und Kritiker erwähnte, deren Namen ich nie gehört hatte. Was sie über mein Buch sagte, setzte mich in Erstaunen. »Wo und wann hat sie das alles gelernt?« fragte ich mich. Hin und wieder drehte sich Max zu mir und warf mir einen Blick zu, der zu fragen schien: »Was sagst du *dazu*?« Ich hörte ihn sagen: »Mrs. Stallner, Sie sollten Professorin sein.«

»Das bin ich tatsächlich gewesen«, erwiderte sie. »Keine ordentliche sondern eine außerordentliche Professorin. Eine Lektorin oder, wie man es in Europa nennt, eine Dozentin.«

»Was haben Sie doziert?«

»Wirtschaftspolitik.«

»Tatsächlich?«

»Ja, tatsächlich. Das ist Amerika. Hier braucht man als Frau sein Leben nicht damit zuzubringen, Kartoffeln zu schälen und Geschirr zu spülen. Ich schäle zwar auch oft Kartoffeln und spüle Geschirr, aber ich weiß, daß Leute mit Organisationstalent Zeit für alles haben können.«

Sie fuhr rasant, manchmal nur mit einer Hand am Lenkrad, eine Zigarette zwischen den Lippen. Wenn die Zigarette ausging, ließ Lynn sie von Max mit dem Feuerzeug wieder anzünden. Den Rauch blies sie nicht durch den Mund, sondern durch die Nase aus. Ich war mit den alten Ansichten Schopenhauers, Nietzsches und Otto Weiningers aufgewachsen, daß Frauen keinen Sinn für Zeit oder Logik hätten und sich immer nur von Gefühlen leiten ließen. Lynn Stallner jedoch faßte ihre Entschlüsse im Bruchteil einer Sekunde, und alles, was sie tat oder sagte, geschah auf resolute Art.

Wir trafen genau zu der Uhrzeit in Lake George ein, die Lynn uns genannt hatte. Sie bezeichnete ihr Haus als Bungalow, mir jedoch kam es wie ein Palast vor. Es hatte fünf oder sechs Räume im Erdgeschoß und ebenso viele Schlafzimmer im oberen Stockwerk. Die Küche war hochmodern ausgestattet, gekocht wurde mit elektrischem Strom. Lynn führte ein detailliertes Haushaltsbuch und erklärte Miriam genau, was alles zu tun sei.

Max zündete sich eine Zigarre an, doch Lynn ermahnte ihn, im Haus niemals Zigarren zu rauchen. Dafür sei der Garten mit Hängematte und Liegestühlen da. Wie sich herausstellte, konnte Lynn auch Jiddisch. Sie hatte es mit ihrer Großmutter gesprochen, noch ehe sie Englisch gelernt hatte. »Sie sind wirklich eine *ejsches chajil*«, sagte Max. »Wissen Sie, was das heißt?«

»Ja. Eine wackere Hausfrau.«

»Ihnen fehlt nur noch ein Mann, der am Tor sitzt und vor den Ältesten der Stadt Ihre Tugenden preist.«

»Den hatte ich schon, nämlich Didis Vater. Und er hat nichts getaugt, gar nichts.«

Als Lynn mit der Hausarbeit fertig war, verabschiedete sie sich von uns. Sie umarmte und küßte Miriam, dann auch Max. Mit mir wollte sie das auch tun, doch ich scheute davor zurück. »Noch immer der Jeschiwaschüler!« sagte sie und reichte mir ihre kleine, feste Hand. Dann setzte sie sich ans Steuer, und im Nu war sie davongebraust. Max nahm die Zigarre aus dem Mund und sagte: »Nur in Amerika.«

An diesem Abend sprach Max offen mit uns. Er habe vorübergehend – nämlich bis die nächste Operation ihm wieder dazu verhelfen würde – seine Manneskraft eingebüßt. Die Ärzte in Polen, diese *schkozim*, hätten ihn beinahe kastriert. Er habe aber nicht vor, die Rolle des neidischen Eunuchen zu spielen. Im Gegenteil! Er wolle, daß Miriam und ich uns miteinander vergnügten. Er sei glücklich darüber, daß wir so eng mit ihm befreundet seien. Immer wieder sprach er davon, wie alt er schon sei – alt genug, um mein Vater und Miriams Großvater zu sein. Worauf Miriam entgegnete: »Maxele, du bist nicht mein Großvater, du bist mein Mann. Ich werde dich lieben und bei dir bleiben, solange ich lebe.«

»Du meinst, solange *ich* lebe«, korrigierte er sie.

»Nein, solange ich lebe.«

»Max«, sagte ich, »wir sind hierhergekommen, um dich zu pflegen, nicht um Orgien zu feiern.« Ich wunderte mich über meine eigenen Worte. »Nichts ist wichtiger als deine Gesundheit.«

»Was hat *schemittah* mit dem Berg Sinai zu tun?« zitierte Max aus der Gemara. »Was hat das eine mit dem anderen zu tun? Wir sind hierhergekommen, um uns zu vergnügen, nicht um Psalmen aufzusagen. Wenn ihr beide glücklich seid, bin ich's auch. Ich bin kein Götze, für den ihr euch aufopfern müßt. Ich habe das alles vorausgesehen, und darum habe ich euch zusammengeführt. Ich lag in diesem Warschauer Krankenhaus, im Todeskampf, umgeben von Trunkenbolden, Degenerierten und Irren, und nur *ein* Gedanke hat mich getröstet: daß ihr beide in Amerika seid und euch liebt. Da meine eigene Tochter ums Leben gekommen ist, seid ihr meine Kinder.«

»Maxele, ich bin deine Frau, nicht deine Tochter. Jetzt, da Priwe nach Israel gegangen ist und du krank bist, ist mein Platz bei dir. Ist das klar?«

»Nu, nu, plötzlich ist sie eine Heilige geworden, eine zweite Sara Bas-Towim. Wahrscheinlich hast du so etwas in einem polnischen Roman gelesen und willst jetzt die Heldin nachäffen. Unsinn! Mein Leben wird bald zu Ende sein, während deines gerade erst beginnt. Ich rate dir, laß dich von Stanley scheiden und heirate Aaron. Ihr paßt zueinander: verlogen, ums Glück betrogen.« Er kicherte über seinen eigenen Witz. Ich spürte, wie mir das Blut ins Gesicht stieg. Miriam warf mir rasch einen Blick zu. »Max, bist du jetzt Heiratsvermittler geworden?«

Sie kam zu mir herüber. »Max und ich schlafen in Lynns Schlafzimmer, wo ich ein Bettchen für Didi aufgestellt habe.«

»Ja, Miriam, danke.« Ich nahm sie in die Arme. Sie küßte mich auf den Mund und hielt mich eine Weile umschlungen. Ihr Gesicht war blaß. »Ich liebe euch beide, aber Max' Gesundheit ist jetzt die Hauptsache.«

»Ja, du hast recht.«

Im Auto war ich so müde geworden, daß ich die Augen kaum offenhalten konnte. Jetzt aber floh mich der Schlaf. »Ja, wir sind Schauspieler«, sagte ich mir, »eine Gruppe von Purimspielern. Wer weiß«, schoß es mir durch den Kopf, »vielleicht ist Gott höchstselbst – falls Er existiert – auch ein Schauspieler.« Mir fiel der Psalmenvers ein: »Er, der vom Himmel herablächelt ...«, und ich dachte: »Gott sitzt im Himmel und lächelt über seine eigene Komödie.«

Ich schlief mehrere Stunden, dann wachte ich wieder auf. Ich sah auf das Leuchtzifferblatt meiner Uhr: zwanzig Minuten vor zwei. Wie so oft fiel mir nicht sofort ein, wo ich war. Ich setzte mich im Bett auf, legte den Kopf aber gleich wieder aufs Kissen. Max hatte sich anfangs geweigert, mein Geld als Darlehen anzunehmen, doch ich hatte aus unerfindlichen Gründen hartnäckig darauf bestanden, und schließlich hatte er sich einverstanden erklärt. Ich wußte, daß ich – egal, was bei der jiddischen Zeitung passierte – mindestens ein Jahr lang genug zum Leben haben würde. Zwischen dem Herausgeber und mir gab es Meinungsverschiedenheiten. In meinen Artikeln mokierte ich mich oft über seine Aufrufe zur Vereinigung des Proletariats im Kampf um eine bessere Welt. Ein Mitherausgeber begrüßte mich jeden Morgen mit der Nachricht, er habe mich am Abend zuvor verteidigt, was soviel hieß, daß andere mich angegriffen hatten. Es war tröstlich zu wissen, daß zumindest meine Lebenshaltungskosten ein Jahr lang gedeckt sein würden. Was brauchte ich denn mehr? Bücher konnten gottlob kostenlos in der Bibliothek ausgeliehen werden. Meine Freundinnen verlangten keinerlei Luxus von mir. Ich brauchte sie nicht ins Theater oder Kino einzuladen. Und ich wußte ja, daß Stefa und Leon mich bei sich aufnehmen wollten und schon ein Zimmer für mich reserviert hatten.

Mir nichts, dir nichts hatte ich Dreiviertel von allem, was ich in dieser Welt besaß, einem Verschwender gegeben, einem Bruder Liederlich, der obendrein pleite war. Ich hatte mich mit einer Frau eingelassen, die mit siebenundzwanzig Jahren schon jedes erdenkliche Abenteuer erlebt hatte. Mir war klar, daß sie, bei aller tiefen Zuneigung zu Max, Pläne geschmiedet hatte, die nicht auf ihn, sondern auf mich abzielten. Sie hatte durchblicken lassen, daß sie davon träumte, ein Kind von mir zu bekommen. Und ihr Vater wollte mich als Schwiegersohn haben. Insgeheim bezweifelte ich, daß ich Miriam jemals meinen Namen geben würde. Noch immer regte sich in mir der altmodische Mannesstolz, der zwischen

Mätresse und Ehefrau, zwischen Liebschaft und Ehe unterscheidet.

Als ich in dieser Nacht in Lynn Stallners Haus lag, versuchte ich, die Bilanz meines Lebens zu ziehen und gleichzeitig so etwas wie eine literarische Inventur zu machen. Wie zum Beispiel könnte ich dem Leser die Geschichte erzählen, die ich gerade erlebte? Was würde ich sagen, wenn ein Leser mich um Rat bäte, ein Leser meines Alters, der sich in einer ähnlichen Situation befand? Gewöhnlich verkündete ich meinen Orakelspruch, noch ehe ich mir das Gestammel bis zum Schluß angehört hatte. Ich hatte mir sogar eingeredet, die Misere eines Menschen bereits erkennen zu können, wenn ich ihn bloß ansah, seine Stimme oder seine Redeweise hörte. Ich hatte Tolstojs *Der Tod des Iwan Iljitsch* wiedergelesen und diese Novelle von neuem bewundert. Jetzt fragte ich mich: Wenn ein Iwan Iljitsch aus Fleisch und Blut zu mir käme, brächte ich dann die Geduld auf, ihm zuzuhören? Nein. Wir genießen literarische Werke ebendeshalb, weil sie uns kein Verantwortungsgefühl abverlangen. Wir können ein Buch aufschlagen und zuklappen, wann immer wir wollen. Wir werden nicht aufgefordert, den Leidenden zu trösten oder ihm beizustehen. Wie viele Opfer Hitlers waren schon zu uns in die Redaktion gekommen, ohne daß wir bereit gewesen wären, ihre Geschichte anzuhören? In den letzten Jahren hatte der Herausgeber fast ganz damit aufgehört, die Erinnerungen von Menschen zu veröffentlichen, die Treblinka, Majdanek, Stutthof und andere Konzentrationslager überlebt hatten. Ich hatte gehört, wie er dem Verfasser eines solchen Berichtes gesagt hatte: »So etwas veröffentlichen wir nicht mehr. Unsere Leser wollen so etwas nicht lesen.« Die Leser zogen es vor, etwas über anonymes Leid zu lesen, das auf einen gewissen Unterhaltungswert zugeschnitten war.

Ich schlummerte ein, wachte aber abermals auf. Weil ich nicht mehr einschlafen konnte, begann ich, über die Gegenwart nachzudenken. Was tat Miriam in diesem Augenblick? Schlief sie tatsächlich? Und Max – war er wirklich impotent? Konnte eine Operation die ewige Beziehung zwischen Mann und Frau zerstören? Nein. Sie existierte in den sogenannten leblosen Dingen. Ich glaubte, daß Gott ein Romancier sei, der schreibe, was er wolle, und daß die ganze Welt ihn lesen müsse, um dahinterzukommen, was Er meint.

Der nächste Tag war sonnig, aber nicht heiß. Max, Miriam und ich frühstückten, während Didi versuchte, die Kunst des Laufens möglichst schnell zu meistern. Er tapste von einem Stuhl zum anderen und warf uns gelegentlich einen Blick zu, als wollte er sagen: »Seht doch, was ich kann! Seht doch, wie geschickt ich bin!« Hin und wieder brach er in Tränen aus, dann hob Miriam ihn auf, tröstete und küßte ihn. »*Scha*, Didischatzele. Eines Tages wird dir alles gelingen. Eines Tages wirst du ein großer Junge sein, der Fußball spielt und eine Meile in einer Minute laufen kann.« Max ließ Didi auf seinem Knie reiten. Er sprach Jiddisch, Englisch und Polnisch mit ihm. »Sei froh, Didi, daß du im Land von Uncle Sam und nicht in Rußland geboren bist. Dort würde man dich einen Kosmopoliten, Saboteur und Chauvinisten schimpfen. Und in deinen Paß würden sie das Wort ›Jewrej‹ schreiben.« Didi griff nach Max' Bart und wollte ihn sogar in den Mund stecken, um zu probieren, wie er schmeckte.

Miriam lachte über Max' Bemerkungen. »Zeit für einen Spaziergang!«

Sie setzte Didi in sein Sportwägelchen, dann brachen wir auf. Wir machten einen langen Spaziergang rund um den See. Andere Spaziergänger, zumeist ältere Ehepaare, Flüchtlinge aus Deutschland, sahen uns nach. Die Männer musterten uns mißbilligend. Wir drei sprachen Jiddisch miteinander, und diese Sprache der Ostjuden gehörte nicht hierher in die Adirondacks. Es war die Sprache, die in den Hotels in den Catskills gesprochen wurde. Miriam hatte ein Exemplar des *Vorwärts* in Didis Wägelchen gelegt, und die Zeitung wurde mit Abscheu betrachtet. Diese deutschen Flüchtlinge glaubten an die Assimilation: die jüdische Minderheit sollte in der Mehrheit aufgehen und sich nicht den osteuropäischen *golus* aufhalsen. In den Taschen dieser Männer steckten Exemplare des *Aufbau.* »Warum glotzen sie uns an, diese Jekkes?« platzte Max heraus. »Was hat ihnen die Assimilation denn in Deutschland geholfen?« Sie waren geblieben, was sie vorher gewesen waren, *jehudim,* deren letzter Rest von Jüdischkeit darin bestand, an Rosch Haschana und Jom Kippur in die Synagoge zu gehen und sich die Predigt ihres Rabbiners anzuhören. Aber woraus bestand denn letztes Endes Max' und Miriams und meine Jüdischkeit? Wir hatten uns von unseren Wurzeln abgetrennt. Wir waren »nackte Seelen«, wie es die Kabbala nannte, Überbleibsel eines geistigen Holocaust. Und zwischen dem modernen Christen, der kein Christ mehr war, und dem modernen Juden gab es keinen großen Unterschied mehr.

Nach unserem Spaziergang bereitete Miriam das Mittagessen zu. Max und ich halfen ihr in der Küche. Bis zum Abendessen lag Max im Bett und schlief. Miriam arbeitete währenddessen an ihrer Dissertation, und ich schrieb für den *Vorwärts* und korrigierte die Kapitel meines Romans. Einmal hörte ich Miriam sagen: »Wenn es nach mir ginge, dürfte der Sommer nie zu Ende gehen, und wir würden bis in alle Ewigkeit hierbleiben.«

Jeden zweiten Abend rief Lynn zwischen acht und neun Uhr aus Mexiko an. Das Gespräch war immer das gleiche: Miriam sagte, Didi gehe es gut, und das Wetter sei schön. Lynn sang jedesmal ein Loblied auf Mexiko, das schöne Meer, die Berge, die aztekischen Ruinen, die Urwüchsigkeit der Mexikaner. Sie hatte einen gestickten Schal für Miriam und eine Zigarrenspitze für Max gekauft. Sie wollte mich sprechen und erzählte mir von einem Professor, den sie kennengelernt hatte und der in Mittelamerika nach Spuren der Marranen suchte, jener im Verborgenen lebenden Juden, die einst vor der spanischen Inquisition geflohen waren. In Mexico City hatte Lynn zufällig Juden aus Polen kennengelernt, die eine jiddische Zeitschrift herausgaben.

Tag für Tag versicherte uns Max, er fühle sich wohler und es gehe ihm besser. Aber Miriam sagte mir, daß er nachts nicht gut schlafe und daß sein Urin blutig sei. Eines Abends rief Lynn nicht an, und wir fragten uns, was denn passiert sein könnte. Kurz vor elf, als ich Miriam und Max gerade gute Nacht sagte, klingelte das Telefon. Miriam hob den Hörer ab, und ich hörte sie fragen: »Wer ist dort? Sie wollen Max Aberdam sprechen? Wer spricht dort?«

Egal, wer der Anrufer war, ich wollte mich jedenfalls nicht einmischen und stieg die Treppe zu meinem Schlafzimmer hinauf. Ich konnte Miriam am Telefon sprechen hören. Ob das Geheimnis herausgekommen war? Und wer verlangte Max am Telefon? Kurz darauf hörte ich schwerfällige Schritte auf der Treppe. Meine

Tür wurde geöffnet, und Max stand auf der Schwelle. Er atmete schwer, seine großen schwarzen Augen starrten mich an.

»Aaron, ein Wunder ist geschehen, ein wahres Wunder!«

»*Was* ist geschehen?« Meine Kehle war so trocken, daß ich kaum sprechen konnte.

»Ich fliege nach Israel! Chaim Joel Treibitscher hat einen Arzt für mich gefunden.«

Max taumelte, und ich sprang aus dem Bett und führte ihn zu einem Stuhl. Er stützte sich so schwer auf mich, daß ich fast hinfiel.

»Wer hat dich angerufen? Wieso wußten sie, daß du hier bist?«

»Es war Zlowa, Priwes Dienstmädchen. Ich habe sie dir vorgestellt, als du bei uns zu Besuch warst. Erinnerst du dich?«

»Ja, ich erinnere mich.«

»Bei ihr ist ein langes Telegramm aus Tel Aviv eingetroffen. Von Chaim Joel Treibitscher. Er hat dort einen Arzt getroffen, den er schon in Warschau kannte, und der jetzt in Israel ein bekannter Urologe ist. Chaim Joel hat sich erboten, alle Kosten zu übernehmen, wenn ich nach Israel fliege. Ich werde dir dein Geld zurückzahlen können. Allmählich glaube ich, daß es irgendwo einen Gott gibt, der nicht will, daß ich diese Welt verlasse. Priwe ist, wie du ja weißt, auf einem Schiff unterwegs ins Heilige Land. Allem Anschein nach werde ich schon dort sein, bevor ihr Schiff landet.«

»Woher hat Zlowa gewußt, daß du hier bist?« Meine eigene Stimme kam mir fremd vor.

»Das ist eine lange Geschichte. Als Zlowa das Telegramm erhielt, wurde ihr klar, daß ich in Amerika sein mußte, nicht in der Schweiz. Miriam hatte ihrem Hausverwalter unsere Telefonnummer hier in Lake George aufgeschrieben, und als Zlowa auf der Suche nach mir in Miriams Wohnung ging, hat er ihr die Nummer gegeben.«

Max fröstelte beim Reden. »Vielleicht ist es mir bestimmt, im Heiligen Land begraben zu werden«, stieß er hervor.

»Vorläufig wird dich niemand begraben. Du wirst leben und dich wieder wohl fühlen.«

»Miriam ist ganz aufgeregt. Sie möchte mit mir nach Israel fliegen, aber wie könnte sie denn? Sie muß doch bei dem Kind bleiben. Ich möchte möglichst bald hinüberfliegen. Hier hat sich mein Zustand nicht gebessert, sondern verschlechtert. Falls du mich begleiten möchtest, nehme ich dich auf Kosten unseres reichen Wohltäters mit.«

»Ich habe keinen Reisepaß. Und ein Visum braucht man auch.«

»Daran habe ich nicht gedacht. Zur Zeit habe ich nur meine ersten Dokumente für die Naturalisierung.«

»Mit deinen ersten Dokumenten kannst du ins Ausland reisen und dann wieder in die USA einreisen. Allerdings mußt du dir von der Auswanderungsbehörde eine Genehmigung erteilen lassen. Was ist mit deinem polnischen Paß?«

»Den habe ich verlängern lassen.«

Die Tür flog auf, und Miriam rief: »Schmetterling, es ist ein Wunder, ein Wunder! Ich war mir nicht sicher, ob ich dem Hausverwalter unsere Telefonnummer geben sollte oder nicht. Erst im letzten Moment entschied ich mich dazu. Wie Zlowa auf die Idee kam, Max bei mir zu suchen, und warum ihr John die Telefonnummer gegeben hat, das ist mir ein Rätsel. Ich möchte mit Max hinüberfliegen, in seinem Zustand kann ich ihn nicht allein lassen. Aber was soll ich mit Didi machen? Als ob Lynn mir eins auswischen wollte, hat sie ausgerechnet heute nicht angerufen. Und obendrein scheint Didi nicht ganz gesund zu sein. Seine Stirn hat sich heiß angefühlt. Lynn hat ein Fieberthermometer hiergelassen, aber ich habe es irgendwohin gelegt und kann es nicht finden. Ach, ich werde noch wahnsinnig!«

Sie brach in Tränen aus. Ich stand von der Bettkante auf, und Miriam warf sich mir in die Arme. Ihr Gesicht war heiß und tränenüberströmt.

»Miriam, werde bloß nicht hysterisch!« rief Max. »Alles wird sich regeln. Und wenn nicht, wird der Himmel deshalb nicht einstürzen. Hat Lynn dir eine Telefonnummer in Mexiko gegeben?«

Miriam riß sich von mir los. »Du spinnst wohl? Ich bin müde. Ich kann nicht mehr. Flieg doch allein nach Palästina! Frauen wie mich gibt es auch in Jerusalem. Ich brauche keine Männer mehr, sie hängen mir alle zum Hals heraus. Sie widern mich an. Ich werde mich irgendwohin legen und auf den Todesengel warten. Ich habe nur noch einen einzigen Freund – den Tod!«

Sie rannte hinaus und knallte die Tür zu. In diesem Moment klingelte das Telefon. »Bitte geh du hin, Aaron«, sagte Max. »Ich kann nicht aufstehen.«

Ich griff hastig nach dem Hörer. »Mrs. Stallner?«

Eine junge Stimme mit spanischem Akzent sagte: »Ein R-Gespräch von Miss Sylvia aus Mexico City. Nehmen Sie es an?«

»Jaja, natürlich.«

Ich hörte eine Frauenstimme, die mir fremd war, eine rauhe, krächzende Stimme. »Sind Sie am Apparat, Mr.

Greidinger? Hier ist Sylvia, Lynns Freundin. Entschuldigen Sie, daß ich zu so später Stunde anrufe. Leider habe ich schlechte Nachrichten. Lynn hat einen Unfall gehabt. Sie liegt im Krankenhaus.«

»Einen Unfall? Was ist passiert?«

»Sie war mit dem Auto unterwegs und wurde von einem Betrunkenen angefahren. Ich war nicht dabei, sie wollte zum Friseur fahren. Sie hat einen gebrochenen Arm und mehrere Rißwunden. Kann ich bitte Miss Miriam Zalkind sprechen?«

»Moment bitte.«

Ich legte den Hörer auf den Nachttisch. Die Tür wurde aufgerissen, und Miriam stürmte herein. »Wer ist es? Lynn?«

»Miriam, erschrick nicht. Lynn hat einen Autounfall gehabt.«

Sie blieb mitten im Zimmer stehen. Dann sagte sie leise: »Ich hab's ja gewußt. Ich hab's die ganze Zeit gewußt.«

Ich ging ins Badezimmer und setzte mich auf den gepolsterten Toilettendeckel. Wie merkwürdig, dachte ich, daß die gute Nachricht von Max' bevorstehender Reise nach Israel und seinem neuen Arzt sie in helle Aufregung versetzt und daß sie die schlechte Nachricht von Lynns Unfall so gelassen aufgenommen hat. Eines stand jedenfalls fest: Miriam konnte nicht mit Max nach Israel fliegen.

Ich stand auf und öffnete Lynns Medizinschränkchen, weil ich mir die paar Zähne, die ich noch hatte, putzen wollte. Im mittleren Fach lag ein Fieberthermometer. Ich nahm es heraus. Miriams Telefongespräch war beendet. Sie saß auf der Kante meines Bettes und sprach mit Max. Ich hörte sie sagen: »Nimm nur deine Sommeranzüge und deinen Regenmantel mit.«

»Miriam«, sagte ich, »ich habe das Fieberthermometer im Medizinschrank gefunden.«

Sie nickte. »Ich benütze es später. Jetzt lasse ich unser Didischatzele schlafen.«

## 10

Alles war vorüber – das Kofferpacken für Max, die Busfahrt von Lake George nach New York, die notwendigen Vorkehrungen, um rasch eine Ausreise- und Wiedereinreisegenehmigung zu erhalten. Miriam war mit Didi in Lake George geblieben. Max und ich waren per Bus nach New York zurückgekehrt, wo wir uns in Max' Wohnung aufhielten. Dieselben Flüchtlinge, die Priwe geschlagen und ihren Schmuck gestohlen hatten, riefen jetzt bei Max an, sagten ihm Lebewohl und wünschten ihm baldige Genesung. Chaim Joel Treibitscher hatte sich in einem Telegramm bereit erklärt, die Opfer von Harrys Schwindeleien zu entschädigen. Die Nachricht verbreitete sich rasch bei den Betroffenen. Die Redlichkeit und Großherzigkeit dieses rechtschaffenen Mannes beeindruckte alle.

Im Lauf der Tage, die ich bei Max in New York verbrachte, entwickelte sich zwischen Zlowa und mir eine so freundschaftliche Beziehung, daß wir uns duzten. In Warschau war sie Geschäftsführerin eines Ladens für Damenartikel gewesen, den ihr die Besitzer, ein älteres Ehepaar, vermachen wollten. Wie nicht anders zu erwarten, erzählte mir Zlowa ihre Lebensgeschichte. Sie war in einem Schtetl in der Provinz Lublin geboren und frühzeitig verwaist. Auf eigene Faust hatte sie das Nähen und

Sticken erlernt. Dann hatte sie bei einem Korsettmacher gearbeitet und sich darauf spezialisiert, Unterwäsche für Frauen anzufertigen, deren Büste ungewöhnlich groß oder klein war, oder die sich einer Brustoperation unterzogen hatten. Die »Alten«, wie Zlowa ihre damaligen Arbeitgeber nannte, hatten oft gekränkelt und waren in ausländische Kurorte oder nach Otwock gefahren, wo sie eine Villa besaßen. Zlowa hatte die große Wohnung des Ehepaares instand gehalten und sich um dessen geschäftliche Angelegenheiten gekümmert. Aus ganz Polen waren Kundinnen zu ihr gekommen, die sie wunschgemäß bedient hatte. Während des Kriegs war sie in ein Konzentrationslager abtransportiert worden. Später hatte sie in einem Displaced-Persons-Lager in Deutschland ein Einreisevisum für Amerika erhalten. Mit Priwe hatte sie sich schon in Warschau angefreundet. Priwe, die sich schon damals mit dem Okkultismus befaßte, hatte an mehreren Séancen des berühmten polnischen Mediums Kluski teilgenommen. Wenn sie das Licht ausgemacht und Zlowa ihre Hände auf das Tischchen gelegt hatte, erhob es sich auf zwei Beine und gab genaue Antworten auf alle Fragen, die ihm gestellt wurden. Zlowa war Expertin im Umgang mit der Alphabet-Tafel geworden. Sie versicherte mir, sie habe schon lange bevor Chaim Joel Treibitschers Telegramm mit der Nachricht über den neuen Arzt eingetroffen sei, dieses Ereignis im Traum vorausgesehen. Angeblich hatte sie auch geträumt, daß Max sich mit Miriam in einem Haus an einem See aufhalte. Sie forderte mich auf, ihr meine rechte Handfläche zu zeigen, aus der sie meine Zukunft lesen könne. »In dir brennt ein großes Feuer«, verkündete sie.

»Das Feuer Gottes oder des Teufels?« fragte Max.

»Eine Mischung aus beidem«, erwiderte Zlowa.

Max machte sich oft über Zlowas Visionen und Träume lustig und beschuldigte sie, das Tischchen mit ihrem Fuß hochzuheben und sich selbst und andere zu betrügen. »Wieso haben dich all diese Geister nicht vor den Nazis beschützen können?« Gleichwohl war deutlich zu merken, wie nahe sich die beiden standen. Ständig sagte sie ihm, was er essen und was er nicht essen dürfe. Wenn er sich eine Zigarre anzündete, wurde sie ihm von Zlowa buchstäblich aus dem Mund gerissen. Seine Wäsche und seine Medikamente packte sie wie eine erfahrene Ehefrau ein. Sie selbst rauchte täglich drei Päckchen Zigaretten. Ich hörte, wie Max sie warnte: »Das ist doch Selbstmord, Zlowa. Vermutlich wirst du lange vor mir im Jenseits sein.«

»Dann bereite ich einen Empfang für dich vor.«

»Was für einen Empfang?« wollte Max wissen.

»Ich werde dich auf einen goldenen Stuhl setzen und dir als Schemel diese Nutte Miriam Zalkind geben.«

Als Zlowa am Tag vor Max' Abflug ausgegangen war, um noch einiges zu kaufen, was er vielleicht auf seiner Reise brauchen könnte – Schlafanzüge, Socken, eine Klistierspritze, Abführtabletten und andere nützliche Dinge –, verriet mir Max sein Geheimnis (hinter das ich ohnehin schon gekommen war): daß er früher mit Zlowa zusammengelebt hatte. Er wußte, daß diese junge Frau mit den weißen Zähnen einer Zigeunerin und den Schlitzaugen einer Tatarin ihre Arbeitgeber in Warschau und ihre Dienstherrin in New York betrogen hatte. »Ich kann einfach nicht anders«, sagte er zu mir. »Ich bin als Schweinigel geboren. Du hast Miriam von mir geerbt und kannst von mir aus noch Zlowa haben. Du bist vom gleichen Schlag wie ich. Aber ich, mein Freund, lande bald auf dem Abfallhaufen.«

»Du wirst wieder gesund und kannst dann noch lange genug schweinigeln.«

»Dein Wort in Gottes Ohr.«

Dann sagte er wörtlich genau das gleiche, was ich oft zu Freundinnen sagte: »Ist es *meine* Schuld, daß ich gleichzeitig mehr als *eine* Frau lieben kann?«

Und dann sagte er: »Das ganze Gerede von Monogamie ist eine einzige große Lüge. Es ist von Weibsbildern und puritanischen Christen erfunden worden. Bei den Juden hat es so etwas nie gegeben. Selbst unser großer Lehrer Moses hat eine Negerin begehrt, und als seine Schwester Miriam etwas Schlechtes über ihn sagte, bekam sie zur Strafe die Krätze. Wo steht geschrieben, daß ich frommer sein muß als Moses oder der Stammvater Jakob? Solange ich potent war, habe ich das Leben genossen. Aber da ich mich jetzt auf meinen Abgang vorbereite, ist es an der Zeit, daß du für mich einspringst.«

»Meine erste Frau«, fuhr er fort, »sie ruhe in Frieden, war eine anständige jüdische Tochter, die aber leider kein Fünkchen Phantasie hatte. Ich versuchte, ihr mit allen Mitteln, die mir zur Verfügung standen, auf die Sprünge zu helfen. Ich gab ihr Maupassant zu lesen, Paul de Kock, ja sogar unsere polnische Gabriela Zopolska. Aber sie hatte nichts anderes im Sinn als Kleider, Kinkerlitzchen und teure Pelze. Sie hatte kein Blut sondern Buttermilch in den Adern. Ich nahm sie sogar zum Tanzen in ein Kabarett mit. Aber für alles, bei dem ein bißchen gehopst und gezappelt wird, hatte sie nur *eine* Bezeichnung: Schweinerei. Wenn ein Mann impotent ist, wird er zum Rabbi geschleppt und gezwungen, sich von seiner Frau scheiden zu lassen. Aber wenn eine Ehefrau frigide ist, eiskalt, wird sie als züchtige Frau gepriesen. Meine erste Frau hatte eine einzige Tugend, die man ihr zugute halten muß: sie war mir absolut treu. Was Matilda betrifft – sie ruhe in Frieden –, so ist es ihr immer nur ums Prestige gegangen. Wenn die Pariser *grandes dames* Liebhaber hatten, mußte sie auch welche haben. Chaim Joel – möge er mir verzeihen, daß ich das sage – ist körperlich und geistig immer ein Zwitter gewesen. Seine Leidenschaft war und ist das Geld. Und gottlob hat er mehr als genug gescheffelt, um all diese Flüchtlinge zu entschädigen. Wenn eine Frau von Natur heißblütig ist, empört sich alle Welt und verdammt sie. Nicht nur in den Augen der Frauen, auch in den Augen der Männer und Schürzenjäger ist sie nichts anderes als eine Hure. Du weißt, an wen ich dabei denke.«

Ich spürte, wie ich erbleichte. »Miriam hat dir alles erzählt?«

»Alles.«

»Du kennst ihre Vergangenheit?«

»Ja.«

»Als was würdest du sie denn bezeichnen?«

»Ich würde sie nehmen, wie sie ist.«

»Würdest du sie heiraten?«

»Wenn ich in deinem Alter wäre, ja.«

»Sie will Kinder haben. Wie könntest du wissen, daß es deine eigenen sind?«

»Ich hätte nichts dagegen, wenn es deine wären.«

»Sie könnten auch die des Briefträgers sein.«

»Nein.« Max lachte. »Was soll das ganze Gerede? Um etwas möchte mich dich aber bitten: betrüg sie nicht.«

»Ich betrüge sie nicht.«

»O doch. Sie setzt ihre ganze Hoffnung in dich. So unglaublich es klingt – wenn es um wahre Liebe geht, ist sie eine züchtige Jungfrau.«

Tags darauf fuhren Zlowa und ich frühmorgens mit Max zum Flughafen. Auf der Rückfahrt drückte Zlowa ihr Knie an meines. Ich sagte: »Ich weiß alles über dich.«

»Ich weiß, daß du es weißt«, erwiderte sie. »Und ich weiß alles über dich.«

»Was meinst du damit?«

»Erstens weiß ich, daß Max nicht Wort halten kann. Er ist so ähnlich wie ein Betrunkener: wes das Herz voll ist, des geht der Mund über. Und zweitens sehe ich manchmal im Wachen und auch im Träumen etwas voraus. Als Max dich damals mit Priwe bekannt gemacht hat, sah ich um deinen Kopf einen Schimmer.«

»Was für einen Schimmer? Was hat das zu bedeuten?«

»Daß du mir gehören wirst.«

»Nein, Zlowa. Diesmal hast du dich geirrt«, sagte ich mit bebender Stimme.

Sie legte mir die Hand aufs Knie. »Nicht heute. Heute habe ich meine Regel. Aber wenn du zurückkommst.«

Ich hatte Miriam gesagt, daß ich keine Kinder haben wollte, weder von ihr noch von einer anderen. Die Zeitungen und Zeitschriften brachten zahlreiche Berichte über die Bevölkerungsexplosion. Malthus hatte nicht so unrecht gehabt, wie die Liberalen behaupten. Es gab tatsächlich nicht genug Nahrungsmittel für die Milliarden Menschen auf dieser Erde. Die von Hitler und Stalin heraufbeschworenen Katastrophen hatten bewiesen, daß der Menschheitstraum vom ewigen Frieden und der Vereinigung aller Menschen nicht verwirklicht werden kann. Dutzende neuer Staaten waren entstanden, und überall herrschten Streit und Krieg. Selbst nach Hitlers Holocaust war der Judenhaß überall in der Welt nicht geringer geworden. Israel war von Feinden umzingelt. Was für einen Sinn hatte es denn, Kinder in diese Welt zu setzen? Warum die Summe menschlichen Leidens vergrößern? Miriam stimmte mir teilweise zu, argumentierte aber weiter: »Wenn sich nur die Bösen vermehren, welche Hoffnung bleibt dann der Menschheit überhaupt noch?«

»Keine. Gar keine.«

»Wie konnte sich dann ein Affe zu einem Menschen entwickeln? Wie konnte die Menschheit einen Spinoza hervorbringen, einen Tolstoj, Dostojewski, Gandhi, Einstein?«

»Bei dieser Lotterie möchte ich lieber nicht mitspielen.«

Wir küßten uns, dann stritten wir uns von neuem. Wir konnten nichts anderes mehr tun, als ein paar Augenblicke der Lust zu erhaschen, bevor wir wieder aneinandergerieten und wie Seifenblasen, die wir ja auch waren, platzten. Miriam und ich konnten weder beieinander noch auseinander sein. Wir leugneten Gott nicht, konnten Ihm aber auch nicht dienen. Dienen – wem? Dem Techniker der Schwerkraft und des Magnetismus, der kosmischen Explosionen und Strahlen, der unsere Gebete weder annimmt noch zurückweist? Nachts lagen wir im Bett und beichteten unsere Sünden, die tatsächlich begangenen und die in Gedanken begangenen, die komischen und die tragischen. Wir hatten uns so viel zu sagen, daß die Nacht oft zu kurz dafür war.

Miriam erklärte mir mit schonungsloser Offenheit, sie könne nicht in Amerika bleiben, solange Max in Israel sei. Er habe sich noch nicht erholt und brauche ihre Hilfe und Liebe. Sie schlug mir vor, sie ins Ausland zu begleiten. Der wahre Grund für diesen Vorschlag war, daß sie nicht einmal für ihre eigenen Reisekosten aufkommen konnte. Ich bot ihr die tausend Dollar an, die von meinen Ersparnissen übriggeblieben waren. Was sollte ich denn in Israel? Dort wurde nicht vorwiegend Jiddisch, sondern Hebräisch gesprochen, die stolze Sprache der Patriarchen, nicht die Umgangssprache des Exils. Diejenigen, die den uralten Kampf gegen die Philister fortsetzten, wollten zweitausend Jahre aus ihrem Gedächtnis streichen. Sie wollten ein Volk unter Völkern sein, ein Staat wie jeder andere. Ich hatte vor, dieses Land eines Tages zu besuchen, aber nicht schon jetzt.

Mit meinem Roman war etwas schiefgegangen, ich war in eine Sackgasse geraten. Ich mußte Dutzende von Seiten umschreiben, um Teile eines Manuskripts zu retten, das ich schon in die Setzerei geschickt hatte. Der wahre Grund dafür war, daß ich mich in einer permanenten Krise befand, daß ich Gefahr lief, den Handlungsablauf zu vergessen, die Romanfiguren nicht glaubwürdig zu charakterisieren, die Spannung zu verwässern. Ich kämpfte gegen Dämonen an, die dem Autor Stolpersteine in den Weg legen, sein Gedächtnis abstumpfen und ihm eine blasierte Selbstgefälligkeit einflößen. Ich hatte meine eigene Methode, böse Geister auszutreiben; ich kannte ihren Unfug und ihre üblen Streiche. Aber das war längst nicht genug. Wie tödliche Bazillen, die gegen Medikamente immun werden und immer neue Angriffspunkte finden, so geben auch die bösen Kobolde der Literatur niemals den Kampf auf. Ständig sind sie auf der Suche nach Schwächen und Anfälligkeiten. Je mehr der Schaffende geleistet hat, je müder er geworden ist, desto frecher werden diese Zerstörer. Man muß ständig auf der Hut sein. Selbst die großen Schriftsteller, die Klassiker, die Meister, haben Fehlschläge erlebt. Vielleicht ist das menschliche Gehirn so konstruiert, daß wir zwar klug genug sind, die Schwächen anderer zu erkennen, unseren eigenen gegenüber aber kindlich naiv und blind sind.

Eine Reise nach Israel hätte mich zuviel Energie und Zeit gekostet. Ich mußte in engem Kontakt zu den Herausgebern bleiben, mußte Korrekturfahnen lesen und ständig in der Lage sein, meinen Text umzuschreiben. Ich dachte oft an die Aussage der Kabbalisten, daß der Mensch um des *tikkun* willen in diese Welt geschickt worden sei. Wir sind ständig aufgefordert, unsere Fehler zu verbessern. Selbst im Azilut, der Sphäre der Emanationen, werden Gefäße zerschmettert und Funken in den Abgrund, die Welt des *kelipah*, gestreut. Die Kunst kann viel von diesen alten Mystikern und ihren Symbolen lernen.

Drei Wochen vergingen, dann kam Lynn Stallner zurück, den einen Arm im Gipsverband, den anderen bandagiert. Sie wurde von Sylvia und einem mexikanischen Dienstmädchen begleitet. Miriam weinte, als sie sich von Didi verabschiedete, und auch ich bekam feuchte Augen. Der Kleine küßte mich und nannte mich Daddy.

Kurz darauf kam ein Luftpostbrief von Max, der uns mitteilte, es gehe ihm schon etwas besser, die Operation habe ihn aber sehr geschwächt. Er vermisse Miriam und mich. Er schickte mir einen Scheck über dreitausend Dollar, den Betrag, den ich ihm geliehen hatte. Außerdem lag ein Scheck zur Deckung von Miriams Reisekosten bei. Die beiden Schecks waren von Chaim Joel Treibitscher unterschrieben. Auch von ihm erhielt ich einen Brief, den er in hebräischer Sprache verfaßt hatte und in den blumige biblische Ausdrücke und Zitate aus der Gemara eingestreut waren. Chaim Joel hatte auch einige freundliche Zeilen in jiddischer Sprache für Miriam beigefügt. Er habe, so schrieb er, damit begonnen, alle Schulden zu begleichen, die sein Neffe Herschele (oder Harry) in Amerika durch die Veruntreuung des Geldes hilfloser Kunden hinterlassen habe. Er werde Miriam die fünftausend Dollar zurückzahlen, die sie von ihrem Vater, Morris Zalkind, bekommen hatte und mit denen Max und Harry an der Aktienbörse spekuliert hatten.

Als Miriam den Brief las, begann sie herumzutanzen und in die Hände zu klatschen. Sie warf sich mir an den Hals, küßte mich und stieß Freudenschreie aus. Ich mußte ihr allerdings eröffnen, daß ich nicht vorhatte, nach Israel zu fliegen. Die Krise, in die ich wegen meines unvollendeten Fortsetzungsromans geraten war, hatte sich verschlimmert. Zum ersten Mal hatte der Herausgeber versucht, ganze Kapitel zu streichen, ohne sich vorher mit mir zu beraten. Ich rief ihn an und teilte ihm mit, daß ich, falls er die Streichungen nicht zurücknähme, den Roman nicht zu Ende schreiben würde. Unsere Fehde sollte auf einer Sitzung des Verwaltungsrats der Zeitung zur Sprache kommen, einer Sitzung, die erst in einigen Wochen stattfinden konnte, weil der Vorsitzende und etliche Mitglieder des Verwaltungsrats noch in der Sommerfrische oder im Ausland waren. Nicht nur mein Roman, sondern auch meine Position als Journalist und Ratgeber stand auf dem Spiel. Das alles hatte ich Miriam verschwiegen, um ihr Kummer zu ersparen, jetzt aber mußte ich sie einweihen.

Es ergab sich so, daß Miriam drei Tage vor Rosch Haschana abfliegen sollte, erst nach Paris, dann weiter nach Tel Aviv. Ich wollte ihr ein Abschiedsgeschenk kaufen, und als ich sie fragte, was sie sich wünsche, sagte sie: »Eine Bibel.«

»Israel ist vollgestopft mit allen möglichen kunstvollen

Bibelausgaben«, sagte ich und schlug ihr statt dessen einen Füllfederhalter als Abschiedsgeschenk vor.

»Ich will aber eine Bibel haben, und du mußt mir eine schenken! Andernfalls muß ich mir selber eine kaufen.«

So hatte sie noch nie mit mir gesprochen. »Was ist denn mit dir los?« fragte ich. »Bist du über Nacht religiös geworden?«

»Ja, religiös.«

In einem Schaufenster am Broadway entdeckte ich eine kleine Bibelausgabe, deren hölzerner Einband mit einem Holzschnitt der Klagemauer verziert war. Ich kaufte diese Ausgabe und bekam vom Ladenbesitzer als Zugabe eine kleine Mesuse in einer Bronzekapsel und einen Chanukka-Dreidl. Das alles schenkte ich Miriam. Zu meiner Überraschung holte sie irgendwo zwei silberne Kerzenleuchter heraus, die sie, wie sie mir erklärte, anläßlich ihrer Heirat mit Stanley von ihrer Mutter bekommen hatte.

»Was hast du vor?« fragte ich erstaunt.

»Sei so gut und schlag in der Bibel das Tojcheche-Kapitel auf.«

»Woher weißt du etwas über Tojcheche? Was hast du vor?«

»Ich weiß es aus einer deiner Geschichten.«

»Worauf willst du hinaus? Ich kann mich nicht erinnern, so eine Geschichte geschrieben zu haben.«

»Schlag die Bibel auf! Ich erinnere mich.«

Ich schlug das betreffende Kapitel auf, während Miriam die beiden Kerzen anzündete.

»Was für einen Unfug treibst du denn da?«

»Sei still und warte es ab!«

Sie bedeckte ihre Haare mit einem weißen Tuch. Dann zog sie ein Blatt Papier aus ihrer Bluse und begann zu lesen: »Ich schwöre bei Gott im Himmel und bei den Seelen derer, die mir lieb und teuer sind, und bei den Märtyrern, die durch Hitler – sein Name soll aus der Erinnerung getilgt sein – zu Tode kamen, daß ich zeitlebens keinen anderen Mann lieben werde als Max und dich. Falls ich diesen heiligen Schwur breche, sollen alle Verwünschungen des Tojcheche-Kapitels über mein Haupt kommen.«

Sie skandierte diese Worte in einer Art Singsang, der mich an das Kaddischgebet, das *El Male Rachamim* und auch an das Lamentieren der Klageweiber bei einer Beerdigung erinnerte. Sie reckte beide Arme hoch und blickte gen Himmel. Ich wollte sie unterbrechen, doch etwas in ihrem Blick hielt mich davon ab. Als sie zu Ende gelesen hatte, küßte sie die Bibel und klappte sie zu.

»Was für ein albernes Melodrama«, sagte ich. »Also wirklich, Miriam, das ist reichlich übertrieben. Es ist geschmacklos. Wie kannst du so etwas schwören? Ich bin zwanzig Jahre älter als du, und Max ist vierzig Jahre älter.«

»Das weiß ich. Aber was immer zwischen uns geschieht – ich will nicht, daß du nachts wach liegst und denkst, ich betrüge dich mit anderen Männern.«

»Was ist dieser Schwur wert, wenn ihn jemand leistet, der nicht an Gott glaubt?«

»Ich glaube an Gott.«

»Darf ich die Kerzen auslöschen?«

»Laß sie brennen.«

»Soll ich auch so einen Schwur leisten?« Ich staunte über meine eigenen Worte.

»Nein, nein, nein. Du schuldest mir nichts. Ich gehe von *dir* fort, nicht du von mir. Ich werde bei Max sein, und du kannst haben, wen du willst.«

Miriams Stimme und Auftreten hatten etwas Ehrfurchtgebietendes und Altertümliches an sich. Ich spürte einen Kloß im Hals. Plötzlich mußte ich an meine Eltern denken, an meine Onkel und Tanten, an meine Kusine Esther, an alle, die den Nazis in die Hände gefallen und umgekommen waren. Die beiden mitten am Tag angezündeten Kerzen erinnerten mich an die Kerzen, die zu Häupten eines Toten aufgestellt werden. Ich wollte mir einreden, daß diese ganze Zeremonie theatralisch sei, eine Zurschaustellung weiblicher Hysterie. Aber statt dessen starrte ich Miriam und die beiden Flämmchen an, die in ihren Pupillen tanzten. Sie trug noch immer das weiße Kopftuch. Es kam mir so vor, als wäre sie in diesen paar Minuten um Jahre gealtert.

Wieder vernahm ich Max' Worte: »Wenn es um wahre Liebe geht, ist sie eine züchtige Jungfrau.«

»Wie lange willst du diese Kerzen noch brennen lassen?« fragte ich.

»Bis sie von selbst ausgehen.«

Am Abend verbot mir Miriam, das Licht einzuschalten. Ihren Hausfrauenpflichten kam sie bei Kerzenschein nach. Sie bereitete in der Kochnische das Abendessen zu, dann packte sie ihre Sachen in drei große Koffer, die sie nach Israel mitnehmen wollte. Mit ihrem Kopftuch sah sie so ähnlich aus wie meine Mutter ausgesehen hatte, als ich ein kleiner Junge war und in Radzymin zu Fischl, dem *dardeke melamed*, und in Warschau in Mosche Itzchaks Cheder, Grzybowskastraße 5, ging. Während Miriam den Klapptisch deckte, verharrte sie in Schweigen, als wäre ich ihr jugendlicher Kostgänger und sie eine frischverheiratete chassidische Ehefrau. Ich konnte den Blick nicht von den beiden Flämmchen wenden, die so ruhig brannten, als wollten sie die turbulente Zivilisation da draußen Lügen strafen, die Zivilisation der Ungläubigen, der unzähligen Maschinen und Erfindungen, die uns die letzten zweihundert Jahre beschert hatten. »Wie können zwei spottbillige Kerzen die Stimmung eines Mannes und einer Frau derart verändern?« fragte ich mich. Wir aßen anders als sonst, redeten weniger, sprachen leiser. Merkwürdigerweise kamen mir Miriams Hände jetzt zarter und ihre Finger länger und feingliedriger vor. Der Blick ihrer verschatteten Augen strahlte eine Würde aus, wie ich sie nicht mehr für möglich gehalten hatte. Es war schon Jahre her, seit ich zuletzt ein heiliges Buch gelesen und einen heiligen Ort betreten hatte. Der Schimmer dieser Flammen weckte in mir die Erinnerung an die Lernhäuser und die chassidischen *schtiblach*, wo ich mit dem Studium der Gemara begonnen hatte. Mir fiel die erste Mischna des Traktats Berachot ein, und ich begann zu murmeln: »Wann wird das Sch'ma am Abend gebetet? Von dann an, wenn die Priester hereinkommen, um von ihren Opfergaben zu essen, sagte Rabbi Eliezer. Und die Weisen sagen: bis Mitternacht. Rabbi Gamliel sagt: bis zum Morgengrauen.«

»Hast du etwas gesagt?« fragte Miriam.

»Etwas aus der Gemara.«

Sie ging ins Badezimmer, um sich die Zähne zu putzen. Ich legte mich aufs Bett, und sie kam zu mir in einem Spitzennachthemd, das ich noch nie an ihr gesehen hatte. »Das polnische Wort *slub* bedeutet so viel wie Heirat«, sagte sie. »Und auch so viel wie Schwur.«

»Ja.«

»Heute habe ich dich geheiratet.«

Wir schlangen die Arme umeinander und lagen schweigend da. Miriam wand sich in meinen Armen hin und her. Ihr Körper war heiß, sie atmete fieberhaft.

»Keine Bange«, sagte sie, »ich zwinge dich zu nichts. Ich habe dich geheiratet, nicht du mich. Ich weiß, daß ich mich gegen Gott, gegen dich und gegen Max schwer versündige. In den alten Zeiten wäre ich geächtet, vielleicht sogar gesteinigt worden. Aber was kümmert es Gott, was die kleinen Menschen auf diesem Planeten tun? Er hat Myriaden Welten im Universum und überall andere Geschöpfe, andere Seelen. Auch hier auf Erden verhalten sich nicht alle Lebewesen nach den gleichen Gesetzen. Wir hatten einmal einen Hund, der sich mit seiner eigenen Mutter paarte. Moment bitte, ich will nachsehen, ob die Kerzen noch brennen.«

Sie stieg aus dem Bett und ging ins Wohnzimmer. Als sie zurückkam, sagte sie: »Eine Kerze ist ausgegangen, die andere flackert noch.«

Wir schliefen ein und wachten genau drei Stunden später auf. Für mich war das eine Erleichterung, denn ich hatte geträumt, ich sei von einem Schriftsteller in eine Wohnung im obersten Stockwerk eines hohen Gebäudes eingeladen worden. Ich hatte jemanden mitgebracht – es war Miriam und doch nicht Miriam. Weil ich vergessen hatte, dem Gastgeber eine Flasche Wein mitzubringen, ging ich noch einmal weg und sagte, ich sei gleich wieder da. Ich stieg zahlreiche Treppen hinunter – es gab keinen Fahrstuhl –, und als ich endlich auf der Straße war, stellte ich verwundert fest, daß ich nicht in New York war, sondern in einem Schtetl mit kleinen Holzhäusern und ungepflasterten Gehsteigen, mit Rinnsalen und Pfützen wie nach einem Regen. Ziegen liefen umher, Hühner pickten Körner auf. »Wie ist das möglich?« fragte ich mich. Die Tür eines kleinen Hauses stand offen. Ich ging hinein, um nach einem Weinladen zu fragen. Zu meiner Überraschung traf ich dort eine ganze Schar junger Männer und Frauen an, die ich in Warschau gekannt hatte. Alle begrüßten mich, und ein junges Mädchen, das ein zerlumptes Kleid und abgetragene Schuhe anhatte, beschimpfte mich, weil ich es verlassen hatte. Sie las mir ein Gedicht vor, das ich kannte. »Wo bin ich?« fragte ich. »Ist das New York? Ich war bei einem Schriftsteller eingeladen und bin auf die Straße hinuntergegangen, um eine Flasche Wein zu kaufen.« – »Wo wohnt er?« fragten sie. »Und wie heißt er?« In diesem Moment wurde mir klar, daß ich sowohl seine Adresse als auch seinen Namen vergessen hatte. »Er wohnt irgendwo am Broadway, aber nicht in Manhattan, sondern in Queens.« Alle starrten mich verständnislos an. Ich war wieder in Polen, aber wieso? Außerdem gab es jetzt in Polen fast keine Juden mehr. Und was würde mein Gastgeber sagen? In diesem Moment hörte ich Miriam fragen: »Schmetterling, schläfst du?«

»Nein.«

»Wie spät ist es?

»Zwanzig nach zwei.«

»Ach, Schmetterling, ich kann dich nicht verlassen. Ich vermisse dich schon jetzt. Ich würde gern hierbleiben, aber Max erwartet mich. Er ist mein Vater. Und er ist sehr krank. Ich habe solche Angst!«

»Wovor denn?«

Miriam antwortete nicht. Sie drückte ihre Lippen auf meine.

Ich zog für eine Weile in Miriams Wohnung, gab aber mein Zimmer in der Seventieth Street nicht auf. Nachdem Max mir die dreitausend Dollar zurückgezahlt hatte, kam ich mir reich vor. Für die Feiertage erhielt ich drei Einladungen. Freidl Budnik erinnerte mich daran, daß der erste Abend von Rosch Haschana ihr gehörte. Sie wollte mich auch für den zweiten Abend einladen, doch ich hatte Stefa und Leon bereits versprochen, diesen Abend bei ihnen zu verbringen. Auch Zlowa rief mich an. Seit Priwe sich nach Israel eingeschifft hatte, war Zlowa mutterseelenallein. In Amerika hatte sie sich mit niemandem angefreundet. Sie konnte nicht einmal richtig Englisch sprechen. »Seit deinem letzten Besuch bei Max habe ich mit keiner Menschenseele geredet«, sagte sie.

Wir verabredeten uns zum Mittagessen um zwei Uhr am Tag vor Rosch Haschana. Obwohl die Häuser in den Siebziger, Achtziger und Neunziger Straßen zwischen Broadway und Central Park West von zahlreichen Juden bewohnt waren, deutete nichts auf die hohen Feiertage hin. Am Broadway sah es genauso aus wie an jedem anderen Tag. In New York waren Weintrauben, Ananas und Granatäpfel keine speziell für Rosch Haschana bestimmten Früchte. Der Schofar ertönte hier nicht während des Monats Elul in der Synagoge. Niemand versuchte, Satan in die Flucht zu schlagen, seinen Schmähungen des Volkes Israel Einhalt zu gebieten. Das ständige Gehupe und das Rattern der U-Bahn hätten sogar den Klang des Widderhorns übertönt, der das Kommen des Messias ankündigt. Ich kaufte für Zlowa eine Schachtel Konfekt, auf der in goldenen Buchstaben der Glückwunsch stand: *L'schana towe tiketejwe.* Dann ging ich hinüber zu Max' und Priwes Wohnung am Riverside Drive. Unterwegs kaufte ich ein Exemplar des *Vorwärts.* Zwischen salbungsvollen Artikeln über die bevorstehenden Feiertage, zahlreichen Neujahrsglückwünschen verschiedener jüdischer Organisationen und Glückwunschadressen der Präsidenten des Staates Israel und der Vereinigten Staaten brachte die neueste Fortsetzung meines Romans einen Hauch Alltagsleben: diese Fortsetzung spielte in einem Warschauer Gefängnis.

Ich läutete an der Wohnungstür, und fast im selben Moment öffnete mir Zlowa, die eine Schürze umgebunden hatte und Pantoffeln trug. Ich hatte sie gebeten, mir eine leichte Mahlzeit aufzutischen, weil ich zum Abendessen bei Freidl und Mischa eingeladen war. Obwohl Freidl sich für eine Anarchistin und Atheistin hielt und die Meinung vertrat, Religion sei Opium fürs Volk, bereitete sie an den Feiertagen die traditionellen Speisen zu. An Pessach tischte sie Matzen, vier Becher Wein, Bitterkräuter und *charojssess* auf, an Rosch Haschana Rettiche, Äpfel mit Honig, Mohrrüben und einen Karpfenkopf. Und immer stand eine Karaffe mit jüdischem Süßwein auf dem Tisch. Freidls Plinsen, Klöße, Chanukka-Pfannkuchen, Schawuot-Babkas und Purim-Hamantaschen waren erstklassig. Für Rosch Haschana buk sie Chale, und die Mohrrüben schnitt sie in Scheibchen. Die Purim-Chale flocht sie auf beiden Seiten und streute Safran darauf. Freidl stammte von Generationen frommer Juden und Chassidim ab.

Als Zlowa mir öffnete, drang der leckere Geruch des Mittagessens aus der Küche. Sie umarmte und küßte mich. Als ich ihr die Schachtel Konfekt überreichte, rief sie: »Verschwender!« Der Tisch im Eßzimmer war bereits gedeckt. Obwohl Zlowa mir versichert hatte, Priwes Porzellan und Kristall sei von den Flüchtlingen zertrümmert worden, war der Tisch wie für ein Bankett gedeckt. Ich wußte aus Erfahrung, daß alleinlebende Menschen, ob Männer oder Frauen, das dringende Bedürfnis haben, Gespräche zu führen. Kaum hatten wir uns zu Tisch gesetzt (es gab vegetarisches Leberhäckerle, Tomatensuppe, *kasche warnischkess* mit Pilzen, Kompott, Tee mit

Zitrone und Eingemachtem), da begann Zlowa auch schon, mir noch einmal ihre Lebensgeschichte zu erzählen, wobei sie diesmal auf weitere Einzelheiten und Ereignisse einging. Sie aß, rauchte und plauderte.

Ich saß da und schwor mir, mich nicht auf ein Techtelmechtel mit ihr einzulassen. Was Miriam mir vor ihrer Abreise geschworen und was sie auf der Fahrt zum Flughafen zu mir gesagt hatte, ging mir nicht aus dem Kopf. Ich begann, Zlowa über ihre okkulten Kräfte auszufragen, und sie ging begeistert auf dieses Thema ein. »Ich verfüge schon seit meiner Kindheit über diese Kräfte. Wenn ich als Kind träumte, jemand sei gestorben, dann wurde er oder sie ein paar Tage später auf einer Totenbahre an unserem Fenster vorbeigetragen. Manchmal erzählte ich meinen Eltern, was ich geträumt hatte, doch meine Mutter zankte mich aus: ›Deine Träume machen mir angst. Was du träumst, soll über Leib und Seel unserer Feinde kommen!‹ Mein Vater war Gemara-Lehrer, und er sagte, wenn ich ihm noch einmal mit meinen Träumen käme, würde er mich züchtigen. Er hatte eine Peitsche aus fünf Lederriemen, die an eine Hasenpfote genagelt waren. Damit peitschte er die Schüler aus, die Unfug trieben, statt sich auf den Unterricht zu konzentrieren. Er packte mich an den Haaren und zerrte mich in die Abstellkammer, in der wir unsere Haushaltsgeräte – Spaten, Besen, Tröge – aufbewahrten. ›Deine Träume‹, sagte er, ›sind bösen Ursprungs. Pure Hexerei.‹ Ich wußte nicht, was ›Ursprung‹ und ›Hexerei‹ bedeutet, aber die beiden Wörter jagten mir so viel Angst ein, daß ich noch heute zittere, wenn ich sie höre.

Ich gelobte meinen Eltern, den Mund zu halten, hatte aber nach wie vor ›Visionen‹, manchmal im Wachen, manchmal im Träumen. Ich hatte einen jüngeren Bruder namens Baruch David Alter Chaim Ben-Zion. Wer hat denn schon fünf Namen? Als Baruch David geboren wurde, reiste mein Vater zu seinem Rabbi nach Kuzmir, und der Rabbi gebot ihm, die anderen drei Namen hinzuzufügen – Chaim (damit der Sohn am Leben bliebe), Alter (damit er ein hohes Alter erreichen würde) und Ben-Zion (damit er vor dem Bösen bewahrt bliebe). Der Rabbi gebot meinem Vater, dem Säugling einen kleinen weißen Kaftan und weiße Höschen anzuziehen und ihm ein weißes Mützchen aufzusetzen, um den Todesengel glauben zu machen, das Kind sei bereits gestorben und in ein Leichenhemd gehüllt. Zu Hause redeten wir den Kleinen nur mit einem einzigen Namen an: Alterl. Meine Mutter und mein Vater hüteten ihn wie ihren Augapfel. Die anderen Kinder trauten sich nicht, mit ihm zu spielen. Er war ein aufgeweckter Junge, und sein Melamed sagte voraus, aus ihm würde ein Wunderkind werden. Weil mein Vater als Lehrer nicht genug verdiente, um die Familie zu ernähren, mußte meine Mutter in die Bresche springen. Sie verkaufte Milch und buk Buchweizenplätzchen, die ihr die Jeschiwaschüler abkauften. Als ich neun Jahre alt war, flocht mir meine Mutter zwei Zöpfe. Ich weiß nicht warum, aber die Jeschiwaschüler glotzten mich immer an und verschlangen mich mit den Augen. Damals hatte ich Angst vor Männern.

Als ich elf war, träumte ich eines Nachts, Alterl liege im Bett, und über seinem Kopf züngelten schwarze Flammen. Wie kann Feuer denn schwarz sein? Mir kam es jedenfalls schwarz vor. Ich wachte auf und wußte, daß Alterl sterben würde. Seine Schlafbank stand neben meiner, und ich ging hinüber, um nach ihm zu sehen. Er schlief fest, aber sein Gesichtchen war hell beleuchtet, so, als fiele der Mondschein oder das Licht einer Laterne darauf. Und über seinem Kopf sah ich dieses schwarze Feuer, das so aussah, als würde es von Blasebälgen angefacht, die unser Schmied Itsche-Leib in seiner Werkstatt hatte. Ich zog mich schleunigst an und floh aus dem Haus. Ich lief und lief, bis es hell wurde. Es war kurz nach Sukkot, und die Landstraße war ein einziger langer Schlammstreifen. Izevice, unser Schtetl, war in ganz Polen wegen seines Morasts berühmt. Um es kurz zu machen, an jenem Tag starb mein kleiner Bruder.

Kurz darauf hatte mein Vater einen Schlaganfall. Er brach zusammen und konnte nicht wiederbelebt werden. Meine Mutter siechte noch ein Jahr dahin. Ich bin schon in Izevice Näherin geworden. Was ich in Warschau erlebt habe, weißt du bereits. Warum erzähle ich dir das alles? Weil ich noch heute Visionen habe.«

»Was siehst du *mir* denn an?«

Zlowa musterte mich eine Weile, dann sagte sie: »Du bist nicht mehr derselbe.«

»Was meinst du mit ›nicht mehr derselbe‹?«

»Sei mir nicht böse, aber ich will dich nicht verletzen.«

»Sag mir, was du damit meinst!«

Als ob sie mich taxieren wollte, sagte Zlowa: »Du hast etwas getan, das du jetzt bedauerst.«

»Was habe ich denn getan?«

»Vielleicht geheiratet.«

»Ich habe nicht geheiratet.«

»Du hast etwas getan. Diese Miriam ist eine Hexe. Moment, ich hole uns noch Tee.«

Es wurde schon Abend, und noch immer saßen wir beieinander und unterhielten uns. Ich küßte Zlowa, küßte ihr Gesicht, ihre Lippen und sogar ihre Brüste, aber weiter wollte ich nicht gehen. Ich hatte geschworen, Miriam nicht zu betrügen. Auf meiner Uhr sah ich, daß es schon halb sechs war. Ich sagte Zlowa, ich müßte jetzt gehen, die Budniks erwarteten mich.

»Ich begleite dich zu ihrem Haus«, sagte sie.

»Was soll das? Es ist eine lange Fahrt mit der U-Bahn, mindestens eine Stunde.«

»Ich habe viel Zeit. An Rosch Haschana war ich noch nie allein, nicht einmal in den Konzentrationslagern.«

»Ich würde dich ja bitten, mitzukommen, aber du weißt ja, wie Frauen sind.«

»Ich weiß, ich weiß. Sie hassen mich alle, weil ich jünger bin und weil Max einmal mir gehört hat. Sie lassen ihre Wut an Priwe und mir aus. Sie haben Priwe beschimpft und verflucht und mich haben sie angespuckt. Was können Priwe und ich denn dafür? Sie hat nichts von Max' Machenschaften gewußt. Warum ist sie bloß nach Israel durchgebrannt? Komm, laß mich mitgehen!«

»Zlowa, das hat doch keinen Sinn!«

»Und ob es Sinn hat! Wenn ich allein bin, grüble ich zuviel.«

»Vermißt du Max?«

»Ja. Und jetzt werde ich auch dich vermissen.«

Wir verließen die Wohnung. Zlowa sperrte die zwei Türschlösser zu. Im Fahrstuhl stießen wir mit Männern und Frauen zusammen, die in Feiertagskleidung und mit dem Gebetbuch in der Hand auf dem Weg zur Synagoge waren. Die U-Bahn war fast leer – der Beginn von Rosch Haschana machte sich bemerkbar. Die nichtjüdischen Fahrgäste, die verstreut in den Waggons saßen, lasen die englischsprachigen Nachmittagszeitungen, in denen das Foto eines weißbärtigen Juden zu sehen war, der einen Gebetsmantel trug und den Schofar blies. Alles im voraus für die Presse arrangiert. Zlowa und ich setzten uns in eine Ecke des letzten Waggons und betrachteten die rückwärtsgleitenden Gleise. Zlowa hakte sich bei mir unter.

»Er verdient es nicht, vermißt zu werden. Max hat Affären mit allen gehabt. Der reinste Türke! Er hätte einen – wie heißt das doch gleich – einen Harem haben sollen. Aber er ist krank, krank. Heute noch so stark wie ein Ochse, und am nächsten Tag so schwach wie eine Fliege. Trotzdem hat er nie aufgehört, mich zu fragen: ›Wen hast du gehabt? Wie viele hast du gehabt?‹«

»Wie viele hast du gehabt?« fragte ich.

»Jetzt willst *du* es wissen. Ich habe sie nicht gezählt.«

»Zwanzig?«

Zlowa schwieg eine ganze Weile. »Nicht einmal zehn.«

»Wo? In Warschau?«

»Alle in Warschau. Hier war Max der einzige.«

»Wie war das in den Konzentrationslagern?«

»Dort war der Umgang mit jüdischen Mädchen verboten. Wir waren alle verlaust. Ach, wenn die U-Bahn doch immerzu fahren und nie ihr Ziel erreichen würde!«

»Wohin würdest du denn gern fahren?«

»Nach Israel, China – vorausgesetzt, ich wäre mit dir zusammen. Was täte ich denn, wenn ich allein zu Hause bleiben müßte?«

Wir saßen schweigend da, und Zlowa lehnte den Kopf an meine Schulter. Sie mußte eingenickt sein, denn plötzlich stieß sie einen leisen Schnarcher aus und richtete sich auf. »Wo sind wir jetzt?«

»Simon Avenue.«

»Wo ist das?«

»In der East Bronx.«

»Ich weiß nicht, wie ich wieder nach Hause kommen soll.«

»Zlowa, ich kann dich nicht zu diesen Leuten mitnehmen. Sie haben *mich* eingeladen, nicht dich.«

»Nein, nein, ich würde nicht einmal hingehen, wenn sie mich eingeladen hätten.«

»Bleib bis zur Endstation in diesem Zug sitzen und warte, bis er zurückfährt. Dann steigst du in der Seventy-second Street aus.«

»Vielleicht bleibt der Zug die ganze Nacht in der Endstation stehen.«

»Dann fährt ein anderer Zug zurück.«

»Das trau ich mich nicht.«

»Was willst du dann tun?«

»Auf dich warten.«

»Bist du meschugge? Ich übernachte bei den Budniks.«

»Das hast du mir nicht gesagt. Verbringst du die Nacht im Bett mit deiner Gastgeberin?«

»Sie haben ein Zimmer für mich reserviert.«

»Wie heißt die Frau?«

»Freidl.«

»Sie ist wohl in dich verliebt?«

»Red keinen Stuß!«

Wir stiegen aus, und ich zeigte Zlowa den Weg zu dem Zug, mit dem sie nach Manhattan zurückfahren konnte. »Warte hier!« sagte sie. »Geh nicht weg, bis ich auf der anderen Seite die Treppe hinaufgestiegen bin und dich sehen kann. Ich möchte sicher sein, daß ich mich nicht verlaufen habe.«

»Also gut.«

Ich wartete und wartete, aber Zlowa war immer noch nicht zu sehen. Auf dem gegenüberliegenden Bahnsteig fuhren zwei Downtown-Züge ein und wieder ab. »Was kann bloß mit ihr passiert sein?« fragte ich mich. Plötzlich hatte ich einen hysterischen Lachanfall. Sie und ich, wir hatten uns eben erst angefreundet, und schon klammerte sie sich wie eine Ehefrau an mich. Endlich sah ich sie. »Warum hast du so lange gebraucht?« rief ich zu ihr hinüber.

»Ich hatte kein Kleingeld, und der Mann wollte keinen Zehndollarschein annehmen. Was hast du morgen abend vor?«

»Morgen abend bin ich wieder eingeladen.«

»Wann höre ich wieder von dir?«

Ehe ich antworten konnte, kam ein Zug an, und Zlowa stieg ein. Sie rief mir etwas zu und gestikulierte. Ich ging rasch die Treppe hinunter und machte mich auf den Weg zu den Budniks. Hier in der East Bronx war deutlich zu merken, daß Rosch Haschana begonnen hatte. Alle Läden waren geschlossen. Die Straßen waren nur schwach beleuchtet. Die Dunkelheit brach herein. Mir fiel ein Satz aus der Gemara ein: »An welchem Feiertag verbirgt sich der Neumond? An Rosch Haschana.« Ja, wo waren die Toten? Wo waren die Hunderte und Tausende von Generationen, die einst auf dieser Erde lebten? Wo waren jetzt ihre Lieben und Leiden, ihre Hoffnungen und Illusionen? Waren sie alle für immer dahin? Oder gab es irgendwo im Universum ein Archiv, in dem sie alle verzeichnet waren und in Erinnerung behalten wurden?

Plötzlich fiel mir ein, daß ich nicht mit leeren Händen zu den Budniks kommen konnte. Auf der Suche nach Läden, die vielleicht noch geöffnet hatten, verirrte ich mich allmählich in den Straßen der East Bronx. Ein nadelscharfer Nieselregen setzte ein. Ich hielt Fußgänger an und fragte nach einem Weinladen. Einige gaben überhaupt keine Antwort, einige sagten, alle Läden hätten bereits geschlossen. Plötzlich kam ich in eine hellbeleuchtete Straße, in der ich ein Spirituosengeschäft entdeckte. Ich kaufte eine Flasche importierten Champagner, dann nahm ich ein Taxi. Einige Minuten später klopfte ich an die Wohnungstür der Budniks.

Freidl, die ihren Feiertagsstaat trug, hatte Kerzen angezündet. Sie war ein zierliches Persönchen, ihre gefärbten Haare waren so schwarz wie ihre Augen, und ihr schmales Gesicht strahlte eine typisch jüdisch-polnische Heiterkeit aus. Sie hatte zwar aus Mischa einen Anarchisten gemacht, in den letzten Jahren aber hatte sie allmählich eingesehen, daß das Leben doch nicht ganz so war, wie es laut Bakunin, Sternen oder Kropotkin hätte sein sollen – man denke nur an den jüdischen Staat.

Ich aß Chale mit Honig und rezitierte: »Möge das kommende Jahre gut und süß sein.« Ich aß Mohrrüben und rezitierte: »Mögen unsere Verdienste und Tugenden wachsen und sich mehren.« Der letzte Neujahrswunsch war eng mit der jiddischen Sprache verknüpft. Von den sephardischen Juden wurde er bestimmt nicht ausgesprochen. Den Karpfenkopf rührte ich als Vegetarier nicht an, doch als Freidl davon aß, rezitierte ich für sie: »Mögen wir fortan Köpfe und keine Schwänze sein.« Diese Bräuche waren aufgekommen, nachdem die Juden begonnen hatten, Jiddisch zu sprechen – in Deutschland und, vielleicht etwas später, in Polen.

Mischa mißachtete die Gebete und Segenssprüche, aber nicht das Essen. Er verschlang alles mit Gusto. Zwischendurch schimpfte er fürchterlich auf Reaktionäre jeder Couleur, auf die Allgemeinen Zionisten und die Paole Zion, die Orthodoxen und die Reformjuden, die konservativen Juden und die jüdischen Sozialisten und Kommunisten. Die wären doch alle nur darauf aus, sich möglichst viele Privilegien zu verschaffen und andere auszubeuten. Sie verbärgen ihre Habgier hinter blumigen Phrasen und scheinheiligen Parolen. In den letzten zwanzig Jahren hätten sich die Anarchisten offiziell von Terrormethoden distanziert, er bezweifle jedoch, daß sie ihr Ziel ohne solche Methoden erreichen würden. »Wie kann es denn sonst zur Revolution kommen? Werden die Militaristen, die Faschisten, die Stalinisten plötzlich beschließen, den Massen die Freiheit zu gewähren? Unsinn! Wunschdenken!«

Freidl lächelte, schüttelte den Kopf und erinnerte Mischa an sein Versprechen, die Freude über meinen Besuch nicht durch Politisieren zu verderben. Doch Mischa war erpicht darauf, mich in eine Debatte zu verwickeln. »Ich lese deine Aufsätze in der Zeitung. Du schreibst gut – weniger gut wäre allerdings besser –, aber was lernen die Massen aus deinen Artikeln? Liebe, Liebe und nochmals Liebe.«

»Soll ich vielleicht über Haß schreiben?«

»Geh in die Fabriken und sieh dir an, wie die Arbeiter ausgebeutet werden. Geh in die Kohlenbergwerke und sieh dir an, wie es dort zugeht.«

»Niemand will etwas über Fabriken und Kohlenbergwerke lesen, nicht einmal die Arbeiter selbst.«

»Mischa, laß ihn doch essen!« sagte Freidl. »Er kann die Welt nicht verändern. Wie lange ist es her, daß er nicht einmal fünf Cents für die U-Bahn hatte? Weißt du noch, wie leichenblaß er war? Er hatte den ganzen Tag nichts gegessen.«

»Ich weiß es noch, aber er hat's vergessen.«

»Du hast auch manches vergessen, Mischa«, sagte ich. »Erinnerst du dich noch an die Geschichten, die du uns abends im Bet Midrasch erzählt hast? An die Geschichte von dieser kleinen Frau, der Zwergin, die dir einen Kiefernzapfen zuwarf, woraufhin du in Ohnmacht fielst.«

»Das waren bloß Geschichten. Aufschneidereien.«

»Mischa«, unterbrach ihn Freidl, »die gleiche Geschichte hast du mir erzählt, noch bevor wir beschlossen, zusammenzuleben. Und denk an die Zigeunerin, der du damals in Rowa Ruska begegnet bist und die dir die Namen deiner sämtlichen Familienangehörigen nannte. Sie sagte dir voraus, wann und wo du mich kennenlernen würdest. Und noch manches andere.«

»Freidl, was ist denn mit dir los? Stehst du jetzt mit den Schmarotzern im Bunde? Du hast mich doch gelehrt, Eigentum sei Diebstahl, und jetzt hast du plötzlich deine Meinung geändert.«

»Mischa«, sagte ich, »im Universum gibt es mehr Geheimnisse, als du Haare auf dem Kopf hast. Geheimnisse wie Sand am Meer.«

»Was für Geheimnisse? Es gibt keinen Gott, es gibt keine Engel und keine Dämonen. Das sind doch bloß Märchen, viel Lärm um nichts. Freidl, ich gehe.«

Ihr fielen fast die Augen heraus. »Wohin?«

»Wohin ich jeden Abend gehe – zu meinem Taxi. Rosch Haschana bedeutet mir gar nichts. Gott setzt sich nicht auf seinen feurigen Thron, um in Sein Buch zu schreiben, wer leben und wer sterben soll. Für mich unterscheidet sich diese Nacht nicht von anderen Nächten.«

»Du solltest dich schämen, Mischa. Ein Gast wie Aaron – und du läufst davon. Wir brauchen die paar Dollars nicht, die es dir einbringt, wenn du die ganze Nacht herumkutschierst. Außerdem regnet es.«

»Es geht mir nicht ums Geld. Was ist denn schon Geld? In einer freien Gesellschaft wird es kein Geld mehr geben, sondern nur noch Tauschhandel. Da ich den ganzen Tag geschlafen habe, werde ich heute nacht kein Auge zutun können. Ich fahre nachts gern mit meinem Taxi herum. Da ist es still. Die Typen, die nachts herumstreunen, interessieren mich. Kürzlich ließ ich ein betuchtes Paar einsteigen, einen Herrn und eine Dame. Kaum saßen sie im Taxi, da begann er auch schon, sie zu verprügeln. Er schlug ihr ins Gesicht, traktierte sie mit Fausthieben und warf ihr Schimpfwörter an den Kopf. Ich stoppte und sagte: ›Sir, in meinem Taxi wird gefahren, nicht geprügelt.‹ Da schrie mich die Dame an: ›Fahrer, kümmern Sie sich um Ihren eigenen Kram! Fahren Sie uns gefälligst zu der angegebenen Adresse!‹ Sie wohnten in der Fifth Avenue. Möglich, daß sie ein Ehepaar waren. Er gab mir einen Zehndollarschein und ließ sich nicht herausgeben. Ich sah, daß sie ihre Handtasche im Wagen liegengelassen hatte, rannte ihr nach und gab ihr die Tasche. Sie sagte: ›Sie sind ein ehrlicher Stromer.‹ Das war der Dank, den ich erntete.«

»Mischa, du machst mich krank mit deinen Geschichten!« rief Freidl. Er gab ihr einen Kuß und ging.

»Er ist meschugge«, sagte Freidl. »Ich werde nie begreifen, was für ein Mensch er ist und was er will. Ich lebe seit mehr als dreißig Jahren mit ihm zusammen, aber manchmal finde ich ihn so naiv wie ein Kind.«

»So naiv ist er gar nicht. Immerhin ist er jahrelang Schmuggler gewesen. Und als er dich geheiratet hat, wußte er, daß du keine Heilige warst.«

»Was sonst hätte ich denn während des Kriegs tun sollen? Unsere ganze Familie litt Hunger, und ich bin ihr Brotverdiener geworden. Wie man so sagt: ›Brot oder tot.‹ Meine Mutter tat so, als wüßte sie nichts davon. Mein Vater saß den ganzen Tag im chassidischen *schtibl.* Damals grassierte die Cholera – die Österreicher hatten sie eingeschleppt –, und in jeder Familie gab es Todesfälle. Zuerst bekam man Krämpfe, und am nächsten oder übernächsten Tag war es aus und vorbei. Wer dachte da schon darüber nach, was man tun darf und was nicht? Ich hatte ein Buch von Kropotkin entdeckt – ausgerechnet in der jüdischen Bücherei – und es förmlich verschlungen. Als Mischa mich kennenlernte und sich in mich verliebte, war er völlig ungebildet. Er konnte die Gebete im Gebetbuch lesen, aber keine Zeitung. Ich mußte ihm alles erst beibringen. Unsere Töchter sind ins College gegangen, reden aber manchmal wie Kinder. Sie schlagen ihrem Vater nach. Mehr ist darüber nicht zu sagen. Ich habe gehört, daß Max in Israel ist.«

»Ja.«

»Und wo ist dieses Mädchen – wie heißt sie doch gleich? Ach ja, Miriam.«

»Sie ist ihm nach Tel Aviv nachgereist.«

»Soso. Sie muß sich Hals über Kopf in ihn verliebt haben.«

»Ja.«

»Eine Herumtreiberin.«

»Wenn es nach Emma Goldmans *Schulchan Aruch* geht, ist das keine Gesetzesübertretung.«

Wir schwiegen eine Weile, dann sagte Freidl: »Manchmal kommt mir die ganze Welt wie ein einziges großes Irrenhaus vor.«

## 11

Weil die ganze Welt verrückt war, heckte ich einen verrückten Plan aus: eine Reise nach Israel, zusammen mit meinen engsten Freunden – mit Stefa, Leon, Freidl, Mischa und Zlowa. Ich sagte ihnen, was ich vorhatte, und alle waren einverstanden. Ich wußte, daß Touristengruppen von Angestellten der Reisebüros und sogar von Rabbinern in den neuen jüdischen Staat begleitet wurden. In Amerika sehnten sich viele Juden danach, Israel zu besuchen, aber sie wollten nicht gern allein hinreisen, weil nur wenige das moderne Hebräisch (ob mit sephardischer Aussprache oder nicht) beherrschten.

Zuerst erzählte ich Freidl am Vorabend von Rosch Haschana von meinem Plan. Sie sagte: »Ich weiß nicht, wen du dort treffen willst, werde aber trotzdem mitreisen. Max Aberdam hat uns um fünftausend Dollar gebracht, aber diese Reise können wir uns schon noch leisten.«

Gemeinsam konnten Freidl und ich Mischa davon überzeugen, daß es auch in Israel Anarchisten gebe. Außerdem wies ich die beiden darauf hin, daß Chaim Joel Treibitscher bereit sei, für die Verluste und Schulden seines Neffen aufzukommen. Irka Schmelkes habe die Rückzahlung bereits erhalten. Chaim Joel habe nicht vor, untätig zu bleiben und den Namen Treibitscher in den Schmutz ziehen zu lassen.

Mischa reagierte auf meinen Hinweis wie ein echter Anarchist. »Wie ist er denn zu so viel Geld gekommen? Sicher nur durch Betrug und Diebstahl.«

»Auch wenn es so wäre«, erwiderte ich, »würdest du das Geld liebend gern annehmen. Chaim Joel ist ein rechtschaffener Mensch. Ein Dieb würde gestohlenes

Geld nie und nimmer freiwillig zurückgeben. Warum bewegst du ihn nicht dazu, eine Million Dollar für die *Freie Arbeiterstimme* zu spenden?«

Freidl gluckste und blinzelte mir zu. Nach dem Frühstück verabschiedete ich mich und machte mich auf die Suche nach einem Drugstore, der nicht einem Juden gehörte. Ich entdeckte einen, der geöffnet hatte und in dem es mehrere Telefonzellen gab. Ich rief Zlowa an, weil mir klar war, daß ich nicht den ganzen Tag allein bleiben konnte.

»Zlowa, habe ich dich aufgeweckt? Entschuldige bitte.«

»Bist du's? Ich habe die ganze Nacht wachgelegen und an dich gedacht. Wirklich, ich habe Angst, daß man mich ins Irrenhaus steckt, bevor Priwe wieder da ist – falls sie überhaupt zurückkommt.«

»Zlowa, wir reisen nach Israel!«

»Wann? Was sagst du da?«

Ich erklärte ihr meinen Plan und erzählte ihr von den anderen vier Freunden, die ich mitnehmen wollte.

»Arele ... darf ich dich so nennen? Ich gehe mit dir, wohin du willst, und mit jedem, den du mitnimmst. Von heute an bin ich deine Sklavin. Ja, ganz gewiß.«

»Rede keinen Unsinn, Zlowa!«

»Du hast mich vor dem Tod gerettet. Ich habe bereits an den Deckenbalken nach einem Haken gesucht, an dem ich mich aufhängen könnte. Gott ist mein Zeuge. Wo bist du?«

»In der Tremont Avenue, nicht weit von meinen Landsleuten.«

»Komm gleich zu mir herüber!«

Ich verbrachte den Tag mit Zlowa. Wir schlenderten den Riverside Drive entlang und aßen in einem chinesischen

Lokal zu Mittag. Wir kamen an einer Synagoge vorbei, aus der man den Gesang des Kantors hören konnte. Später wollte Zlowa mir beweisen, wie gut sie die Kunst beherrschte, Gegenstände frei schweben zu lassen, doch das Tischchen wollte sich einfach nicht in die Luft heben.

»Das kommt daher, daß du nicht an diese Dinge glaubst«, sagte sie.

»Ich glaube daran, ich glaube daran.«

»Was machen wir denn mit den Wohnungen? Du mit Miriams und ich mit Priwes Wohnung?«

»Wir sorgen dafür, daß sie fest abgesperrt sind, solange wir uns im Ausland aufhalten.«

Zlowa zeigte mir ihr Sparbuch. Abgesehen von dem Geld, das Max für sie investiert hatte, besaß sie fast dreitausend Dollar. Außerdem hatte sie einige Kriegsanleihen und eine ganze Menge Schmuck. In Israel wollte sie sich in einem Kibbuz ansiedeln und ein neues Leben beginnen. Sie holte ihre sämtlichen Kinkerlitzchen und Nippes und protzte damit genau so, wie es meine Jugendfreundin Schoscha getan hatte, als ich ein kleiner Junge war.

Wir umarmten und küßten uns. Für mich hatte das nichts mit Liebe zu tun, nicht einmal mit sinnlicher Begierde – aber was sonst hätte ich denn mit einem hübschen Frauenzimmer wie Zlowa tun sollen? Wir legten uns auf Priwes Bett, und Zlowa sagte: »Sie wird es erfahren. Sie wird alles erfahren. Zwischen ihr und mir gibt es keine Geheimnisse. Sie ist nicht eifersüchtig auf mich.«

»Priwe hat also gewußt, daß du mit Max ein Verhältnis hattest?«

»Sie hat alles gewußt.«

»Hat Max dir etwas über Miriam erzählt?«

»Jede Einzelheit.«

»Wie tief können Menschen sinken?« fragte ich, und Zlowa antwortete: »Sehr tief.«

Kurz darauf stand sie auf, und ich hörte sie irgendwo in der großen Wohnung herumfuhrwerken, vermutlich in der Küche. Dann kam sie in einem reichverzierten Nachthemd und in Pantoffeln zurück und brachte ein Tablett mit Plätzchen, zwei Weingläsern und einer Karaffe Rotwein. »Trinken wir auf das neue Jahr! Einfach so. *L'chaim!*«

Ich schlief ein und träumte von Miriam. In meinem Traum war ebenfalls Rosch Haschana. Meine Eltern lebten noch, und alle gingen gemeinsam zum *taschlik*. War das in Bilgoraj? Der Fluß war viel breiter als der in Bilgoraj. Nein, das war die Weichsel. Die Männer, in Satinkaftanen und *schtrajmlech*, gingen voraus. Ich ging nicht mit zum *taschlik*, sondern schaute aus einem Fenster des Trisker *schtibl*, das auf einem Hügel stand. Mein Vater beugte sich zu meinem Bruder Mosche hinunter und redete mit ihm. Kurz darauf tauchten die Mädchen und Frauen auf, alle in ihrem Feiertagsstaat. Die alte Genendel hatte eine altertümliche Tracht angelegt, die *rotanda* genannt wurde. »Genendel lebt noch?« fragte ich mich im Traum. »Sie muß jetzt schon über hundert Jahre alt sein!« Und dann sah ich meine Mutter. Sie hatte das goldfarbene Kleid an, das sie an ihrem Hochzeitstag getragen hatte und das sie immer an den hohen Feiertagen anzog. Über ihrer Perücke trug sie einen weißen Seidenschal. Sie hatte ein Gebetbuch mit einem Verschluß aus Messing in der Hand. »Mameschi, du lebst?« rief ich im Traum. Ihr schmales, blasses Gesicht strahlte eine sanfte Würde aus. War der Messias gekommen? Hatte die Auferstehung der Toten begonnen? Meine Mutter war in Dzambul in

Kasachstan gestorben. Plötzlich sah ich Miriam neben ihr stehen. Sie hielt meine Mutter am Arm. Ich schrie: »Es ist ein Traum! Ein Traum!« Dann öffnete ich die Augen. Das Schlafzimmer war dunkel. Die Abenddämmerung war hereingebrochen. Zlowa beugte sich über mich.

»Arele, es ist Viertel vor sechs. Du mußt du-weißt-schon-wohin gehen.«

Ich sprang aus dem Bett. Um halb sieben wurde ich bei den Kreitles erwartet. Mit Zlowas Hilfe zog ich mich schleunigst an. Sie hob meine Schuhe, mein Hemd und meine Krawatte auf, die, wie bei mir üblich, verstreut herumlagen.

Ich ging in ein Spirituosengeschäft und kaufte wieder eine Flasche Champagner für meine Gastgeber. Diesmal brauchte ich kein Taxi. Der Laden war in der Nachbarschaft der Kreitles. Sie wohnten in einem zweitürmigen Wolkenkratzer an der Ecke Central Park West und Seventy-second Street. Ich wollte Stefa und Leon meinen Plan, nach Israel zu reisen, unterbreiten. Als ich in der großen Eingangshalle auf den Fahrstuhl wartete, wurde mir klar, daß ich wieder einmal in der Klemme saß, mich von neuem in ein Gewirr verstrickt hatte. Warum bloß? War es eine Art Masochismus?

Ich läutete, und Stefa öffnete mir. Sie trug ein hochelegantes Seidenkleid; ihre Haare waren frisch frisiert. Aber sie sah nicht gut aus. Sie hatte zugenommen und war runzliger geworden. Sie musterte mich von Kopf bis Fuß, und aus ihrer Miene konnte ich schließen, daß auch mein Aussehen zu wünschen übrig ließ. Doch dann hellte sich ihre Miene auf. Sie lächelte und schloß mich in ihre Arme. Wir küßten uns. »Schau, schau!« rief sie. »Champagner!«

Leon erschien und umarmte mich. Um meine Verlegenheit und die Ungewißheit bezüglich meines Plans zu überwinden, rief ich: »*Masel tow!* Wir reisen nach Israel!«

»Wer ist ›wir‹?« fragte Stefa.

»Du, Leon, ich und ein paar andere aus der alten Garde.«

»Aus welcher alten Garde?«

»Ach, Landsleute von mir. Einfache Leute, aber gute Seelen.«

Stefa zuckte die Achseln. »Wie meine Mutter immer sagte: ›Er hat die Rechnung ohne den Wirt gemacht.‹«

»Warum hier in New York sitzen, wenn da drüben ein neuer jüdischer Staat entsteht?«

»Wann willst du abreisen?«

»So bald wie möglich.«

Ich konnte Stefa ansehen, daß ihr meine Idee gefiel. »Zu Sukkot werden wir dortsein«, sagte ich.

»Leon, hast du das gehört?«

»Ja, ich hab's gehört. Das hätten wir schon längst tun sollen.«

»Wie gehen die Geschäfte?« fragte ich.

»Meine Geschäfte laufen von allein. Die Zeitungen schreiben von einer schleichenden Inflation, und es stimmt schon, daß alles teurer statt billiger wird. Aber für meine Geschäfte gilt: je weniger man sich einmischt, desto besser.«

»Leon, es ist Feiertag!« unterbrach ihn Stefa.

»Der Todesengel schert sich nicht um Feiertage. In meiner Vaterstadt gab es eine Frau, die eigene Leichenhemden hatte. Die konnte man bei ihr ausleihen, wenn jemand an einem Feiertag gestorben war. Es ist gestattet, einen Leichnam an einem zweiten Feiertag zu beerdigen, aber man darf kein Leichenhemd für ihn nähen.«

»Und was geschah, wenn es sich um einen männlichen Leichnam handelte?« fragte ich.

»Es ist gestattet, einen Mann im Leichenhemd einer Frau zu beerdigen. Die Toten sind alle gleichen Geschlechts.«

»Warum redet ihr ständig vom Tod?« fragte Stefa. »Einstweilen leben wir noch. Ja, wir reisen mit dir nach Israel. Aber warum willst du unbedingt deine Landsleute mitnehmen?«

»Es wird lebhafter, wenn wir zu sechst sind.«

»Laß mir ein bißchen Zeit. Wie lange ist es noch bis Sukkot?«

»Genau zwei Wochen.«

Wir aßen, tranken Champagner, und in Stefas Augen leuchtete jugendliches Feuer. Ja, das Unmögliche ist möglich – das sollte künftig meine Devise sein. Wir unterhielten uns bis spätabends, dann drangen Stefa und Leon darauf, daß ich bei ihnen übernachten sollte. Frankas Zimmer stehe immer noch für mich bereit. Diesmal ließ ich mich überreden. Leon kannte alle Einzelheiten bezüglich Max Aberdam, Harry Treibitscher und dessen Onkel Chaim Joel. Dieser hatte, wie Leon berichtete, vor Jahren Grundstücke in Miami Beach erworben, die jetzt Millionen wert seien. Chaim Joel, der einstige Chassid, sei so reich, daß nicht einmal er selber wisse, wie groß sein Vermögen sei. »Ich besitze ebenfalls Immobilien in Miami Beach, aber verglichen mit ihm bin ich wie eine Mücke im Vergleich zu einem Elefanten.«

Als Leon zu Bett gegangen war, fragte Stefa: »Wie bist du plötzlich auf die Idee gekommen, nach Israel zu reisen? Hast du dort eine Geliebte?«

»Schon möglich.«

»Eine neue? Eine alte? Du kannst mir ruhig die Wahrheit sagen, ich bin nicht eifersüchtig. Wer sind diese Landsleute, die du mitnehmen willst?«

»Ein älteres Ehepaar und eine Freundin von Priwe.«

»Aus der alten Heimat, was? Und wer bezahlt ihre Reisekosten?«

»Die bezahlen sie selber.«

»Na, das soll nicht meine Sorge sein. Komm, ich richte dein Bett.«

Wir gingen in Frankas Zimmer. Es war in Dunkelheit gehüllt. Ich nahm Stefa in die Arme, und eng umschlungen gaben wir uns einen langen Kuß. »Keine Sorge«, sagte sie, »Leon schläft. Er schlummert immer sofort ein, und nach zwei Stunden wacht er auf und kann nicht mehr einschlafen. Mich weckt er auch auf, und dann liegen wir tief bekümmert nebeneinander. Wenn man die ganze Nacht wachliegt, wird das Gehirn zu einer Fundgrube des Wahnsinns. Gute Nacht!«

Während dieser Tage – der zehn Bußtage zwischen Rosch Haschana und dem Versöhnungstag – waren meine Nerven zum Zerreißen gespannt. Dennoch traf ich planmäßig alle Reisevorbereitungen. Ich hatte die Fahrkarten für die Schiffsreise nach Cherbourg besorgt, die wir am Tag nach Jom Kippur antreten sollten. Wir wollten ein paar Tage in Paris verbringen und dann von dort aus ins Land Israel fliegen, wo wir am Tag nach Simchat Tora eintreffen würden.

Die Kreitles hatten für die Überfahrt eine Erste-Klasse-Kabine gebucht, die Budniks, Zlowa und ich hatten Fahrkarten für die Touristenklasse. Stefa und Leon baten mich, auf ihre Kosten ebenfalls erster Klasse zu reisen, doch ich konnte dieses Angebot nicht annehmen. Ich hatte noch nie etwas von jemanden angenommen, abgesehen von Einladungen zum Essen, und auch dann vergaß ich nie, den Gastgebern etwas mitzubringen.

Bei meinem Herausgeber lieferte ich genügend Text für die Fortsetzungen meines Romans ab, die innerhalb der nächsten zwei Wochen erscheinen sollten. Die folgenden Fortsetzungen sollte ich per Luftpost aus Israel schicken. Für meine Radiosendungen in den nächsten Wochen sprach ich Ratschläge auf Tonband.

Ich gab allen den gleichen Rat, dem Selbstmordkandidaten, dem desillusionierten Stalinisten, dem betrogenen Ehemann, der krebskranken Frau, dem Schriftsteller, der keine Anerkennung fand, dem Erfinder, dem man ein Patent gestohlen hatte: Diese Welt ist nicht unsere Welt, wir haben sie nicht erschaffen, es steht nicht in unserer Macht, sie zu verändern. Die höheren Mächte haben uns nur ein einziges Geschenk gemacht: die freie Entscheidung zwischen einem Übel und einem anderen, zwischen einer Illusion und einer anderen. Mein Rat lautete: »Gar nichts tun.« Ich hatte mir sogar mein eigenes Motto ausgedacht: »Nichts ist so gut wie nichts.« Immerhin begännen die meisten der Zehn Gebote mit »Du sollst nicht«. Ich zitierte aus der Gemara: »Zu sitzen und nichts zu tun ist vorzuziehen.« Ich riet meinen Hörern, einstweilen eine Leidenschaft gegen eine andere zu tauschen, eine Belastung gegen eine andere. »Wenn Sie kein Glück in der Liebe haben, sollten Sie versuchen, sich mit aller Kraft geschäftlichen Angelegenheiten oder einem Hobby oder auch irgendeinem Vergnügen zu widmen. Warum Selbstmord begehen, wenn man ohnehin eines Tages sterben muß? Der Tod kann dem menschlichen Geist nicht Einhalt gebieten. Seele, Materie und

Energie sind aus demselben Stoff. Der Tod ist nur ein Übergang von einer Sphäre in eine andere. Wenn das Universum lebt, kann es innerhalb seines Gefüges eigentlich keinen Tod geben. Wie kann etwas Unendliches zu Ende gehen? Genau das, was die Lebenden in panische Angst versetzt – der Tod –, könnte durchaus zu einer Quelle grenzenloser Glückseligkeit werden.«

Wenn ich so flott im Radio redete, wurde mir oft bewußt, daß ich mir selber widersprach. Aber wem konnte ich damit denn schaden? Irgendwo gab es bestimmt eine Macht, die alle Widersprüche miteinander verschmolz und zur Wahrheit machte. Ich zitierte Spinozas Ausspruch, daß es in der Gottheit nichts gebe, das man als Lüge bezeichnen könne. Unsere Lügen, so erklärte ich, seien bruchstückhafte Wahrheiten, zerschmetterte Gesetzestafeln, und nur noch auf einem ihrer Bruchstücke sei das in Stein gemeißelte »Du sollst nicht« erhalten geblieben. Wir könnten nichts anderes tun, als nach besten Kräften zu vermeiden, uns selbst und anderen Leid zuzufügen. Ich riet meinen Hörern, eine Reise zu unternehmen, ein gutes Buch zu lesen, sich ein Hobby zuzulegen – und niemals zu versuchen, dieses oder jenes System, diese oder jene Regierung zu verändern. Die Probleme der Welt zu lösen gehe über unsere Kraft. Unsere Willensfreiheit beschränke sich auf Kleinigkeiten, auf persönliche Angelegenheiten. Ich schmückte meine »Predigten« mit Goethe-, Emerson- und Bibelzitaten aus, mit Zitaten aus der Gemara und dem Midrasch. Wenn ich aufhörte, fühlte jedenfalls ich mich sehr getröstet.

Jiddische Journalisten, so erklärte ich meinen Hörern, schrieben oft verächtlich über Kartenspieler, ich hingegen sei anderer Meinung. Wenn Spielkarten etwas

Spannung und Vergnügen in das Leben eines Menschen bringen könnten, dann seien sie nicht schädlich, sondern nützlich. Das gleiche gelte für das Theater, für Filme, Musik, Bücher, Zeitschriften. Jeder Zeitvertreib sei gut. Zeit sei ein Vakuum, das irgendwie gefüllt werden müsse.

Ich versprach keinen ewigen Frieden, keine Heilung für die Neurosen und Komplexe der Menschheit. Im Gegenteil! Ich wies meine Hörer warnend darauf hin, daß man, sobald man eine Neurose überwunden habe, sofort von einer anderen befallen werde. Die Neurosen ständen Schlange. Das Leben sei eine in die Länge gezogene Krise, ein langwieriger Kampf. Ich zitierte Schopenhauer, der mein Lieblingsphilosoph war, auch wenn ich seiner Behauptung, der Weltwille sei blind, nicht zustimmen konnte. Ich war überzeugt, daß der Weltwille genau wie der Todesengel tausend Augen hat.

Unsere Seereise war gemütlich. Als wir in Paris eintrafen und zu dem Hotel fuhren, in dem unser Reisebüro Zimmer gebucht hatte, war es schon dunkel geworden. Ich erkannte die Stadt kaum wieder. Ich hatte Paris so in Erinnerung, wie es Mitte der dreißiger Jahre, als ich nach Amerika auswanderte, gewesen war: elegant, fröhlich, laut – fast so etwas wie ein Rummelplatz. Das Nachkriegsparis kam mir farblos vor, schäbig, trist, von nächtlicher Düsternis befallen. Es regnete, ein kalter Wind blies. Sogar die Place de la Concorde hatte ihre Schönheit eingebüßt. Sie war mit alten Autos vollgestopft, als ob sie bloß noch ein riesiger Parkplatz wäre.

Als wir endlich in dem Hotel an der Place de la République eintrafen, sagte man uns, das Restaurant sei geschlossen, weil das Bedienungspersonal streike. In Frankreich deutete eigentlich alles auf einen Generalstreik hin. Die Gewerkschaften drohten, daß bald keine Züge mehr fahren, keine Flugzeuge mehr fliegen und die Taxis von den Straßen verschwinden würden. Bei aller Besorgnis konnte ich es mir nicht verkneifen, Mischa eins auszuwischen: »Das muß dich doch freuen. Die Revolution hat es doch so gewollt.«

Nur Freidl behielt einen klaren Kopf. Sie ging hinunter in die Empfangshalle und schaffte es, obwohl sie kein Wort Französisch sprach, einen bärtigen amerikanischen Offizier ausfindig zu machen, der, wie sich herausstellte, ein orthodoxer Rabbiner war, ein Militärgeistlicher. Im Hotel Intellect wimmelte es von amerikanischen Juden. Als Freidl erklärte, daß zu ihrer Reisegesellschaft ein kränklicher Achtzigjähriger gehöre und daß sie zusammen mit dem jiddischen Schriftsteller Aaron Greidinger nach Israel reise, boten alle ihre Hilfe an. Der Rabbiner sagte, er zähle zu meinen treuesten Lesern. Obwohl er meine Ansichten über die Jüdischkeit nicht akzeptieren könne, respektiere er das Wissen, das ich mir in der alten Heimat angeeignet hätte. Ein junger Mann, der an dem Gespräch teilgenommen hatte, erbot sich, uns zu einem nahe gelegenen Restaurant zu führen. Es gebe hier noch vereinzelte Schwarzmarktlokale. Das Essen sei zwar teuer, aber man könne alles bestellen, worauf man Lust habe, sogar *tscholent* und *kugl*. Dieses Lokal sei oft bis spät in die Nacht geöffnet. Der junge Mann – klein, stämmig, mit dichten Ringellocken wie ein Schaf – führte uns zu dem Lokal. In einer spärlich beleuchteten Gasse stiegen wir zwei dunkle Treppen hinauf. Es roch nach Hühnersuppe und Leberhäckerle. »Dieser junge Bursche ist kein anderer als der Prophet Elija«, witzelte Freidl. Im übrigen Paris herrschte ägyptische Finsternis, hier jedoch nahmen Juden das Nachtmahl ein und sprachen Jiddisch. Aus der Küche kam eine Frau, deren Kleid und Schürze mich an Polen erinnerten. Ich hatte sogar den Eindruck, daß sie einen *schajtl* trug. Sie sagte, daß sie zu meinen Leserinnen zähle und daß meine Artikel und Romane in der Pariser jiddischen Zeitung nachgedruckt würden. Sie streckte mir ihre feuchte Hand hin und rief: »Wenn ich mich nicht genieren würde, bekämen Sie einen Kuß von mir!«

Nach dem Krieg hatte die französische Regierung geflüchteten jüdischen Intellektuellen – Schriftstellern, Malern, Musikern, Schauspielern, Regisseuren – ein Gebäude zur Verfügung gestellt. Die meisten dieser Flüchtlinge waren mittlerweile nach Amerika, Israel oder sonstwohin ausgewandert, einige aber waren geblieben. Während unseres Aufenthalts in Paris lud mich der Jüdische Schriftstellerverband zu einem Empfang in diesem Gebäude ein. Die Linksorientierten – Kommunisten, Quasikommunisten und ihre Mitläufer – hatten sich mit allerlei Vorwürfen gewappnet. Die wenigen Zionisten unter ihnen waren sauer, weil ich in meinen Werken die politischen Parteien, den Kampf gegen den Faschismus, die Wiedergeburt Israels, den Mut der Partisanen und den Kampf der Frauen um Gleichberechtigung ignoriert hatte. Alle zählten die Sünden auf, die ich begangen hatte, und ein Trotzkist warf mir vor, nicht für Trotzki Partei ergriffen zu haben. Aus meinen Warschauer Jahren war ich an solche Schriftstellerversammlungen gewöhnt. Man bekam immer wieder das gleiche Klischee zu hören: Schriftsteller dürfen sich nicht in einem Elfenbeinturm verstecken, während die Massen auf den Barrikaden stehen.

Mischa Budnik, der ebenfalls an dem Empfang teilnahm, meldete sich zu Wort und hielt eine ziemlich lange Rede. Ob die Schriftsteller wüßten, daß Stalin in Spanien Hunderte von anarchistischen Freiheitskämpfern hatte ermorden lassen? Ob ihnen bekannt sei, daß in der Sowjetunion Tausende von Anarchisten in Zwangsarbeitslagern und Gefängnissen schmachteten? Ob sie gelesen hätten, wie Emma Goldman und andere in Rußland behandelt worden seien, als sie die Wahrheit verbreiten wollten? Er erwähnte Sacco und Vanzetti und die vier, die in Chicago gehängt worden waren. Jemand im Publikum brachte Mischa mit einem Zwischenruf aus dem Konzept: »Ist dem verehrten Redner bekannt, daß Machno Judenpogrome inszeniert hat?« Worauf Mischa zurückbrüllte: »Machno war ein Held!« Jetzt brach im Saal die Hölle los. Der Vorsitzende begann, mit der Faust auf den Tisch zu schlagen. Er erteilte Mischa Redeverbot und ließ ihn vom Podium herunterführen.

Als ich an der Reihe war, hielt ich nur eine kurze Ansprache. Nietzsches Theorie von der ewigen Wiederkehr treffe zu, erklärte ich. Falls ich nach einem Zeitraum von Jahrmillionen wieder ein jiddischer Schriftsteller wäre, würde ich einen literarischen Kampf für die Zionisten wie auch für die Territoristen führen, für Nationalismus und Assimilation, für Weizmann und Jakotinsky, für die *Neturei Karta* und die »Kanaaniter«, wie auch für den »Bund«, die »Allgemeinen Zionisten«, den rechten wie auch den linken Flügel der »Poale Zion«, für *Haschomer ha-zair*, für die Folkisten wie auch für die Lubawitscher Chassidim, die Bobower Chassidim, die orthodoxen Juden, die konservativen Juden und die Reformjuden. Ich würde Romane über sie alle schreiben, Erzählungen und auch Gedichte in naturalistischem, realistischem und symbolistischem Stil. Und ich würde mich den Futuristen, den Dadaisten sowie allen anderen »... isten« und jedem anderen »... ismus« anschließen.

Einige Zuhörer lachten und applaudierten. Andere murrten und meldeten Protest an. Erfrischungen wurden serviert: Limonade und Brezeln. Eine vollbusige ältere Sängerin gab Volkslieder zum besten und wollte das Mikrophon einfach nicht mehr loslassen.

Als das Spektakel zu Ende war, unterhielt ich mich mit mehreren Frauen, die den Krieg entweder in Gettos oder in Konzentrationslagern oder in Rußland überlebt hatten. Ich erfuhr von weiteren Grausamkeiten der Nazis und bekam mehr über das bolschewikische Chaos zu hören: über mitternächtliche Verhaftungen, Hungersnot, Denunziationen, überfüllte Gefängniszellen und vollgepferchte Züge, die tagelang auf Abstellgleisen standen, über Schwarzmarkthandel, Alkoholismus, Diebstahl, Plünderung, Rowdytum und Prostitution. Das alles war mir so schmerzlich vertraut. Ich erfuhr von einem bekannten Dichter, den Stalin liquidiert hatte. Bis zu dem Tag, an dem er an die Wand gestellt und erschossen worden war, hatte er Oden auf den großen Genossen Stalin verfaßt.

Ein Schriftsteller vertraute mir an, daß ihm, nachdem er mit einem Freund Schnaps getrunken und ein offenes Gespräch geführt hatte, eine abfällige Bemerkung über Stalin herausgerutscht war – und seinem Freund auch. Als er wieder nüchtern geworden war, hatte er Angst bekommen und war schnurstracks zur Politpolizei gegangen, um seinen Freund zu denunzieren. Dieser hatte offenbar ebenfalls Angst bekommen, denn am Eingang zum Denunziationsbüro war er mit ihm zusammengestoßen.

Während unseres Aufenthalts in Paris gingen wir sechs

gewissermaßen getrennte Wege. Stefa und Leon besuchten Museen, teure Restaurants und Cafés. Sie unternahmen sogar eine Busfahrt nach Deauville. Mischa und Freidl hielten Ausschau nach Anarchisten, die ihre Schlupfwinkel im Quartier Belleville hatten, nicht weit von unserem Hotel und dem Hauptquartier der jüdischen Radikalen.

Obwohl wir nur ein paar Tage in Paris verbrachten, kam es mir wie ein paar Wochen vor. David Korn, ein alter jiddischer Dichter, Vertreter des traditionellen Stils, lud mich zu sich ein. Ich nahm Zlowa mit, die in Paris niemanden kannte. Sie klammerte sich wie eine Ehefrau an mich. Der Dichter, der seinen Lebensunterhalt als Korrespondent einer New Yorker jiddischen Zeitung verdiente, sprach sehr verbittert von den jüdischen Parteiführern, den linksorientierten, den rechtsorientierten, den zionistischen, den antizionistischen und so weiter. Er führte einen Privatkrieg gegen alle Modernisten, die, wie er erklärte, die Literatur verödeten, sie abstoßend und langweilig machten und die Lyrik zur Parodie verkommen ließen. Ähnlich dem Chelmer Melamed, der sich von seiner Frau einen Kuchen ohne Butter, Zucker, Rosinen und Eier backen lassen wollte, wollten die Modernisten Gedichte ohne Reim, Rhythmus, Musik und Liebe verfassen.

David Korn entschuldigte sich bei mir, weil er nicht zu dem Empfang gekommen war. »Ich kann diese häßlichen Gesichter und verschlagenen Blicke nicht ausstehen. Eine unbarmherzige Bande! Ihre Phrasen über Gerechtigkeit sind so widerlich, daß ich sie gar nicht in den Mund nehmen will. Solange es einen Stalin gab, haben sie ihm geschmeichelt und ihn als Idol verehrt. Und seit dieser größenwahnsinnige Dschugaschwili tot ist, lassen sie nichts unversucht, um einen neuen Stalin zu entdecken. Sklaven brauchen einen Herrn und Meister.«

Seine Frau, die jünger war als er, kam mit einer Tablette und einem Glas Wasser zu uns an den Tisch. Ihre altmodische Kleidung und ihre Frisur erinnerten mich an die jungen Frauen, die Bomben für die Revolution gebastelt hatten.

»Davidl, nimm deine Vitamintablette.«

David Korn fixierte sie ärgerlich. Sein Schnurrbart zuckte wie die Barthaare eines Katers. »Ich brauche keine Vitamine. Laß mich in Ruhe!«

»Davidl, der Doktor hat sie dir verschrieben. Du mußt sie einnehmen.«

»Ich muß? Diese Ärzte sind samt und sonders Schwindler, Räuber, Gauner. Ihre Arzneien sind Gift.«

»Herr Greidinger, tun Sie mir den Gefallen und bitten Sie ihn, seine Tablette einzunehmen. Er ist krank, krank. Er lebt kaum noch. Er darf sich nicht aufregen.«

»Korn, mein Freund«, sagte ich, »tun Sie mir den Gefallen und nehmen Sie die Vitamine ein. Wie heißt es so schön? ›Es hilft vielleicht nicht, aber schaden tut's auch nicht.‹«

»Blödsinn! Habgierige Apotheker haben sich das ausgedacht.«

David Korn kippte sich die Tablette in den Mund, zog eine saure Miene und trank ein halbes Glas Wasser. Dann brummelte er: »Schmeckt wie die Gedichte von Majakowski.«

Wir gingen am Morgen an Bord des Flugzeugs nach Israel und kamen am Spätnachmittag in Lod an. Verglichen mit den riesigen Flughäfen von Paris und New York wirkte der israelische Flughafen provinziell. Hier herrschte sabbatliche Ruhe. Unter den Passagieren unseres Flugzeugs waren zahlreiche Chassidim, Jeschiwastudenten und Frauen mit Perücken und Kopftüchern gewesen. Ein Passagier hatte eine vorzeitige *minche* gebetet, ein anderer in einem Band der Mischna geblättert. Ein rotbärtiger Rabbi hatte einen jungen Studenten examiniert, der eine Lehrerlaubnis erhalten wollte. Als die strenggläubigen Passagiere von Bord gingen, wurden sie von einer ganzen Schar Rabbis und Jeschiwastudenten erwartet. So lange, spiralförmige Schläfenlocken, die ihnen buchstäblich bis zu den Schultern reichten, hatte ich seit vielen Jahren nicht mehr gesehen. Etwas Frisches ging von diesen Leuten aus. Unter ihren langen Obergewändern trugen sie kurze Hosen, weiße Strümpfe und leichte Straßenschuhe, und ihre Samthüte schienen neu zu sein. Sie waren zu jung, um den Holocaust als Erwachsene überlebt zu haben, und zu alt, um in Displaced-Persons-Lagern geboren zu sein.

Die Paß- und Gepäckkontrolle ging langsam vonstatten. Hin und wieder öffnete ein Zollbeamter einen Koffer und schüttelte Hemden, Hosen, Pullover und andere Kleidungsstücke heraus, während der Besitzer des Koffers besorgt zusah, wie seine Sachen durcheinandergebracht wurden. Dann durften wir endlich weitergehen. Mischa schleppte außer seinen eigenen Koffern auch Stefas, Leons, Zlowas und mein Gepäck. Ich wollte ihm tragen helfen, aber er schnauzte mich an. Plötzlich entdeckte ich Miriam. Ja, sie war's, aber sie sah irgendwie anders aus. Sie trug eine weiße Bluse und eine lange schwarze Hose. Mit ausgestreckten Armen rannte sie auf mich zu. Ich hatte ihr aus Paris telegrafiert, daß ich in Begleitung kommen würde, jetzt aber war es mir peinlich, daß wir so viele waren. Miriam umarmte und küßte mich.

»Da bist du also! Schmetterling, ich habe einen Wagen dabei.«

»Woher hast du denn ein Auto?«

»Herr Treibitscher hat mir seines gegeben. Er wollte selber kommen, aber das habe ich ihm ausgeredet.«

»Wie geht es Max?«

»Besser, aber ganz erholt hat er sich noch nicht. Du triffst ihn ja bald in Tel Aviv.«

Ich machte Miriam mit den Kreitles und den Budniks bekannt. »Mischa Budnik ist einer meiner Jugendfreunde aus Bilgoraj. Und das ist Freidl, seine Frau, eine liebe Freundin.«

»Ich habe Aaron schon gekannt, als er noch rote Schläfenlocken hatte«, sagte Mischa. »Und als er im Bet Midrasch mit wiegendem Oberkörper die Gemara studierte. Heimlich las er einen Roman, der im *Moment* erschien und den er unter die Gemara gelegt hatte.«

»Mischa, jetzt reicht's«, flüsterte Freidl.

Miriam begrüßte Stefa, Leon und Freidl, aber aus irgendeinem Grund gab sie Zlowa nicht die Hand, sondern nickte ihr nur zu. Dann fragte sie Mischa: »Sind Sie auch ein Jeschiwaschüler gewesen?«

»Damals war ich Schmuggler. Aber abends bin ich oft in den Bet Midrasch gegangen, um zu plaudern. Ich habe Aaron gern bei seinen Phantastereien zugehört.«

Miriam ging weg und kam in einem großen Auto zurück, das allerdings für sechs Mitfahrer samt Gepäck nicht groß genug war. Stefa schlug vor, daß sie und Leon ein Taxi nehmen würden. Kaum hatte sie das gesagt, als auch schon ein *nehag* – wie im neuen Land Israel die Taxifahrer genannt werden – auftauchte. Auf Stefas Frage, wie Max' Hotel heiße, antwortete Miriam: »Er wohnt in einem kleinen Hotel. Ich glaube nicht, daß es

Ihnen, Frau Kreitle, zusagen würde. Bloß einen halben Häuserblock weiter ist ein größeres, besseres, moderneres Hotel.«

»Gut. Mein Mann ist nicht ganz gesund. Er muß ein eigenes Badezimmer und das ganze Drum und Dran haben. Gibt es in diesem Hotel ein Restaurant?«

»Ein ausgezeichnetes.«

»Außerdem braucht er einen Arzt.«

»In Tel Aviv gibt es mehr Ärzte als Patienten.«

Ich merkte, daß Miriam und Stefa einander sympathisch waren. Sie begannen sofort, sich auf Polnisch zu unterhalten. Zlowa wurde von Miriam völlig ignoriert. Freidl fragte: »Und wo wohnen wir?«

»In der Hayarkonstraße. Viele Juden sind hierhergekommen, um die hohen Feiertage zu begehen, aber die meisten sind schon wieder abgereist. Jetzt gibt es wieder genug Unterkünfte.«

»Meine Dame, sollen wir hier Wurzeln schlagen?« fragte der Taxifahrer.

»Wir gehen schon«, erwiderte Miriam. »In die Hayarkonstraße!«

Sie war bereits eine Israeli geworden. Sogar die sephardische Aussprache des Hebräischen hatte sie sich angewöhnt. Wir dagegen waren Grünschnäbel. Nachdem der Taxifahrer den Kreitles beim Verstauen ihres Gepäcks geholfen hatte, fuhr er voraus. Die Budniks und Zlowa stiegen in Chaim Joel Treibitschers Wagen.

Ich setzte mich neben Miriam auf den Beifahrersitz. Die großen Gepäckstücke paßten in den Kofferraum, ein paar kleinere hielten wir auf dem Schoß. »Warum hat uns Treibitscher seinen Wagen geschickt?« fragte ich Miriam.

»Chaim Joel kann sich gar nicht genug tun, Max zu

helfen. Außerdem ist er ein leidenschaftlicher Fan von dir. Ohne ihn wäre es hier mit Max zu Ende gegangen. Er hat ihm die besten Ärzte besorgt und Krankenpflegerinnen engagiert, die sich Tag und Nacht um Max kümmern. Halb Warschau ist hier. Max mag Jerusalem nicht.«

»Warum nicht?«

»Es ist ihm zu heilig. Er ist so meschugge wie eh und je. Aber auch sehr lieb.«

Während der Fahrt betrachtete ich durchs Fenster die Häuser, Palmen, Zypressen und Autoreparaturwerkstätten. Jüdische Soldaten – junge Burschen und Mädchen – standen mit erhobenem Daumen am Straßenrand und wollten mitgenommen werden. Es war ein heißer Sommertag, der Himmel war blau und wolkenlos. Alles schimmerte im Sonnenschein, so, als wäre das Licht hier siebenmal heller, als es in der Diaspora gewesen war. Ich war im Land Israel angekommen, dem Land, nach dem sich meine Vorfahren zweitausend Jahre lang gesehnt hatten.

Stefa und Leon bezogen zwei Zimmer im Hotel Dan. Die Budniks quartierten sich in einem Hotel in der Ben-Jehuda-Straße ein, nicht weit von der Hayarkonstraße. Zlowa und ich bekamen Zimmer in dem kleinen Hotel, in dem Max und Miriam wohnten. Max hatte sich völlig verändert. Er hatte fast vierzig Pfund abgenommen, und sein Gesicht mit dem weißen Bart war fahl geworden. Miriam schlief jede Nacht neben ihm. Er erzählte mir, daß Priwe in Jerusalem wohne. Sie habe ihn vor die Wahl gestellt, entweder sie oder Miriam – und er habe sich für Miriam entschieden. »Aber ich fürchte, es wird nicht für lange sein. Ich bin schon mehr dort als hier.« Er deutete gen Himmel.

Ich hatte einen enormen Fehler begangen, als ich beschlossen hatte, fünf Reisegefährten mitzunehmen. Zlowa wollte nicht bei Max, sondern bei Priwe bleiben und zog ein paar Tage nach unserer Ankunft nach Jerusalem um. Wie sie uns mitteilte, hatte Priwe in Jerusalem eine reiche Witwe kennengelernt, die Séancen arrangierte. Sie hatten vor, eine Zeitschrift herauszugeben, teils in hebräischer, teils in englischer Sprache. Priwe rief mich an und berichtete, sie habe in Jerusalem ihre übersinnlichen Kräfte wiedererlangt, die jetzt stärker seien als je zuvor. Sie und ihre Gönnerin, Frau Glitzenstein, hätten den Geist Dr. Herzls, den Geist des hebräischen Schriftstellers und Märtyrers J. C. Brenner sowie Max Nordaus und Achad Haams Geist beschworen. Am interessantesten sei der Geist Max Nordaus gewesen. Dieser notorische Materialist, der jede Religion verhöhnt und selbst die größten Schriftsteller für wahnsinnig und entartet gehalten habe, gestehe jetzt ein, daß er sich zeitlebens geirrt habe und daß seine Werke, insbesondere die beiden Bücher *Entartung* und *Paradoxe,* verbrannt werden müßten. In den höheren Sphären sei er dem italienisch-jüdischen Materialisten Lombroso begegnet, der geschrieben hatte, Genie und Wahnsinn gingen Hand in Hand. Gemeinsam bäten sie jetzt die Geister derer, die einst von ihnen angegriffen worden waren, um Vergebung, auch das polnische Medium Kluski und das italienische Medium Paladina. Des weiteren teilte Priwe mir mit, sie habe mit Max' verstorbener Ehefrau und seinen beiden Töchtern, die Opfer der Nazis geworden waren, Verbindung aufgenommen.

Frau Budnik war von Erez Israel begeistert, doch Mischa verdarb ihr die Freude. Gleich nach der Ankunft begann er, über den jüdischen Staat herzuziehen. Alles mißfiel ihm. In einem Restaurant erregte er Aufsehen, als der Kellner, der ihn bediente, sich weigerte, ihm nach einem Fleischgericht Kaffee mit Sahne zu servieren. Als der Inhaber des Lokals sich auf die landesüblichen Gesetze berief, brüllte Mischa ihn an: »Ein solches Gesetz ist faschistisch!« In Tel Aviv hatte Freidl zufällig Landsleute aus Izevice, Gorschkaw und Krasnystaw getroffen. Einige von ihnen hatten ihr Jiddisch bereits verlernt und sprachen Hebräisch miteinander – für Mischa ein Grund, sie zusammenzustauchen. Ich lud ihn und Freidl zum Abendessen in das neue Hotel Dan ein, in dem Stefa und Leon wohnten. Während des Essens warf Mischa mir lautstark vor, ihn in ein Land mitgenommen zu haben, das von Theokraten regiert werde. »Wieso haben die Juden in Amerika die Trennung von Kirche und Staat verlangt, wenn man in Israel gezwungen wird, koscher zu essen, und die Bräute in diesem Land vor der Hochzeit ein Tauchbad in der *mikwe* nehmen müssen?« Er schlug mit der Faust auf den Tisch. Dann ließ er den *maschgiach* kommen und verlangte, man solle ihm Schinken servieren.

Nach acht Tagen reisten er und Freidl nach Amerika zurück. Freidl weinte, als wir uns verabschiedeten. Was Mischa betraf, so sagte sie nur: »Es ist, als wäre ein Dibbuk in ihn gefahren.«

Merkwürdigerweise hatte auch ich das Gefühl, nicht mehr derselbe zu sein wie vorher. Wodurch war diese Veränderung bewirkt worden? Hatte sie etwas mit dem Klima zu tun? Oder vielleicht mit der jahrtausendealten jüdischen Geschichte? Herrschten über dieses Land die Geister von Juden aus längst vergangenen Zeiten, die Geister der Priester, Leviten, Stammväter und Helden, der Hasmonäer und Sadduzäer – und vielleicht andere unbekannte Mächte, die wir Diasporajuden längst vergessen oder von denen wir vielleicht nie gewußt hatten? Max war hier zum Greis geworden.

Miriam verwandte jetzt in unseren Gesprächen hebräische Wörter und Redewendungen. Ich hatte den Verdacht, daß sie am Jiddischen nicht mehr so interessiert war wie in New York. Sie nannte mich noch immer Schmetterling, umarmte und küßte mich nach wie vor, war aber jetzt, da Max krank und offenbar impotent war, nicht mehr bereit, sich mir hinzugeben. Sie hatte immer eine Ausrede. Nahm sie mir etwa übel, daß ich Zlowa und die Kreitles mitgebracht hatte? Manchmal beschlich mich das Gefühl, daß auch Max' Freundschaft zu mir abgekühlt war. Der einzige, der sich nach wie vor an mich klammerte, war Leon. Ständig lud er mich zum Abend- oder Mittagessen ein. Er bekam die Zeitung, für die ich schrieb, nachgesandt und wollte mit mir über jede Fortsetzung meines Romans diskutieren. Sein Gesundheitszustand hatte sich gebessert, und er behauptete, die Luft in Tel Aviv täte ihm gut. Er äußerte sogar den Wunsch, hier ein Haus zu kaufen und den Rest seines Lebens unter Juden zu verbringen.

Mein Zimmer hatte ein Fenster, das auf die Hayarkonstraße hinausging, und einen Balkon mit Blick aufs Meer. Abends saß ich oft auf diesem Balkon und zog Bilanz. Ich war nach Erez Israel geflogen, um bei einer geliebten Frau zu sein. Ich hatte drei Frauen mitgenommen, mit denen ich Affären gehabt hatte, doch das Schicksal wollte es, daß ich ausgerechnet hier – zum ersten Mal seit Jahren – keine intime Beziehung hatte. Miriam schlief neben Max, Zlowa war in Jerusalem, Freidl war mit Mischa zurück nach New York gereist, und Stefa war ihrem Ehemann erstaunlich treu.

Polnische Juden in Tel Aviv gaben eine polnische Wochenzeitung heraus, deutsche Juden eine deutsche Wochenzeitung, ungarische Juden eine ungarische Zeitung und rumänische Juden eine rumänische. In den Schaufenstern in der Ben-Jehuda-Straße und am Dizengoff-Boulevard waren Neuausgaben von Büchern in den verschiedensten Sprachen ausgestellt.

Manchmal wachte ich mitten in der Nacht auf, setzte mich auf den Balkon und betrachtete den sternenübersäten Himmel und das Meer. In New York hatte ich vergessen, daß Sterne am Himmel stehen, über Tel Aviv jedoch breitete sich der Kosmos mit all seinen Sternen, Planeten und himmlischen Heerscharen aus. Die Luft war geschwängert vom Duft der Weingärten, Eukalyptusbäume, Zypressen und von anderen Düften, die mir vertraut und dennoch neu waren. Warme Lüfte wehten und brachten Gerüche mit, die ich nicht benennen konnte.

Das Meer, auf das ich hinausblickte, war nicht irgendein Gewässer. Es war *Hajam Hagadol* , das Große Meer, auf das Jona vor Gott geflohen war, um nicht die Zerstörung Ninives prohezeien zu müssen. Das Schiff, das Juda Halevi, den großen hebräischen Dichter des Mittelalters, nach Erez Israel gebracht hatte, war auf diesem Meer gesegelt. Hier waren die Handelsschiffe gefahren, mit denen in den Sprüchen Salomos die »wackere Hausfrau« verglichen wird. Die Wellen glitzerten im Mondschein, und Gott wachte höchstpersönlich über Tel Aviv. In der Stille hallten die Worte des Propheten wider: »Siehe, was Jesaja, Sohn von Amos, voraussah für Juda und Jerusalem in den Tagen des ...« In der Nähe beweinte Rachel noch immer ihre Kinder und wollte sich nicht trösten lassen. Ringsum lauerten Philister, Ammoniter, Moabiter, Aramäer, Kanaaniter, Amoriter, Hethiter, Jewusiter, Girgaschiter – alle darauf aus, den uralten Kampf gegen Gott und Sein auserwähltes Volk wiederaufzunehmen.

Eines Tages kam ein Schriftsteller mit einer hebräischen Übersetzung einer meiner Erzählungen zu mir. Ich redigierte die Übersetzung in seiner Gegenwart, und er fragte mich: »Da Sie offenbar sehr versiert im Hebräischen sind, warum schreiben Sie dann nicht in dieser statt in jiddischer Sprache? Sie wissen doch, daß das Jiddische ausstirbt, das Hebräische hingegen wieder aufgelebt ist.«

»Auszusterben ist meiner Meinung nach kein Nachteil«, erwiderte ich. »Das Altgriechische ist ausgestorben, das alte Latein ebenfalls. Hebräisch war zweitausend Jahre lang eine tote Sprache. Wir alle, die wir heute noch am Leben sind, werden früher oder später ausgestorben sein.«

Er wollte etwas sagen, ließ es aber bleiben. Dann nahm er sein Manuskript und ging.

Er war nicht der einzige. Von anderen Schriftstellern und Wissenschaftlern hatte ich die gleiche Meinung zu hören bekommen. Obzwar es mir leichtgefallen wäre, mir das moderne Hebräisch und die sephardische Aussprache anzueignen, gab ich meistens diese Antwort: »Meine Mutter hat Jiddisch gesprochen. Meine Großmütter und Großväter haben Jiddisch gesprochen. Das reicht zurück bis zu *Siftei Kohen*, zu Rabbi Mosche Isserless. Wenn Jiddisch gut genug für den Baalschem Tow, den Gaon von Wilna und für Rabbi Nachman aus Bratzlaw war, dann ist es auch gut genug für mich.«

»Jiddisch besteht zu achtzig Prozent aus Deutsch, und Deutsch war die Sprache der Nazis«, wurde mir einmal vorgehalten.

»Hebräisch«, antwortete ich, »wurde ebenfalls von unseren Feinden gesprochen – dem Volk von Ammon und Moab, den Philistern, den Medianitern, und vielleicht auch von den Amalekitern. Und Aramäisch, die Sprache des Sohar und der Gemara, wurde von Nebukadnezar und Hamilkar gesprochen.«

In Israel hatte die Regenperiode begonnen. Max ging es besser, er konnte jetzt schon am Stock gehen. Oft saßen wir mit Miriam in einem Café am Dizengoff-Boulevard, tranken Kaffee und plauderten. Allem Anschein nach wollten Stefa und Leon ein Haus kaufen und sich in Tel Aviv niederlassen. Ich konnte allerdings nicht mehr lange bleiben. Ich hatte das letzte Kapitel meines im *Vorwärts* erscheinenden Fortsetzungsromans abgeliefert und war mir merkwürdigerweise nicht klar darüber, wovon mein nächster Roman handeln sollte.

Chaim Joel Treibitscher wollte anläßlich des Einzugs in sein neues Haus eine Party geben. Da Miriam und ich in New York nicht zu seiner Party gegangen waren, konnten wir diesmal nicht absagen. Es ging das Gerücht, Chaim Joel habe in Haifa eine reiche Witwe kennengelernt, eine amerikanische Millionärin, und habe vor, sie zu heiraten. Sein neues Haus lag am Rothschild-Boulevard, und Max witzelte, daß diese Straße jetzt in »Treibitscher-Boulevard« umbenannt werden müßte. Chaim Joel hatte Max alles über die Witwe, Mrs. Beigleman, erzählt, die in Geld schwamm. Ihr verstorbener Mann, der in Südafrika geboren und Besitzer einer Goldmine gewesen war, hatte in New York, Chicago, Los Angeles und Houston Wolkenkratzer gebaut. Er, dem das Glück immer hold gewesen war, hatte einen Herzanfall erlitten und war daran gestorben.

Mrs. Beigleman hatte Max kennengelernt und war entzückt von seinen Witzen, seinem Charme, seinen Schmeicheleien und seinen Warschauer Geschichten. Sie hatte ihm einen Arzt in New York empfohlen, der auch ihren Mann operiert hatte. Diese Mrs. Beigleman, die ebenfalls zu Chaim Joels Party kommen sollte, war ein Riesenweib, gut einen Meter achtzig groß, mit einer Nase wie ein Widderhorn, mit Zähnen wie eine Ziege und mit einer tiefen Altstimme. Stefa flüsterte mir zu: »Die könnte den Treibitscher verschlucken, und niemand würde es ihr anmerken.«

Offenbar hatte ich meine Schaffenskraft eingebüßt. Ich hatte nicht den leisesten Wunsch, einen neuen Roman in Angriff zu nehmen. Zum ersten Mal seit Jahren hatte ich das Bedürfnis, eine Ruhepause einzulegen, Urlaub zu nehmen. Eine große Müdigkeit überkam mich. Ich hatte einen stechenden Schmerz im Handgelenk – der notorische Schreibkrampf. Verlangen nach Miriam empfand ich auch nicht mehr. Der Gedanke an Treibitschers bevorstehende Party machte mir angst – ich wußte selber nicht, warum. Chaim Joel rief mich im Hotel an und ermahnte mich, die Party besonders wichtig zu nehmen und nur ja nicht zu spät zu kommen. Auf meine Frage, warum das denn so wichtig sei, antwortete er: »Das kann ich Ihnen jetzt nicht sagen, aber in gewisser Hinsicht wird diese Party für Sie gegeben. Keine Bange – niemand wird Sie mit einem Kürbis und mit Kerzen krönen wie den Helden einer Ihrer Geschichten.« Ich wollte Chaim Joel vorwerfen, er habe die Rechnung ohne den Wirt gemacht, doch er sagte noch einmal: »Kommen Sie um Himmels willen pünktlich!« Dann legte er auf.

Es regnete in Tel Aviv, und es wurde kalt. Die Zeitungen meldeten, daß die Flüsse im Negev über die Ufer getreten seien. Wo eben noch ausgedörrte sandige Landstriche gewesen waren, hatten Wassermassen das Land überflutet und Menschen, Kamele und Schafe mitgerissen. Nicht weit von Tel Aviv waren tiefe Tümpel entstanden, die von Frauen, Kindern und älteren Leuten nicht durchquert werden konnten. Junge Freiwillige trugen Fußgänger auf den Schultern durch die Tümpel. Mehrmals hatten wir Stromausfall; dann herrschte in Tel Aviv ägyptische Finsternis. Erstaunlicherweise gab es sogar in dem neuen Hotel, in dem die Kreitles wohnten, kein kaltes Wasser mehr. Auch die Telefone funktionierten nicht mehr richtig. Mitten in einem Gespräch, das ich mit Leon führte, war die Leitung unterbrochen.

Priwe traf zusammen mit Zlowa in Tel Aviv ein, nicht, weil sie unbedingt ihren kranken Ehemann besuchen, sondern weil sie auf Chaim Joels Party gehen wollte. Nun blieb Miriam nichts anderes übrig, als aus Max' Zimmer auszuziehen und sich bei mir einzuquartieren. Vor lauter Ärger drohte sie, der Party fernzubleiben.

»Das können wir doch nicht schon wieder tun!« rief ich entsetzt.

»*Du* mußt hingehen. Weißt du denn nicht, daß man dir dort einen Literaturpreis verleihen will?« Offenbar hatte Mrs. Beigleman zum Gedenken an ihren Gatten fünfhundert Dollar für eine Auszeichnung gestiftet. »Treibitscher will zum Gedenken an Matilda den gleichen Betrag stiften. Dein Preis wird also mit eintausend Dollar dotiert sein!« Miriam gluckste vor Freude. Dann sagte sie in ernstem Ton: »Schmetterling, ich will schon seit Tagen etwas mit dir besprechen, habe aber nicht den Mut dazu gehabt. Du bist gut zu mir gewesen, aber du bist zu jung, um mir so viel zu bedeuten wie Max.«

»Zu jung? Ich bin zwanzig Jahre älter als du.«

»Ich gehe schon auf die Dreißig und hätte gern ein Kind, bevor man mich ins Grab legt. Jetzt ist der richtige Zeitpunkt dafür. Jedesmal wenn ich meine Monatsregel bekomme, habe ich das Gefühl, meine letzte Chance verpaßt zu haben. Ein Mann wird das nie verstehen. Wir alle haben Hirngespinste. Du hast einmal eine Geschichte geschrieben – eigentlich waren es Erinnerungen –, in der du von der Mutter eines deiner Freunde erzählt hast, die alle zwei Jahre ein Kind zur Welt brachte, einen Knaben. Und jedem sang sie, während sie ihn wiegte, ein Lied vor: daß er ein Rebbe sein würde, wenn er groß geworden sei. Erinnerst du dich?«

»Ja, sie war die Mutter meines Freundes Isaak. Keines ihrer Kinder ist groß geworden. Alle sind im frühen Kindesalter gestorben. Trotzdem hat sie immer wieder ihr Lied gesungen: ›Moischele wird ein Rebbele sein. Berele wird ein Rebbele sein. Chazkele wird ein Rebbele sein.‹«

»Ich erwähne diese Geschichte in meiner Dissertation. Wozu lebe ich denn, wenn nicht, um einem Geschöpf das Leben zu schenken, das es verdient, ein Mensch genannt zu werden? Was ist denn der Sinn und Zweck von all diesem Sex, der Sinn und Zweck von all unserer Liebe und Leidenschaft? Was ich im Innersten empfinde ist stärker als alle Logik. Du könntest mich sogar schamlos nennen. Du hast einmal etwas aus der Gemara zitiert, den genauen Wortlaut weiß ich nicht mehr, aber es bezog sich auf eine Frau, die Sex verlangt. Du hast geschrieben, von einer solchen Frau könne man sich ohne Berücksichtigung des Ehevertrags scheiden lassen. Stimmt das?«

»So steht es in der Gemara.«

»Da ich nicht mit dir verheiratet bin, brauchst du dich

nicht von mir scheiden zu lassen und kannst mir nicht wegnehmen, was mir laut Ehevertrag zustehen würde. Erinnerst du dich an das, was ich dir geschworen habe?«

»Ich erinnere mich an alles. Aber was willst du tun, wenn ich dir eine negative Antwort gebe? Dir einen anderen Kindsvater suchen?«

»Gerade habe ich dir gesagt, daß ich meinen Schwur nicht brechen werde. Wenn es mir bestimmt ist, keine Mutter zu werden, möchte ich es wissen, um Frieden zu finden. Deine Antwort brauchst du mir jetzt noch nicht zu geben. Sag mir nur, wie lange ich darauf warten muß. Ich möchte nicht jahrein, jahraus in diesem Spannungszustand leben.«

»Wir werden ein Kind haben.«

Wortlos saßen wir da. Ich war verblüfft über das, was ich gesagt hatte, und Miriam war verblüfft über meine Antwort. Sie sah mich an, als wäre ihr gleichzeitig nach Lachen und Weinen zumute.

Dann kam der Tag, an dem die Party stattfinden sollte. Max berichtete, Chaim Joel habe Hunderte von Gästen eingeladen – »halb Erez Israel« –, und die Party werde ihn ein kleines Vermögen kosten. Ich hatte meinen guten Anzug zum Bügeln gegeben und mir für den festlichen Anlaß ein Hemd und eine Krawatte gekauft. Miriam war mit mir zum Einkaufen gegangen und hatte mich dazu überredet, mir auch ein Paar neue Schuhe anzuschaffen. Seit Priwe wieder in Tel Aviv war, hatte sich niemand bei Max blicken lassen, nicht einmal Miriam. Nur Priwe und Zlowa wachten über ihn.

Chaim Joel teilte mir telefonisch mit, daß er für Miriam und mich ein Taxi bestellt habe. Zu Max, Priwe und Zlowa werde er seinen eigenen Wagen schicken. Er zählte die Namen vieler prominenter Persönlichkeiten auf, die er eingeladen hatte, darunter Minister, Abgeordnete der Knesset, Armeeoffiziere, Chefredakteure, Wissenschaftler der Universitäten von Rehowot und Jerusalem sowie Schauspieler des Habima-Theaters und anderer israelischer Bühnen.

Die Party sollte mit einem kalten und warmen Büfett beginnen. Obwohl Miriam sich ständig abfällig über das festliche Ereignis äußerte, machte sie sich sorgfältig dafür zurecht. Sie ging sogar zum Friseur, was sie meines Wissens in New York nie getan hatte. Chaim Joel Treibitscher hatte elegante Einladungen drucken lassen, in denen mein Name erwähnt und die Verleihung des Literaturpreises angekündigt wurde. Außerdem hatte er für die Preisverleihung eine Art Urkunde aus Pergament vorbereiten lassen, die auf Hebräisch und Jiddisch ausgefertigt war.

In der vorausgegangenen Nacht hatte es geregnet, aber jetzt hatte sich der Himmel aufgeklärt. Ich ging auf den Balkon, um mir den Sonnenuntergang anzusehen. Es kam mir so vor, als wäre die Sonne hier in Erez Israel nicht dieselbe wie in Polen und Amerika. Sie war überflutet von Gold – einem Gold, das mich an Jom Kippur in der Abenddämmerung, vor dem Neilahgebet, erinnerte. Heiligkeit schien über dem Wasser zu liegen. Das war das biblische Meer, das Meer, von dem geschrieben steht: »Sie fahren auf Schiffen zur See und treiben Handel in großen Gewässern. Sie erblicken die Werke des Herrn und Seine Wunder in der Tiefe.« Es war das Meer des Propheten Jona und des Buches Hiob. Nicht weit von hier lagen Tyros, Sidon, Tarsis. Dies war kein gewöhnlicher Sonnenuntergang, wie ich ihn so oft in Bilgoraj und Warschau und am New Yorker Riverside Drive gesehen hatte. Hier wollte die Sonne wirklich ins Meer eintauchen, wie es in der Gemara und im Midrasch geschrieben steht.

Chaim Joels großes Haus in einem Vorort von Tel Aviv war gerappelt voll. Eine ganze Zimmerflucht reichte kaum für diese große Gästeschar aus, in der weibliche Schönheit, männliche Tüchtigkeit, staatsbürgerliche Tugenden und sogar philanthropisches Engagement vertreten waren. So etwas hatte ich noch nie erlebt. Hier erinnerte man sich noch an die festlichen Gesellschaften, die Chaim Joel in Berlin, seinem Wohnsitz bis zum Jahr vor Hitlers Machtergreifung, gegeben hatte. Diese Party, zu der anscheinend jedermann freien Zutritt hatte, wirkte ziemlich chaotisch.

Zusammen mit seiner Zukünftigen begrüßte mich Chaim Joel kurz an der Tür. Er trug einen Smoking, in dem er, kleinwüchsig wie er war, komisch wirkte, so ähnlich wie ein Liliputaner im Zirkus. Die massige Frau an seiner Seite war mit Schmuck behängt, auf ihrem Kleid funkelten goldene Ziermünzen, ihre gefärbten Haare waren hoch aufgetürmt. Die beiden begrüßten mich freundlich, aber was sie sagten, ging in dem ohrenbetäubenden Lärm unter, der im Zimmer herrschte. Sprachen aus aller Welt waren zu hören – jiddische, hebräische, englische, deutsche, französische, russische, polnische, ungarische Brocken und Redensarten. Miriam klammerte sich an meinen Arm, und wir bahnten uns einen Weg durch das Gewühl. Kellner und Kellnerinnen reichten mit Leckerbissen beladene Tabletts herum. Gäste drängten sich um Büfetts, die unter der Last von Speisen und Getränken ächzten. Ein Gast sah Dr. Herzl unheimlich ähnlich – der gleiche Bart, die gleichen Augen, das gleiche blasse, aristokratische Gesicht. Ich stieß mit Herren und Damen zusammen, die offenbar wußten, wer ich war. Sie begrüßten mich, drückten mir die Hand, schrien mir unverständliche Worte ins Ohr. Ab und zu versuchte jemand, die Menge zu übertönen, klopfte mit einem Löffel an ein Glas, um sie zur Ordnung zu rufen, doch vergebens. Draußen war es wärmer geworden, und im Haus war es jetzt furchtbar heiß. Miriam flüsterte mir ins Ohr: »Nichts wie raus!«

Wir drängelten uns von Zimmer zu Zimmer und landeten schließlich in einem Schlafzimmer. Auf zwei breiten Betten lagen haufenweise Mäntel und Jacketts. Ganz oben auf einem Haufen thronte der Samthut eines Rabbi. Mir waren bereits etliche bärtige Männer aufgefallen, die lange Gewänder aus grobem Stoff und Schädelkäppchen trugen. Ich hatte gehört, daß Chaim Joel Treibitscher neben anderen Institutionen auch mehrere Jeschiwess in Safed und Jerusalem unterstützte. In diesem Schlafzimmer war es still. Ich ging zu einem Stuhl, der an der Wand stand.

»Schmetterling, ich habe Hunger!« rief Miriam. »Dummerweise dachte ich, man würde uns an Tische führen und uns das Essen servieren.«

»Vielleicht tun sie das später. Hab doch Geduld!«

»Ich muß mich nach Max umsehen. Du bleibst hier!«

»Vergiß nicht, zurückzukommen!«

Ich setzte mich in einen rosafarbenen Lehnstuhl. Ich hatte zwei Taschentücher in meine Hosentaschen gesteckt, aber sie waren schon naß von dem Schweiß, den ich mir vom Gesicht gewischt hatte. Miriam warf mir eine Kußhand zu und stürzte sich in das Getümmel. Als sie die Tür aufmachte, war es, als schrien tausend Stimmen aus voller Kehle. Das Schlafzimmer war in Schatten gehüllt, die von einer einzigen Lampe geworfen wurden.

»Das ist also das Schlafzimmer eines Millionärs«, dachte ich. »Hier wird er nur ein paar Monate nach dem Tod seiner Frau mit diesem riesenhaften Weibsbild schlafen.« Ich hatte Hunger, fühlte mich aber gleichzeitig wie vollgestopft. Mein Magen fühlte sich wie aufgebläht an, und eine süßsaure Flüssigkeit stieg mir in den Mund. »Wie wollen sie mir denn mitten in dieser Orgie einen Preis verleihen?« fragte ich mich. »Können sie mich hier überhaupt ausfindig machen?« Es tat mir gut, wieder allein zu sein. Ich wollte weder ihr Geld noch ihre Auszeichnung.

»Verheiratet sein? Ein Kind zeugen?« fragte der Dibbuk in mir. »Einen zweiten Aaron Greidinger aufziehen, einen zweiten Max, eine zweite Miriam, einen zweiten Chaim Joel oder vielleicht sogar so einen Drachen wie seine Zukünftige?« Man konnte ja nicht wissen, was aus den Genen und ihren Bausteinen entstehen würde. Um mich abzulenken, hielt ich Ausschau nach etwas Lesbarem, einem Buch, einer Zeitschrift oder einer Zeitung, doch ich fand nichts. Ich lehnte den Kopf an die Sessellehne und schloß die Augen.

Immer wenn ich in eine Menschenmenge geriet, wurde ich trübsinnig. Eine Person, auch zwei oder drei, konnte ich gut ertragen, aber eine Menschenansammlung machte mir immer angst. Eine Menschenmenge kann gefährlich werden. Der Pöbel kann Kriege und Revolutionen anzetteln, Inquisitionen, Vertreibungen, Kreuzzüge. Selbst eine Schar Chassidim oder die Trauergemeinde bei einer Beerdigung jagte mir Angst ein. Der Pöbel hatte das Goldene Kalb gegossen und angebetet. Der Pöbel hatte Spinoza geächtet. Der Pöbel – jüdische Revolutionäre – hatte 1905 einen Ladeninhaber in der Krochmalnastraße überfallen und umgebracht, weil er angeblich ein Kapitalist war. Der Pöbel hatte Juden, Ketzer und Hexen verbrannt, Neger gelyncht, hatte gebrandschatzt, geraubt, geschändet und sogar kleine Kinder getötet.

Ich war schon eingenickt, als die Tür aufgerissen wurde und Stimmengewirr zu hören war. Miriam kam herein, begleitet von Chaim Joel Treibitscher, Max und Stefa. Ich zuckte zusammen und wurde hellwach. Max machte in seinem Abendanzug eine gute Figur. Offenbar hatte er seinen Bart gefärbt, der jetzt wieder schwarzmeliert war. »Warum versteckst du dich wie eine schüchterne Braut?« zeterte er. »Wir wollen dich holen!«

»Sie sind doch heute abend unser Ehrengast!« rief Chaim Joel Treibitscher.

»Er will uns beweisen, wie bescheiden er ist«, sagte Stefa. Ihrer Stimme merkte ich an, daß auch sie beschwipst war. Miriam hatte ein Glas in der Hand, und ihre Augen glänzten wie im Rausch.

Chaim Joel Treibitscher nahm meinen Arm und führte mich durch sein großes Haus. Die Zimmer waren jetzt nicht mehr so überfüllt wie zuvor. Weil es ein warmer Abend war, hatte man die Büfetts und Trinktischchen ins Freie getragen. Zu Chaim Joels Haus gehörte ein riesiger Garten. Miriam brachte mir etwas zu essen und besorgte mir sogar einen Stuhl. Die Außenbeleuchtung tauchte die Bäume, den Rasen und die Gesichter der Gäste in geheimnisvolles Licht. Die Luft roch nach Herbst und zugleich nach Frühling. Jetzt waren wir nicht mehr in Tel Aviv, sondern an einem Fürstenhof irgendwo in Indien, Persien oder im tiefsten Afrika. Das Ganze erinnerte mich an den Gartenhof von Susa, wo König Ahasver mit seinen Sklaven, Edlen und Ministern ein Gastmahl veranstaltete und in Weinlaune beschloß, die

Schönheit seiner Gemahlin Waschti zur Schau zu stellen, während seine zahlreichen, von Eunuchen bewachten Konkubinen sich im Palast aufhielten. Ich aß und ich trank den Süßwein, den Miriam mir gebracht hatte. Männer und Frauen kamen zu mir herüber, begrüßten mich und versicherten mir, sie hätten alles gelesen, was ich bisher geschrieben hatte. Zwei meiner Bücher waren ins Hebräische übersetzt worden, meine Erzählungen erschienen in hebräischen und jiddischen Zeitschriften, manchmal sogar in Tageszeitungen. Tel Aviv war nicht New York, wo ein Schriftsteller zahlreiche Bücher veröffentlichen konnte und dennoch zeitlebens unbekannt blieb. Hier dagegen lasen die Leute alles und waren immer auf dem laufenden.

An diesem Abend erlebte ich zum ersten Mal den Vorgeschmack des Berühmtseins. Mein Name wurde aufgerufen, dann wurde ich an einen Tisch geführt, an dem lauter prominente Persönlichkeiten saßen. Chaim Joel überreichte mir eine beschriftete, kunstvoll verzierte Pergamentrolle und ein Kuvert, das den Scheck enthielt. Auf Jiddisch hielt er eine kurze Rede auf mich. Dann sprach jemand auf Hebräisch über meine Werke. Miriam, Stefa und Chaim Joels Zukünftige küßten mich auf die Wange. Ich war zwar auch schon fast beschwipst, schaffte es aber noch, Chaim Joel und seinen Gästen zu danken und ein paar Worte über das Schicksal der Juden und der jiddischen Sprache zu sagen, wofür ich Beifall erntete. Ich vergaß auch nicht, meine freundschaftliche Beziehung zu Max und Miriam zu erwähnen und darauf hinzuweisen, daß diese Frau für eine amerikanische Universität eine Dissertation über meine Werke schrieb. Es war die erste Rede, die ich vor einem Publikum hielt.

Nach der Preisverleihung fanden sich die versammelten Gäste in kleinen Gruppen zusammen. Ich hörte, wie über alte Probleme diskutiert wurde: Wer ist Jude? Welche Rolle fällt den Diasporajuden nach der Gründung des neuen jüdischen Staates zu? Ein Professor polnischer Herkunft beklagte sich darüber, daß in der Jerusalemer Universität deutsche Juden den Ton angäben, die keine Wissenschaftler polnischer oder russischer Herkunft im Lehrkörper haben wollten. Auch über die politische Lage wurde diskutiert. So gering die Anzahl der Juden in Erez Israel war – in Amerika lebten dreimal soviel –, sie splitterten sich dennoch in politische Parteien auf. Es gab Halblinke, Dreiviertellinke, ja sogar Kommunisten. Obwohl Rußland bei der Abstimmung in den Vereinten Nationen für die Gründung des Staates Israel votiert hatte, neigte Chruschtschow immer mehr der Seite Ägyptens, Syriens, Jordaniens und sogar der palästinensischen Terroristen zu. Der kleine Staat Israel war von Feinden umgeben. Ein Rabbi mit weißem Bart, aber jugendlichem Gesicht, argumentierte mit einigen jungen Burschen, die Samtkäppchen trugen. »Die Idee vom Erez Israel beruht einzig und allein auf der Bibel, auf unseren heiligen Büchern. Wenn aber der Glaube an den Allmächtigen und die Vorsehung geschwunden ist, wie kann dann jemand noch Jude und wie kann dann Erez Israel noch ein jüdisches Land sein? Dann hätte die Wahl ebensogut auf Uganda oder Surinam fallen können. Unsere Weltlichkeit ist nichts weiter als Narretei und Ignoranz. Rabbi Kook sprach die Wahrheit, als er sagte ...«

Ich hörte aufmerksam zu, um zu erfahren, was Rabbi Kook gesagt hatte, doch in diesem Moment zupfte mich jemand am Ärmel. Es war eine kleine, korpulente Frau in mittleren Jahren. Noch ehe sie etwas sagte, wußte ich, daß sie eine polnische Jüdin und ein Opfer Hitlers war. »Entschuldigen Sie die Störung«, sagte sie auf Jiddisch. »Ich gehöre zu Ihren Leserinnen ... Ich muß Sie in einer bestimmten Angelegenheit sprechen, aber das läßt sich nicht so schnell sagen. Können wir uns irgendwohin setzen?«

»Kommen Sie, wir suchen uns einen Platz.«

Die Zimmer wurden allmählich leer. Wir fanden eines, in dem sich keine Gäste mehr aufhielten, und setzten uns in eine Ecke.

»Was ich mit Ihnen besprechen will, ist sehr, sehr wichtig. Ich habe den ganzen Abend gezögert, Sie anzusprechen. Ich bin eine Kusine von Matilda, Chaim Joels Frau, sie ruhe in Frieden. Meine Tochter ist in Warschau zusammen mit Miriam Zalkind aufs Gymnasium gegangen. Sie weilt leider nicht mehr unter den Lebenden. Miriam hat mich heute nicht wiedererkannt. Wie sollte sie auch? Damals war ich noch ziemlich jung, jetzt bin ich weder jung noch gesund. Ich bin erst kürzlich nach einer schweren Operation aus dem Krankenhaus entlassen worden.«

»Wie heißen Sie? Miriam wird sich freuen, von Ihnen zu hören.«

»Das will ich aber nicht. Es ist besser, wenn sie nicht erfährt, wer ich bin.«

Sie schüttelte den Kopf, dann sagte sie mit bebender Stimme: »Ich flehe Sie an, es mir nicht übelzunehmen. Was ich Ihnen sagen will, wird Ihnen nicht angenehm in den Ohren klingen, aber ich fühle mich verpflichtet, es einem hochgeehrten jüdischen Schriftsteller zu berichten.«

Mir wurde klar, daß diese Frau über Miriams lasterhaften Lebenswandel Bescheid wußte, vielleicht auch über ihr Tun und Treiben auf der »arischen Seite«. »Ja, ich verstehe«, sagte ich, »aber Sie sollten wissen, daß man nicht über Menschen richten darf, die während des Holocaust gelitten haben. Ich meine, daß *ich* nicht über sie richten darf. Vermutlich sind auch Sie ein Opfer Hitlers.«

»Ja, ich bin durch die Hölle gegangen.«

»Miriam auch.«

»Ja, aber …«

Sie brach mitten im Satz ab, öffnete ihre Handtasche, zog ein Taschentuch heraus und hielt es sich an die Augen. »Über das, was die Mörder uns angetan haben, wird dereinst Gott richten. Aber diejenigen, die den Mördern geholfen und ihnen gedient haben, kann ich nur verachten.«

»Was wollen Sie damit sagen?«

»Miriam war eine ihrer Kapos.«

Sie schien diese Worte auszuspucken. Ihr Gesicht verzerrte sich krampfhaft. Alles in mir wurde sehr still.

»Wo? Wann?«

»Lassen Sie mich ausreden.«

»Jaja.« Meine Kehle war so trocken, daß ich kaum sprechen konnte.

»Keine Sorge«, sagte die Frau, »ich habe nicht vor, Ihnen zu berichten, was ich alles von den Nazis erdulden mußte. Ich wurde von einem Lager ins andere verschleppt. Nur weil ich Näherin war, bin ich mit dem Leben davongekommen. Ich habe ihre Uniformen geflickt und Unterwäsche für sie genäht – für die Offiziere, nicht für die einfachen Soldaten. Meine ganze Geschichte wird nie erzählt werden. Unsere Flüchtlinge haben haufenweise Bücher geschrieben, die ich fast alle gelesen habe. Was sie berichten, ist wahr. Aber die ganze Wahrheit aufzuschreiben, dagegen sträubt sich die Feder. Für mich ist es jedenfalls zu spät dafür. Bevor ich über alles, was ich durchgemacht habe, geschrieben hätte – falls ich das überhaupt könnte –, wäre ich schon tot.«

»So dürfen Sie nicht reden!«

»Glauben Sie mir, was ich jetzt tue, tue ich schweren Herzens. Ich kann Ihnen nicht genau sagen, wie ich Ende 1944 überhaupt nach Riga gekommen bin. Wir wurden von einem Ort zum anderen verschleppt, bis ich schließlich mit Hunderten anderer verlorener Seelen in Riga war. Manche von uns waren noch einigermaßen gesund, manche lagen schon im Sterben. Eines Tages wurden wir auf ein Schiff, einen Frachter, verladen, eingepfercht wie Heringe in einem Faß, und nach Stutthof transportiert. Daß es Stutthof war, erfuhren wir nur, weil einigen von uns erlaubt wurde, an Deck zu gehen und das Tageslicht zu sehen. Dann wurden wir nach Marburg überführt. Das war für mich die letzte Station. Damals war uns klar, daß die Nazis den Krieg bereits verloren hatten. Aber wir wußten nicht, ob wir unsere Befreiung noch erleben würden. Außerhalb von Stutthof sahen wir Berge von Kinderschuhen, Kleidungsstücken und allen möglichen anderen Sachen liegen. Die Kinder waren verbrannt oder vergast worden, und die Kleidungsstücke der Kleinen lagen haufenweise herum. Jetzt kommt das, was ich Ihnen berichten will, weil ich mich dazu verpflichtet fühle. Miriam stolzierte in Stutthof mit einer Peitsche umher. Nur Kapos war es erlaubt, eine Peitsche bei sich zu tragen. Ich habe Miriam so klar und deutlich gesehen, wie ich Sie jetzt sehe. Die Peitsche mußte natürlich benutzt werden. Miriam drosch damit auf jüdische Mädchen ein, die sich nichts anderes hatten zuschulden kommen lassen, als nicht schnell genug zum Arbeitsappell anzutreten oder zu versuchen, eine Kartoffel zu stehlen, oder andere Geringfügigkeiten. Einige Kapos halfen den Nazis, Kinder zu den Gaskammern zu zerren. Mehr brauche ich Ihnen nicht zu berichten. Wie man so sagt: Die Tatsachen sprechen für sich.«

Nach langem Schweigen fragte ich: »Sind Sie sicher, daß es Miriam war?«

»Daran ist nicht zu rütteln. Sie hat uns früher oft zu Hause besucht. Ich würde sie aus einem Kilometer Entfernung erkennen.«

»Hat Miriam Sie dort gesehen?«

»Nein, ich glaube nicht. Und auch wenn sie mich gesehen hätte, hätte sie mich nicht wiedererkannt. Wir waren damals nur noch Haut und Knochen. Nein, sie hat mich nicht gesehen – ich meine, nicht wiedererkannt.«

Ich dankte der Frau und versprach ihr, Miriam nichts von ihr zu sagen. Als ich aufstand, um ihr die Hand zu geben, kam plötzlich Miriam herein. Die Frau wurde noch bleicher und ließ meine Hand los. Sie schwankte und wollte etwas sagen, brachte aber kein Wort heraus.

»Wo bist du die ganze Zeit gewesen?« fragte Miriam. »Ich habe nach dir gesucht.«

»Ich gehe jetzt«, sagte die Frau. »Gute Nacht.«

»Gute Nacht. Und nochmals vielen Dank.«

»Wer ist diese Frau?« fragte mich Miriam. »Was hat sie von dir gewollt?«

»Sie ist Lehrerin. Sie wollte sich bei mir Rat holen.«

»Du erteilst wohl auch hier Ratschläge? Max und Priwe sind mit Zlowa nach Hause gegangen. Bevor wir gehen, möchte ich wissen, was diese Frau von dir gewollt hat.«

»Ach, die alte Geschichte – der Ehemann, die Kinder.«

»Sie kommt mir irgendwie bekannt vor. Weshalb bist

du so erregt? Hat sie etwas gesagt, das dich aufgeregt hat?«

»Die endlosen Familientragödien.«

»Komm, wir gehen.« Miriam faßte mich an der Hand.

Obwohl die Nacht nicht kalt war, fröstelte ich. Wir warteten auf ein Taxi – ein *scherut* – oder auf einen Bus, doch dreißig Minuten vergingen, ohne daß wir ein Transportmittel gefunden hätten. In dieser Gegend war es fast völlig dunkel. Der Himmel hatte sich wieder bewölkt, aber zwischen den Wolken sah ich Sterne funkeln. Miriam, die ein leichtes Sommerkleid anhatte, beklagte sich auch bald über die Kälte. »Wo sind wir eigentlich? Mitten in der Wüste? Deine Hände sind ja so kalt. Meistens hast du doch warme Hände.«

»Ich bin eben nicht mehr so jung.«

»O doch, du bist jung. Vielleicht sollten wir uns zu Fuß auf den Heimweg machen. So weit kann es doch nicht sein. Fragt sich nur, in welche Richtung wir gehen müssen. Wenn wir nur wüßten, wo das Meer ist!«

»Ja, wo ist das Meer?«

Kaum hatte ich das gesagt, da erbrach ich auch schon mein Abendessen. Ich rannte zu einem Laternenpfahl und klammerte mich daran. Mir war klar, daß ich nicht weitergehen konnte. Ich erbrach Schwall um Schwall bitterer Flüssigkeit. Mein Gesicht war schweißüberströmt. Ich wollte mein Hemd nicht besudeln, hatte aber meinen Körper nicht mehr in der Gewalt. Miriam kam schreiend zu mir gerannt. Sie faßte mich am Hals und klopfte auf meinen Rücken, wie man es tut, wenn jemandem ein Brocken in der Kehle steckengeblieben ist. Ein Taxi kam vorbei, und Miriam rief »Halt!« Der Fahrer rief ihr etwas zu – vermutlich, daß er sein Taxi nicht mit Erbrochenem beschmutzen lassen wollte – und fuhr weiter. Flammen tanzten mir vor den Augen, und mir zitterten die Knie. Ich mußte meine ganze Kraft aufbieten, um nicht zusammenzubrechen. »Ich darf nicht ohnmächtig werden. Ich darf nicht!« befahl ich mir immer wieder. Ich merkte, daß ich Treibitschers Pergamentrolle nicht mehr bei mir hatte und daß wahrscheinlich auch das Kuvert mit dem Scheck verlorengegangen war. Miriam hatte sich über mich gebeugt und wischte mein Gesicht mit einem Taschentuch ab. In diesem Moment hielt ein Taxi neben uns.

Erst als ich eingestiegen war, merkte ich, daß Miriam die Pergamentrolle – die *megillah* – an sich genommen hatte und daß das Kuvert mit dem Scheck in meiner Brusttasche steckte. »Was ist passiert?« fragte Miriam. »Hast du etwas gegessen, das dir nicht bekommen ist? Alles, was serviert wurde, ist doch ganz frisch gewesen.« Meine Eingeweide hatten sich entleert, aber im Mund und auch in der Nase hatte ich noch immer säuerlichen Schleim. Es war schon das zweite Mal, daß ich mich in Miriams Gegenwart erbrochen hatte – das erste Mal in der Nacht, in der Stanley mit seinem Revolver bei uns hereingeplatzt war. Ich war nicht imstande, Miriams Frage zu beantworten.

Trotz allem vergaß ich nicht, meine Brieftasche aus der hinteren Hosentasche zu ziehen, um vor dem Aussteigen den Taxifahrer zu bezahlen. Der Fahrer, der sehr gesprächig war, fragte Miriam etwas auf Hebräisch. Ich schien taub geworden zu sein. Ich konnte zwar seine Stimme hören, verstand aber nicht, was er mit sephardischer Aussprache gefragt hatte. Miriam sprach fließend Hebräisch. Ich hatte ihr das Geld für den Fahrer gegeben, und sie hatte gesagt, es sei zuviel. Das Taxi hielt vor dem Hotel, und wir stiegen aus. Wieder zitterten mir die

Knie. Der Nachtportier, ein älterer Mann, musterte mich und fragte: »Was ist los? Fühlen Sie sich nicht wohl?« Das Hotel hatte keinen Fahrstuhl. Miriam führte mich hinauf. Beim Treppensteigen spürte ich zum ersten Mal die Schmerzen, über die alte Leute klagen, wenn sich die Venen in den Beinen wie verstopft anfühlen.

Miriam half mir beim Ausziehen und rieb meinen Körper mit einem Schwamm und kaltem Wasser ab. Sie umsorgte mich wie eine liebevolle Ehefrau, und ich spielte schon mit dem Gedanken, bei ihr zu bleiben. »Was sie früher gewesen ist, kann mir doch egal sein«, sagte ich mir. »Steht es mir denn zu, über Hitlers Opfer zu richten?« Dem Vernehmen nach hatte es unter den Kapos auch solche gegeben, die den Lagerhäftlingen geholfen hatten. Sie wollten doch alle nur mit dem Leben davonkommen. Mich ergriff tiefes Mitleid mit dieser Siebenundzwanzigjährigen, die bereits erlebt hatte, wieviel bittere Erfahrungen man als Jude, als Frau, als Angehöriger der menschlichen Spezies machen muß.

Sie holte meinen Schlafanzug und half mir hinein. Dann brachte sie mich zu Bett und deckte mich zu. Nach einer Weile fragte sie: »Darf ich bei dir bleiben?«

»Ja, Liebes.«

Sie ging in ihr Zimmer und kam lange nicht zurück. Völlig entkräftet lag ich da. Meine Füße waren eiskalt, nicht von der Kälte draußen, sondern von der Kälte, die in meinem Inneren herrschte. Ich war schon fast eingeschlafen, als ich hörte, wie die Tür geöffnet wurde. Miriam legte sich zu mir. Auch ihr Körper war kalt, offenbar hatte sie sich mit kaltem Wasser gewaschen. Sie schlang die Arme um mich, und als ihre kalten Finger mich berührten, lief mir ein Schauer über den Rücken.

»Moment, ich hole dir noch eine Decke.« Sie machte

sich an dem Bett daneben zu schaffen. Ich hörte sie murmeln: »In diesen Hotels werden die Bettdecken so straff um die Matratzen gespannt, daß man ein Herkules sein müßte, um sie herauszuziehen.« Sie schaffte es, aber auch die zweite Decke konnte mich nicht aufwärmen. Der Jude in mir erinnerte sich an den biblischen Vers: »Und König David wurde alt und hochbetagt. Und man breitete Tücher über ihn, doch sie konnten ihn nicht warm halten.« Irgendwie schaffte ich es, einzuschlummern, aber auch im Schlaf spürte ich die Kälte.

Eine Stunde später überlief mich ein kalter Schauer, und ich wachte auf. Miriam schlief weiter. An meinem Rücken spürte ich ihre Brüste und ihren Bauch. Ihr Körper war wieder warm geworden, und ich wärmte mich daran wie an einem Ofen. »Vermutlich hat sie mit Nazis geschlafen«, dachte ich. Mir fiel ein, daß Stanley gesagt hatte, Nazis hätten ihr Sachen geschenkt, die sie ermordeten jüdischen Mädchen weggenommen hatten. Ja, ich war offenbar in den allertiefsten Morast gesunken. Ich mußte an die Redensart »dreiundvierzig Pforten der Unreinheit« denken. »Noch tiefer kann man nicht sinken«, sagte ich mir, und irgendwie war mir das ein Trost. »Ein härterer Schicksalsschlag kann mich nie mehr treffen.«

Obwohl es nicht der Wahrheit entsprach, erzählte ich allen, ich hätte einen Anruf von meinem Herausgeber erhalten und müßte sofort nach New York zurück. Stefa und Leon waren schon am Tag nach Chaim Joels Party nach Amerika zurückgeflogen. Max sollte wieder ins Krankenhaus eingeliefert werden, und Miriam wollte ihn nicht allein lassen. Vor meiner Abreise lernte ich Miriams Mutter, Fanja Zalkind, und ihren Liebhaber, Felix

Rukzug, kennen. Fanja sah ihrer Tochter ähnlich, war aber ein dunklerer Typ mit schwarzen Augen. Sie sprach Warschauer Jiddisch, redete wie ein Wasserfall und lachte viel, auch dann, wenn es eigentlich gar nichts zu lachen gab. Sie kleidete sich wie eine Schauspielerin, war viel zu stark geschminkt und trug Schuhe, deren Stöckel die höchsten waren, die ich je gesehen hatte. Sie trug einen großen Hut und ein zweifarbiges Kleid: die linke Seite war rot, die rechte war schwarz.

Von Miriam sprach sie wie von einer jüngeren Schwester oder Freundin, nicht wie eine Mutter von ihrer Tochter. »Sie ist störrisch«, sagte sie, »sehr störrisch. Sie ist klug, aber ein wirklich kluges Mädchen begeht nicht so viele Dummheiten wie sie. Ich habe sie auf Knien angefleht, mit uns nach Rußland zu gehen. Sie war eine vielversprechende Schülerin, hat sich aber, im Vertrauen gesagt, in jeden ihrer Lehrer verliebt. Ich weiß nicht, was in ihrem Kopf vorgeht. Klug, intelligent – und dabei närrisch wie ein kleines Kind. Wenn jemand ein freundliches Wort zu ihr sagt, ist sie bereit, sich für ihn aufzuopfern. Manchmal ist sie ausgesprochen intellektuell, vor allem, wenn es um Literatur geht, zugleich aber schrecklich naiv. Diesen Stanley konnte ich nicht ausstehen. Man hätte blind sein müssen, um nicht zu sehen, daß er ein Blender war. Seine Gedichte waren lächerlich. Sie werden es nicht glauben, aber er hat sogar versucht, mit mir anzubandeln. Allein schon sein Äußeres fand ich abstoßend – er hatte einen Bauch wie eine Schwangere.

Von Max rede ich lieber gar nicht. Der ist sogar für mich zu alt. In Warschau stand er in dem Ruf, ein Scharlatan ersten Ranges zu sein. Als er das Geld seines Vaters verpraßt hatte, ließ er sich von Frauen aushalten. Eine seiner Mätressen soll er buchstäblich verkauft haben, und zwar für fünfhundert Dollar an einen Amerikaner. Wenn er jünger und kräftiger wäre, würde er sich bestens zum Zuhälter eignen. Miriam ist einem Halunken nach dem anderen in die Arme gefallen. Ich frage Sie, wohin soll das noch führen? Ich habe Sie mir anders vorgestellt – größer, dunkler, mit feurigen schwarzen Augen.«

»Ich hatte rote Haare, bevor ich kahl geworden bin.«

»Ja, das sehe ich an Ihren roten Augenbrauen. Es heißt, Rothaarige seien launisch. Mir gefällt Ihre Stimme. Miriam betet Sie an. Aber ich sollte lieber nicht zu ausführlich werden. Was wir durchgemacht haben, hat unser Leben völlig durcheinandergebracht. Ich wünschte, Sie könnten mich auf der Bühne sehen. Mein Freund, Felix Rukzug, könnte eine Ihrer Geschichten für die Bühne bearbeiten. Ich würde natürlich die Hauptrolle spielen. Er hält mich für die größte Schauspielerin aller Zeiten.« Fanja Zalkind brach in Gelächter aus.

Ich hatte auch Gelegenheit, Felix Rukzug kennenzulernen. Er war klein, dunkel, breitschultrig, flachbäuchig und hatte eine schmale Nase und wulstige Lippen. Er trug eine enganliegende Hose, eine protzige rote Krawatte und zwei Brillantringe – der typische Gigolo. Er war Kommunist, ja sogar Stalinist geblieben und schrieb nach wie vor Theaterberichte für die einzige jüdische Zeitschrift, die es noch in Warschau gab. Sogar die Marxisten feixten über Felix Rukzugs abgedroschene Phrasen.

Ich stattete Miriams Mutter einen kurzen Abschiedsbesuch ab. Miriam sah verwundert zu, als ihre Mutter sich schelmisch und gewitzt mit mir unterhielt, mit mir scherzte und flirtete.

Alles war vorüber – das Lebewohlsagen, die Abschiedsküsse, die Versprechungen und Gelöbnisse. Miriam und Max begleiteten mich nach Lod. Auf der Fahrt zum Flughafen betrachtete ich alles, was durchs Fenster zu sehen war, weil ich hoffte, etwas zu entdecken, das für Erez Israel charakteristisch war, etwas, wodurch sich das alte von dem neuen Land unterschied. Zunächst hatte ich den Eindruck, daß hier nichts mehr an biblische Zeiten erinnerte. Doch dann entdeckte ich manches, dem noch der Zauber der fernen Vergangenheit innewohnte: ein jemenitisches Gesicht, einen Ölbaum, einen Eselskarren. Hatte diese Region den Juden gehört? Oder den Philistern? Miriam hielt meine Hand und drückte sie dann und wann. Ich hatte die Religion meiner Eltern verraten, doch die Bibel hielt mich noch immer in Bann.

Max sagte: »Habe ich auch nur einen Moment lang geglaubt, daß der zionistische Traum Wahrheit werden könnte? Nein. Ich habe den zionistischen *Schkalim* gekauft, für den Jüdischen Stiftungsfonds und den Jüdischen Nationalfonds gespendet, aber nicht einen Moment lang geglaubt, daß bei diesen Phantastereien etwas herauskommen könnte. Nicht einmal die Balfour-Deklaration konnte mich überzeugen. Aber jetzt ist der jüdische Staat da, und ich bin da. Mit mir geht's zu Ende, und ich will in dieser uralten Erde begraben werden.«

»Nicht doch, Max!« rief Miriam.

»Nu, nu, einstweilen lebe ich ja noch. Irgendwann müssen wir alle sterben. Aber ein Hauch von irgend etwas bleibt, das spüre ich. Komm wieder, Schmetterling!«

»Ich komme etwas später nach New York«, sagte Miriam. »Wir werden alle nach Amerika zurückkehren, und zwar bald.«

»Ja«, sagte Max und klopfte mir auf den Rücken.

Im Flugzeug hatte ich einen Fensterplatz. Neben mir saß ein kleiner graubärtiger Mann, ein *raw.* Er trug einen langen Kaftan und darunter einen Gebetsschal mit Schaufäden. Er hatte einen Band der Mischna auf dem Schoß. Zwischen den vergilbten Seiten lag ein *messilat jescharim,* der immer wieder hinunterfiel, und den der *raw* jedesmal, wenn er ihn aufgehoben hatte, an die Lippen drückte. Seinen Hut und seinen Mantel hatte er auf ein Bündel gelegt. Er trug ein zerknittertes Schädelkäppchen. Ich hatte ihm gesagt, wer ich sei: ein Enkel des Bilgorajer *raw,* ein in New York lebender jiddischer Schriftsteller. Er war der *raw* einer Synagoge in Haifa, wo, wie er sagte, fast nur deutsche Juden und Atheisten lebten. Sogar im Sabbat könne man in seiner Synagoge nur schwer einen *minjen* zusammenbringen. Ihm sei die Position eines Rosch Jeschiwa in Jerusalem angeboten worden, doch er habe geantwortet: »Jerusalem hat schon genug Jeschiwess und genug Tora. Ich werde in Haifa gebraucht.«

Er hatte seine Frau und seine Kinder im Holocaust verloren. Man hatte versucht, ihn wieder zu verheiraten. »Das gehört sich doch so! Ein Rebbe braucht eine Rebbezin!« Aber er hatte diesen Leuten erklärt: »Ich habe das Gebot ›Seid fruchtbar und mehret euch!‹ bereits erfüllt, und damit gebe ich mich zufrieden.« Er flog in die Vereinigten Staaten, um Spenden für die Gründung einer Jeschiwa in Haifa zu sammeln.

»Ich weiß Bescheid über Sie. Ich habe in der Zeitung die Nachricht von Ihrer Ankunft gelesen. Ist Ihr Großvater Chassid gewesen?«

»Mein Bilgorajer Großvater ist immer zum Maggid von Trisk gefahren, nicht zu dessen Sohn.«

»Ich weiß, ich weiß. Wir Galizier fuhren nach Belz,

Bobow, Garlitz, Schenjawa und zur Rizyner Linie: nach Chortkow, Husiatyn, Sadagura. Trisk gehörte zu Rußland, dorthin fuhren die Leute nur selten. Aber ich weiß, ich weiß. Divrei Avraham. Er hatte eine Vorliebe für Notarikon und Gematrie. Jeder Meister hat seine Eigenheiten, und so muß es auch sein. Haben Sie Familie? Frau und Kinder?«

»Nein.«

»Witwer?«

»Ich war nie verheiratet.«

Raw Zecharia Kleingewirz kratzte sich am Bart. »Warum nicht? Da Hitler – sein Name soll ausgelöscht sein! – so viele von uns Juden ermordet hat, obliegt es den Juden, eine neue Generation großzuziehen.«

»Das stimmt schon, aber ...«

»Ich weiß, wie die Aufgeklärten argumentieren: ›Warum eine neue Generation aufziehen, wenn den Juden ständig das Leben schwer gemacht wird?‹ Das sagen sie mir alle. Das ganze Jahr über ist meine Synagoge leer, aber an Rosch Haschana und Jom Kippur kommen sie. Nicht alle, aber viele. Weshalb eigentlich? Wenn es weder ein Strafgericht noch einen Richter gibt, wodurch sollten sich dann die hohen Feiertage von allen anderen Tagen des Jahres unterscheiden? Ich frage die Leute, warum sie nicht heiraten oder warum sie nicht mehr Kinder haben, und bekomme immer die gleiche Antwort: ›Wozu? Damit wieder jemand umgebracht werden kann?‹ Der Hang zum Bösen weiß auf alles eine Antwort. Andererseits ist in jedem Juden ein Funken Jüdischkeit, und aus einem Funken kann leicht eine Flamme werden. Wer hat denn diese jungen Leute, die sich *Lechu Ve-nelcha* nannten, aus Rußland vertrieben? Sie sind freiwillig nach Erez Israel gegangen. Warum haben sie nicht die

Einstellung der *Am Olamniks* übernommen und sind nach Amerika ausgewandert? Sie kamen hierher und haben sich aufgeopfert. Sie haben Sümpfe trockengelegt und sind an Malaria erkrankt. Viele von ihnen sind gestorben. Denken Sie nur an Josef Chaim Brenner. Auf seine Weise war er ein leidenschaftlicher Jude. Und er starb einen Märtyrertod.«

Der Raw nahm seinen Mischna-Band vom Schoß und begann wieder zu lesen und den Oberkörper zu wiegen. Nach einer Weile schien er eingeschlafen zu sein. Doch dann schüttelte er sich und richtete sich wieder auf. »Können Sie wenigstens von Ihrer Schriftstellerei leben?«

»Kaum.«

»Worüber schreiben Sie denn?«

Ich zögerte eine ganze Weile. »Ach, über jüdisches Leben.«

»Wo? In Amerika?«

»Ja. Meistens über die alte Heimat.«

»Was schreiben Sie? Romane?«

»Ja.«

»Ich habe in solchen Romanen geblättert. ›Er sagte, sie sagte.‹ Worauf laufen denn solche Liebesgeschichten hinaus? Wenn er lasterhaft ist und sie lasterhaft ist, was hat das mit Liebe zu tun? Es ist Haß, nicht Liebe. Die beiden haben bald genug voneinander. Jede dieser Frauen ist eine Ehebrecherin. Früher hat man ihnen *majim me'arerim*, die Wasser der Verfluchung, zu trinken gegeben, heute trinken die diese Wasser von selbst. Solche Spielereien basieren doch nur auf Lügen. Heute betrügt er sie, morgen betrügt sie ihn. Verstehen Sie, was ich meine?«

»Ja, Rebbe.«

»Wenn Sie über so etwas schreiben, welche Schlußfolgerungen ziehen Sie daraus?«

»Keine.«

»*Muß* es dabei bleiben?«

»Wenn man Ihren Glauben nicht hat, Rebbe, dann muß es dabei bleiben.«

## 12

In New York war Winter, und es hatte geschneit. Stefa und Leon trafen Reisevorbereitungen: sie wollten nach Miami Beach fliegen. Leon sagte, er könne den New Yorker Winter nicht ausstehen. Außerdem müsse er geschäftlich nach Miami. Er war Teilhaber eines neuen Hotelunternehmens geworden. Stefa machte sich über ihn lustig, worauf er sagte: »Ich bin Geschäftsmann. Was sollte ich denn sonst tun? Die Mischna studieren? Solange man atmet, muß man etwas tun. Habe ich recht, Aaron?«

»Durchaus.«

»Würdest du mit dem Schreiben aufhören, wenn du einmal so alt bist wie ich?«

»Ich fürchte nein.«

»Wenn man nichts tut, denkt man bloß noch über den Tod nach, und das tut einem nicht gut. Wer beschäftigt ist, vergißt. Habe ich recht, Arele?«

»Von deinem Standpunkt aus – ja.«

»Und von wessen Standpunkt aus habe ich nicht recht?«

»Die Musar-Literatur vertritt den Standpunkt, daß der

Mensch immer an den *Jom ha-Mita,* den Tag seines Todes, denken soll.«

»Wozu?«

»Es bewahrt einen davor, zu sündigen.«

»Davor brauche ich nicht bewahrt zu werden. Ich wollte, ich *könnte* sündigen«, witzelte Leon. »Aber wenigstens kann ich lesen, wie andere sündigen. Die Toten können nicht einmal das.«

»Leon, deine Bemerkungen sind abwegig«, mischte sich Stefa ein. »Aaron glaubt, daß die Toten Kreuzfahrten unternehmen und Liebesaffären haben können. Das hast du mir kürzlich selbst aus seinem Artikel vorgelesen.«

»Das schreibt er doch nur, um Spielchen mit seinen Lesern zu treiben. Er selbst glaubt ja gar nicht daran. Tatsache ist, daß die frommen Juden und die Rabbinen nicht an ein Leben nach dem Tod glauben. Wenn einer von ihnen krank ist, rennt er zum Arzt, schluckt Arzneien und Vitamine und wer weiß was sonst noch. Wenn die Gerechten im Paradies auf goldenen Stühlen sitzen und vom Leviathan essen, warum dann solche Angst vor dem Tod haben?«

»Sie fürchten sich vor der Hölle«, sagte Stefa.

»Lügen, Selbsttäuschung, Unsinn!« erwiderte Leon. »Die wissen doch alle, daß nach dem Tod alles vorbei ist. Selbst Moses wollte nicht sterben. Ständig hat er Gott angefleht, ihn noch ein Jahr, noch eine Woche, noch einen Tag leben zu lassen. Habe ich recht, Arele?«

»So steht es im Midrasch.«

»Auch der Midrasch hatte Angst vor dem Tod.«

»Wenn jedermann Angst davor hat, warum marschieren dann in jeder Generation Hunderttausende, ja Millionen von Soldaten in den Krieg?« fragte ich. »Der Welt mangelt es nie an Bewerbern, die bereit sind, wegen einer Bagatelle in die Schlacht zu ziehen. Es ist noch nicht lange her, daß sieben Millionen Deutsche ihr Leben für Hitler geopfert haben. Eine Million Amerikaner haben ihr Leben im Kampf gegen Hitler und Japan aufs Spiel gesetzt. Wenn heute ein Demagoge zum Krieg gegen Mexiko oder zur Eroberung der Philippinen aufriefe, würde es nicht an Freiwilligen mangeln, die seinem Aufruf begeistert folgten. Wie erklärst du dir das?«

Leon runzelte die Brauen. »Jeder denkt, daß nicht er, sondern ein anderer fallen wird.«

»Also *so* erklärst du dir das? Im Innersten weiß der Mensch, daß etwas von ihm bleiben wird.«

»Was denn? Knochen? Auch die werden eines Tages vermodern. Alles Unsinn!«

»Kriegführen ist ein Instinkt«, sagte Stefa.

Unsere Diskussion fand in ihrer Küche statt, während sie Taschentücher und Unterwäsche bügelte. Sie stellte das Bügeleisen auf einen Metalluntersatz und sagte: »Wenn man nicht in den Krieg zieht, hat man den Feind im Land. Ums Leben kommt man sowieso. Die Männer sind alle meschugge.«

»Frauen werden jetzt auch Soldaten«, sagte ich. »Frontkämpfer wie die Männer.«

Zum Abschied küßte ich Stefa und Leon. Wir drei standen einander jetzt so nahe, daß es für mich keinen Unterschied mehr zwischen beiden Eheleuten gab. Des öfteren gab Stefa Leon gegenüber zu, daß sie früher eine Affäre mit mir gehabt hatte. Und Leon erklärte nach wie vor, er hoffe, daß ich nach seinem Tod seine Frau heiraten würde. Er erbot sich, meine jiddischen Werke in Buchform herauszubringen, doch ich nahm sein Angebot nicht an. Das Jiddische befand sich jetzt in einem so kritischen Stadium, daß ein Buch in dieser Sprache nicht ohne Subvention erscheinen konnte, und das hielt ich für sinnlos.

Bevor ich ging, gab ich Stefa und Leon das feierliche Versprechen, sie in Miami Beach zu besuchen. In zwei Jahren würde ich fünfzig sein, und ich fühlte mich jetzt schon alt. Ich hatte zwei Weltkriege erlebt, meine ganze Familie war ums Leben gekommen, Frauen, die mir nahegestanden hatten, waren nur noch Ascheklumpen. Die Menschen, über die ich schrieb, waren alle tot. Ich war zum Fossil einer längst untergegangenen Epoche geworden. Als mein Verleger mich auf einer literarischen Party vorgestellt hatte, war ich von den jungen Gästen gefragt worden: »Sie leben noch? Ich dachte, Sie ...« Dann hatten sie sich für diesen Irrtum entschuldigt.

Wie schnell Lebenslagen entstehen und wie schnell sie vorbei sind! Erst vor ein paar Monaten hatte ich eine Liebesaffäre mit Miriam gehabt. Wir hatten geglüht vor sinnlicher Leidenschaft – und jetzt, im Januar, schien das alles der fernen Vergangenheit anzugehören. Ich war mir sicher, daß Miriam mit Max in Erez Israel bleiben würde. Er war, gottlob, noch am Leben, obwohl er herzkrank war. Aber er litt jetzt auch noch an Diabetes. In diesem Zustand konnte und wollte Miriam ihn nicht allein lassen. Es war Chaim Joel Treibitscher zu verdanken, daß Max nicht längst gestorben war. Treibitscher hatte ihn im wahrsten Sinn des Wortes bei sich aufgenommen. Von Miriam und anderen hatte ich erfahren, daß dieser großherzige Mann und seine Ehefrau, die öfter in Amerika als in Tel Aviv war, nicht miteinander harmonierten. Sie hatte eigene Söhne, Töchter, Schwiegertöchter, Schwiegersöhne und Enkelkinder. Sie reiste in Badeorte und kümmerte sich um ihre eigenen Geschäfte. Die Fusion ihres Vermögens und des Vermögens ihres Mannes kam nicht zustande. Sie und Chaim Joel hatten unterschiedliche Geschäftsmethoden. Sie hatte zahlreiche Erben, Treibitscher hingegen wollte sein Geld dem jüdischen Staat und verschiedenen Wohltätigkeitsvereinen vermachen. Und obendrein war seine Frau ständig in Prozesse verwickelt. Das alles teilte mir Miriam in ihren Briefen mit. Sie hatte sich an der Jerusalemer Universität beworben, wo man sich bereit erklärt hatte, ihre Dissertation anzunehmen und ihr die Doktorwürde zu verleihen. Die einzige Bedingung war, daß sie Hebräisch-Kurse und Lehrgänge in jüdischer Geschichte belegte.

Miriam schrieb mir lange Briefe, auf die ich mit kurzen Mitteilungen antwortete. Solange Max am Leben sei, werde sie ihn nicht verlassen. Sie beide hätten nur noch eine platonische Beziehung, ständen sich aber noch näher als zuvor. Merkwürdigerweise hätte sich auch Chaim Joel auf seine Weise in sie verliebt – jetzt hätte sie also zwei alte Männer um sich.

»Lach nicht, Schmetterling, aber ich finde diese Situation sehr erfreulich. In meinem Leben hat es genug Sex und Unflat gegeben. Ich habe eine tiefe Zuneigung zu alten Männern gefaßt. Ich finde sie anziehender als all die Studenten und jungen Professoren, die mit mir anbändeln wollen. Max ist alles für mich – Vater und Ehemann.

Aber auch Chaim Joel hat einen gewissen Charme. Er ist naiv, unglaublich naiv. Ich kann mir einfach nicht vorstellen, wie er es geschafft hat, Millionen zu scheffeln und zum Mäzen berühmter europäischer Künstler zu werden. Bis heute hat Chaim Joel keine Ahnung, daß

Matilda Liebhaber hatte. Ich habe bislang noch niemanden gekannt, der eine so reine Seele hat. Dabei hat er auch Sinn für Humor, der bei ihm immer ein wenig nach Talmud und Chassidismus schmeckt. Er hat jeden Rebbe, jede Rebbezin und die Geheimnisse aller rabbinischen Höfe gekannt. Aber er sieht alles mit den Augen eines arglosen Kindes. Bei einer Diskussion zwischen ihm und Max zuzuhören, ist ein Hochgenuß. Sie sprechen ein Jiddisch, das es mir manchmal schwermacht, dahinterzukommen, was sie eigentlich meinen. Sie streuen Ausdrücke aus der heiligen Sprache, aus der Gemara und anderen Büchern ein. Für Juden wie sie leitet sich offenbar alles von der Tora her, sogar die Witze, die sie reißen. Der Gedanke, daß all dies mit ihrer Generation aussterben wird, schmerzt mich sehr. In den Augen der Sabres sind sie Müßiggänger, *schmegegess.* Die sagen oft, daß Du bis über die Ohren in Jüdischkeit steckst. Das läßt mich befürchten, daß meine Dissertation über Deine Werke ziemlich oberflächlich ist. In meinen Augen bist Du ein moderner Mensch. Ich träume nur davon, Dich hier wiederzusehen. Aber wann?«

Priwe war mit Zlowa nach New York zurückgekehrt. Beide riefen mich an und luden mich zum Abendessen ein. Sie erzählten mir, Chaim Joel Treibitscher habe ihnen den gesamten Betrag, um den sie betrogen worden waren, mit Zinsen zurückgezahlt. Priwe war mit einem Plan zurückgekommen: sie wollte einen »Jüdischen Verein für übersinnliche Wahrnehmungen« gründen. Juden, die Jiddisch sprächen, läsen keine Zeitschriften über Okkultismus und könnten ihre Erfahrungen am besten auf Jiddisch schildern. Priwe wies mich darauf hin, daß ich viele Leserbriefe dieser Art veröffentlicht und daß ich geschrieben hatte, falls diese Erfahrungen der Wahrheit entsprächen, müßte man über eine Umwertung unserer Werte nachdenken. Sie selbst habe viele solche Berichte gesammelt. Überlebende des Holocaust seien durch ein Wunder gerettet worden, hätten aber weder den Mut noch den Wunsch, Psychologen und Naturwissenschaftlern von ihren Erlebnissen zu berichten. Man müsse freundlich, gewissermaßen familiär mit ihnen umgehen. Ich besprach die Angelegenheit mit Priwe und Zlowa, und zwei Wochen später erschien mein Artikel. Und dann kamen Leserbriefe.

Nie zuvor hatte ich so viele Briefe erhalten. Leser, die sich – wie zum Beispiel Dr. Rhine – für parapsychologische Forschungen interessierten, beklagten sich darüber, daß sie nicht die notwendige finanzielle Unterstützung erhielten. Der »Jüdische Verein für übersinnliche Wahrnehmungen« hatte keine finanzielle Unterstützung nötig. Wir gründeten unseren Verein auf fast so altmodische Art und Weise, wie fromme Juden einst einen Cheder oder ein chassidisches *schtibl* oder eine Jeschiwa gegründet hatten: ohne amtliche Genehmigung, ohne Sekretärinnen, ohne Schreibmaschinen, ohne Adressenkartei, ohne Briefmarken. Wer etwas zu berichten hatte, konnte uns einen Brief schreiben oder mich in der Redaktion des *Vorwärts* oder Priwe zu Hause anrufen. Von meinem Herausgeber erhielt ich die Erlaubnis, darüber zu schreiben, was ich wollte, und Leserbriefe nach meinem Gutdünken zu veröffentlichen. In meinem Artikel hatte ich geschrieben, daß man die Forschung auf dem Gebiet der übersinnlichen Wahrnehmung nie als Wissenschaft anerkennen würde. Wie sollte man auch? Wer auf diesem Gebiet forschte, war ja genötigt, sich auf das Erinnerungsvermögen und die Ehrlichkeit der Befragten zu verlassen. Ich hatte in meinem Artikel die Worte meines Vaters zitiert: »Wenn das Paradies und die Hölle mitten auf dem Marktplatz wären, gäbe es keine Willensfreiheit. Dazu bedarf es des Glaubens an Gott, an die Vorsehung, an die Unsterblichkeit der Seele, an Belohnung und Strafe. Jeder kann die Weisheit Gottes erkennen, man muß aber auch an Seine Barmherzigkeit glauben. Der Glaube wiederum gründet sich auf den Zweifel.«

Selbst die größten Heiligen, so hatte ich geschrieben, hätten ihre Zweifel gehabt. Kein Liebender könne sich ganz sicher sein, daß ihm die geliebte Frau treu sei. Als Beweis dafür, daß der Allmächtige verlangt, was Ihm zusteht, hatte ich den Bibelvers zitiert: »Und er glaubte an Gott, und es wurde ihm als Verdienst angerechnet.« Ich hatte darauf hingewiesen, daß auch die sogenannten exakten Wissenschaften nicht unfehlbar seien. Bestimmte Gase, die man für die Grundlage aller elektromagnetischen Phänomene gehalten habe, seien schon lange vor unserer Zeit nahezu völlig aufgezehrt worden. Die Kernspaltung, die man für unmöglich gehalten habe, sei ganz augenscheinlich Wirklichkeit geworden. Die Zeit sei etwas Relatives geworden, die Schwerkraft so etwas wie eine »Furche« im Weltraum. Das Universum sei nach einer Explosion, die sich vor zwanzig Milliarden Jahren ereignet haben soll, vor sich selbst geflüchtet. Die mathematischen Lehrsätze seien keine ewigen Wahrheiten mehr, sondern in Definitionen und Spielregeln umgewandelt worden.

Ich hatte mir angewöhnt, die meisten Abende bei Priwe zu verbringen, weil es in meinem Zimmer in der Seventieth Street oft kalt war. An jedem Sabbat besuchte ich jetzt wieder die Budniks. Oft lud ich Priwe und Zlowa ins Tipptopp-Restaurant am Broadway ein. Manchmal kochte Zlowa die alten Warschauer Gerichte für mich: Einbrennsuppe, Nudeln mit Bohnen, Graupen mit geschmorten Zwiebeln, Kartoffeln mit Pilzen, manchmal sogar die Grütze, die meine Mutter gekocht hatte und die aus Perlgraupen, Kartoffeln, Zuckerschoten und getrockneten Pilzen bestand. Zlowa brauchte mich nie zu fragen, was meine Mutter gekocht hatte – sie wußte es aus meinen Geschichten.

Zunächst verbot mir Priwe, Miriams Namen zu erwähnen. Sie nannte Miriam »dieses trejfe Mädchen«. Aber wenn wir an der Alphabet-Tafel oder am Tischchen saßen, schlich sich oft Miriams Name ein. Die Planchette, die sich über die Buchstaben bewegte, teilte uns mit, daß Max vom Miriam enttäuscht sei und daß sie ihn (und mich) mit Chaim Joel Treibitscher betrogen habe. »Seien Sie nicht so entsetzt!« rief Priwe. »Eine Schlampe bleibt eine Schlampe.«

Priwe und ich siezten uns noch. Zlowa und ich hingegen verkehrten so zwanglos miteinander und leisteten uns so viele »Versprecher«, daß Priwe uns aufforderte: »Kinder, hört auf zu schauspielern! Verkauft mich doch nicht für dumm! Ihr habt die Katze aus dem Sack gelassen.«

Das Tischchenrücken, die Alphabet-Tafel und die Tarotkarten hatten mein Verhältnis mit Zlowa gewissermaßen legalisiert. Eines Abends, als alle Lampen ausgelöscht waren und nur noch die rote Glühbirne brannte, die wir bei unseren Séancen benutzten, teilte uns die Planchette mit, daß Miriam eine Kapo gewesen sei. Priwe fragte: »Wo?«, und die Planchette buchstabierte das Wort »Stutthof«. Priwe fragte, wie Miriam sich dort verhalten habe (sie stellte die Fragen in feierlichem

Ton), woraufhin die Planchette sich blitzschnell hin und her bewegte und folgenden Satz buchstabierte: »Peitschte jüdische Mädchen, zerrte Kinder zu den Gaskammern.« Des weiteren teilte uns die Planchette mit, daß Miriam die Geliebte eines SS-Offiziers namens Wolfgang Schmid gewesen sei. Ich hatte nie so recht an die okkulten Kräfte des Tischchens und der Alphabet-Tafel geglaubt, weil ich vermutet hatte, daß Zlowa das Tischchen mit ihrem Fuß hochhob. Schon mehrmals war ihr Knie an meines gestoßen. Wie die beiden Frauen die Planchette dazu brachten, sich auf ihr Kommando zu bewegen, wird mir allerdings ein Rätsel bleiben. Ich hatte immer Houdinis Meinung geteilt, daß es kein einziges Medium gebe, das nicht schwindle. Priwes Hände zitterten oft. Sie litt an der Parkinsonschen Krankheit. Wie konnte eine Frau in diesem Zustand die Planchette über die Alphabet-Tafel manipulieren? An jenem Abend bewegte sich die Planchette wie aus eigenem Antrieb blitzschnell im Zickzack. Ich schloß die Augen, und in der rötlichen Dunkelheit erschien mir die Gestalt des Wolfgang Schmid: ein hünenhafter Nazi mit pockennarbigem Gesicht, einer Hakenkreuz-Armbinde, einer Pistole an der Hüfte und einer Peitsche in der Hand. Er hatte vorstehende Augen und quer über der Stirn eine Narbe, seine kurzgeschorenen weißen Haare sahen wie Schweinsborsten aus. Ich hörte, wie er Miriam mit rauher Stimme anschrie. Ich hatte das merkwürdige Gefühl, das alles schon einmal gesehen und gehört zu haben, entweder im Wachen oder im Träumen.

In den Nächten, in denen ich allein schlief, wachte ich oft vor lauter Sorge um mein literarisches Werk auf. Ich hatte mehrere Erzählungen und einen Roman, die in der Zeitung erschienen waren, in einem alten Koffer deponiert. Aber welcher Verleger würde den langen Roman eines unbekannten Anfängers, der auf die Fünfzig ging, herausbringen? Mein vorheriger, ins Englische übersetzter Roman hatte zwar gute Kritiken erhalten, sich aber nicht gut verkauft. Der Vorschuß, den ich für das Umschreiben des Manuskripts erhalten hatte, war aufgebraucht. Ich hatte in den Roman eine Episode eingefügt, die in der Schweiz spielte, und da mein Gewissen mir nicht erlaubte, über ein Land zu schreiben, das ich nicht kannte, war ich vor Ablieferung des Manuskripts in die Schweiz gereist. Diese Reise hatte mich dreimal soviel gekostet, wie ich bisher an Tantiemen eingenommen hatte. Der Verleger hatte es abgelehnt, eine zweite Auflage des Romans herauszubringen. Er hatte mir sogar gesagt, man habe die Druckplatten »auf den Abfallhaufen geworfen«.

Der Gedanke, noch einmal mit der ganzen Prozedur zu beginnen, mit all den Komplikationen, die eine Übersetzung aus dem Jiddischen mit sich brachte, jagte mir panische Angst ein. Eine Stimme in mir sagte: »Es ist zu spät. Das schaffst du nicht mehr.« Ich war mitten in der Arbeit an einem anderen Roman, der meiner Schaffenskraft alles abforderte. Dreißig- oder vierzigtausend Leser lasen die Fortsetzungen jeden Tag in der Zeitung. Die meisten waren polnische Juden, die jedes darin beschriebene Schtetl, jede Straße, jedes Haus kannten. Der kleinste Fehler löste eine wahre Flut, manchmal sogar Hunderte von Leserbriefen aus. Meine Schilderung sexueller Beziehungen und auch die Beschreibung der Unterwelt brachten mir Proteste von Rabbis und Gemeindevorständen ein, die behaupteten, ich gösse Öl ins Feuer des Antisemitismus und erniedrige und entehre die Opfer Hitlers. Weshalb sollten die Gojim etwas über jüdische Diebe, Gauner, Zuhälter und Prostituierte erfahren, die schließlich alle den Märtyrertod gestorben seien? Warum nicht über rechtschaffene Juden, Rabbis, Chassidim, Schriftgelehrte, fromme Frauen und sittsame Mädchen schreiben? Ich hätte zwar auch über sogenannte positive Typen geschrieben, aber die Zeiten erforderten nach Meinung der Briefschreiber, daß ein jüdischer Schriftsteller ausschließlich das Gute und Fromme betone.

Ich brachte auch Themen zur Sprache, die in der jüdischen Presse verpönt waren. Ich paßte nicht ins Konzept, weder in belletristischer noch in journalistischer Hinsicht. Die Artikel, die ich jetzt veröffentlichte – über Telepathie, Hellsehen, Wachträume, Vorahnungen –, entrüsteten jene Leser, die sich für Rationalisten, Sozialisten oder Radikale hielten. »Weshalb auf den Aberglauben des Mittelalters zurückgreifen?« fragten sie. »Warum den alten Fanatismus wiedererwecken?« Die kommunistische Zeitung wies bei jeder Gelegenheit darauf hin, daß meine Publikationen Opium fürs jüdische Volk seien und nur dazu dienten, es den Kampf um soziale Gerechtigkeit und eine vereinigte Menschheit vergessen zu lassen. Selbst Zionisten forderten mich auf, ihnen zu sagen, wo denn in meinen Werken etwas über die Wiedergeburt der jüdischen Geschichte zu finden sei, die Wiedergeburt, die unsere Generation miterleben durfte.

Der Zauderer und Pessimist in mir argumentierte: »Du schaffst es nie, ein erfolgreicher Schriftsteller zu werden. Gib's auf!« In Gedanken sah ich mich schon irgendwo in Brooklyn als Fahrstuhlführer oder als Tellerwäscher in einem billigen Lokal arbeiten. Als Vegetarier brauchte ich ja nichts weiter als eine Scheibe Brot, ein

Stück Käse, eine Tasse Kaffee. Und ein Nachtquartier. Ich könnte mit zwanzig Dollar pro Woche auskommen oder von der Sozialfürsorge leben, oder schlimmstenfalls Selbstmord begehen. Doch eine andere Stimme in mir argumentierte: »Du hast echte literarische Werke in den Koffern liegen, die du von einem möblierten Zimmer ins andere schleppst. Laß sie nicht vermodern! Mit achtundvierzig ist man noch kein alter Mann. Anatole France war vierzig, als er mit dem Schreiben begann. Es gab sogar Schriftsteller – wie heißen sie doch gleich –, deren Karriere begann, als sie schon in den Fünfzigern waren. Du bist ja noch nicht arbeitslos – widme dich dem Schreiben, solange du noch einen Job hast. Fang morgen damit an!«

Ich stieg aus dem Bett, machte Licht und zog die Schublade auf, in der ich meine Notizhefte und ein altes Tagebuch aufbewahrte. Gott der Gerechte, ich hatte das Geschenk der Willensfreiheit schon schätzen gelernt, als ich noch nicht ganz zwanzig war! WILLENSFREIHEIT ODER TOD! hatte ich auf die Seite eines Notizheftes geschrieben und dreimal unterstrichen, zuerst grün, dann blau, dann rot. Es war so etwas wie eine Devise, die ich vor mehr als zwanzig Jahren, als ich knapp siebenundzwanzig war, in einem Hotel in Otwock aufgeschrieben hatte. Damals durchlebte ich die gleiche Krise wie jetzt. In der Stille der Nacht hob ich die Hand und schwor, daß ich diesmal Wort halten würde.

Nach diesem feierlichen Gelöbnis konnte ich nicht mehr schlafen. Auf einem Zettel las ich diesen Vers: »Schmuggle dich durch Missetat und Not / Versteck dich in deinem Loch und nag an deinem Brot.« Diese Zeilen lösten unzählige Gedankengänge in mir aus. Ich hatte vor vielen Jahren die Theorie entwickelt, daß Willensfreiheit eine rein persönliche Angelegenheit sei. Daß man zu zweit weniger Willensfreiheit habe als allein und daß die Massen eigentlich überhaupt keine Willensfreiheit hätten; daß ein Mann mit Familie weniger frei entscheiden könne als ein Junggeselle; daß ein Parteimitglied weniger Willensfreiheit habe als sein parteiloser Nachbar. Das alles ging Hand in Hand mit meiner Theorie, daß die menschliche Zivilisation, ja sogar die menschliche Kultur danach strebe, der Menschheit zu mehr Willensfreiheit zu verhelfen. Ich war nach wie vor Pantheist, nicht im Sinne Spinozas, sondern eher im Sinne der Kabbala. Ich setzte Liebe mit Freiheit gleich. Wenn ein Mann eine Frau liebt, so lautete meine Theorie, dann ist das ein Akt der Freiheit. Die Liebe zu Gott kann nicht durch Gebote, sondern nur durch einen Akt der Willensfreiheit bewirkt werden. Die Tatsache, daß fast alle Lebewesen der Vereinigung eines männlichen und eines weiblichen Partners entspringen, war für mich ein Beweis, daß das Leben ein Experiment in Gottes Freiheitslaboratorium ist. Die Freiheit will nicht passiv bleiben, sie will schöpferisch sein. Sie will unzählige Varianten, Möglichkeiten, Kombinationen. Sie will Liebe.

Meine kuriose Theorie bezüglich der Willensfreiheit stand in engem Zusammenhang mit meiner Kunsttheorie: Die Wissenschaft ist – jedenfalls vorläufig – eine Lehre, der Schranken gesetzt sind. Die Kunst hingegen ist eine Lehre der Freiheit. Sie tut, was sie will, nicht was sie tun soll. Der wahre Künstler ist ein Mensch mit freiem Willen, der nach Belieben handelt. Wissenschaft ist das Produkt der Zusammenarbeit von Forschern: Technologie erfordert das Kollektiv. Kunst hingegen wird von Individuen geschaffen. Ich hatte die Kunsttheorien von

Hippolyte Taine schon immer für unzutreffend gehalten, desgleichen die von Professoren, die aus Kunst eine Wissenschaft machen wollten.

In diesen schlaflosen Nächten ließ ich meinen Gedanken freien Lauf, um der Zwangsherrschaft des Schlafes zu entgehen. Im Schlaf hört die Willensfreiheit auf – dieser Gedanke kam mir jedesmal, wenn ich aus einem Alptraum erwachte.

Als ich eines Morgens die Augen öffnete, war draußen hellichter Tag. Mit der Heizung war etwas nicht in Ordnung, in meinem Zimmer war es so kalt wie im Freien. Ich faßte an den Heizkörper, der nicht einmal lauwarm war. Meine Nase war verstopft, und in meinem Brustkorb braute sich ein Husten zusammen. Ich hatte vergessen, meine Armbanduhr aufzuziehen, und sie war um Viertel vor vier stehengeblieben. Nach wie vor regierte despotische Kausalität das Universum. Bei dieser Kälte zu baden oder zu duschen kam gar nicht in Frage. Aber rasieren mußte ich mich. Ich drehte den Hahn auf und befeuchtete meinen Rasierpinsel mit kaltem Wasser. Dann beschloß ich, mich in Miriams Wohnung, zu der ich einen Schlüssel hatte, aufzuwärmen, da es noch zu früh war, in die Zeitungsredaktion zu gehen. Ich zog mich an und machte mich auf den Weg zur Ecke Central Park West und 100th Street. Vor dem Apartmenthaus begrüßte mich der Portier. »Gut, daß Sie kommen – ich habe ein Telegramm für Sie.« Er händigte mir ein Kuvert aus. Ich öffnete es und las: »Max ist heute nacht im Schlaf gestorben. Herzlichst, Deine Miriam.«

Der Winter war fast vorbei, der Frühling stand vor der Tür. Fanja und Morris Zalkind wollten uns eine aufwendige Hochzeit ausrichten, doch Miriam und ich bestanden auf einer schlichten Feier, bei der nur sie beide zugegen sein sollten. Eigentlich hatten wir einen doppelten Grund zum Feiern: Fanja war, nachdem sie sich von Felix Rukzug getrennt hatte, aus Erez Israel zurückgekehrt, und Morris hatte sie wieder bei sich aufgenommen.

Am Morgen dieses Apriltages war es sonnig gewesen, doch als wir uns auf die Fahrt zum Brooklyner Standesamt machten, begann es zu schneien, und dann setzte ein Schneesturm ein. Fanja hatte Miriam einen prächtigen Strohhut gekauft, aber in diesem Schneegestöber wollte Miriam ihn nicht aufsetzen. Morris Zalkind hatte mir einen Scheck über zwanzigtausend Dollar gegeben. Ich hatte ihm dafür gedankt und dann den Scheck in tausend Fetzen zerrissen. Meine drei Koffer, von denen zwei mit Manuskripten und Zeitungsausschnitten vollgestopft waren, hatte ich in Miriams Wohnung gebracht. Sie hatte ein Foto von Max vergrößern und rahmen lassen und es im Schlafzimmer über unserm Bett aufgehängt. Wir ließen uns nur standesamtlich trauen, weil weder Miriam noch ich Wert darauf legten, von einem Rabbiner getraut zu werden. Nach der Zeremonie luden uns die Zalkinds zum Mittagessen in ein vegetarisches Restaurant ein. Danach fuhren sie in ihrem Wagen zu ihrem Haus auf Long Island zurück. Miriam und ich fuhren per Taxi nach Hause. Vorher hatte Morris Zalkind zu mir gesagt: »Das war die stillste Hochzeit seit Adam und Eva.«

Im Taxi lehnte sich Miriam an meine Schulter und begann zu schluchzen. Sie sagte, sie könnte die Tränen nicht unterdrücken. Kaum hatten wir die Wohnung betreten, da klingelte auch schon das Telefon. Der Korrektor des *Vorwärts* hatte in einem meiner Artikel einen Fehler entdeckt und fragte, ob er ihn korrigieren dürfe. Ich sagte: »Sie brauchen mich nicht um Erlaubnis zu bitten. Sie sind doch dafür da, die Schnitzer der Autoren zu korrigieren, wo immer Sie welche entdecken.«

In Miriams Wohnung war es immer warm. In den Heizkörpern zischte der Dampf, draußen schneite es nicht mehr, die Sonne brach durch die Wolken, und Max' Foto an der Wand war in Sonnenlicht getaucht. Sein Blick war auf uns gerichtet, aus seinen lächelnden Augen sprach der jüdisch-polnische Humor, den der Tod nicht auslöschen kann. Miriam hatte aufgehört zu weinen. Auf dem Bett ausgestreckt, sagte sie: »Wenn wir ein Kind bekommen, nennen wir es Max.«

»Wir werden keine Kinder haben.«

»Warum nicht?«

»Du und ich, wir sind wie Maultiere. Die Letzten einer Generation.«

# Nachwort der amerikanischen Übersetzerin

*Meshugah* erschien zuerst auf Jiddisch vom April 1981 bis Februar 1983 in Fortsetzungen im *Forward*, und zwar mit dem Titel *Lost Souls*. Nachdem ich auf Singers Bitte eine englische Fassung hergestellt hatte, entschied er sich, den Titel zu ändern und schrieb das Wort *Meshugah* mit Tinte auf die erste Seite des Manuskripts.

Ich habe Isaac Bashevis Singer zum ersten Mal 1975 getroffen, als eine meiner Lehrerinnen an der Graduate School, die den *Jewish Spectator* herausgab, mich aufforderte, ihn für diese Zeitung zu interviewen. Bei unserem zweiten Zusammentreffen zeigte ich ihm meine Übersetzungen von zwei Geschichten, die er vor vielen, vielen Jahren geschrieben hatte – auf Hebräisch. Er riß mir die Blätter aus der Hand und sagte, er wolle nicht, daß »diese alten Sachen« noch im Umlauf seien. »Aber«, fügte er lächelnd hinzu, »warum helfen Sie mir nicht, meine jiddischen Arbeiten zu übersetzen?« Ich sagte, daß ich liebend gern einige seiner Geschichten aus der Krochmalnastraße übersetzen würde, denn mein Vater, Josef Kratka, sei in dieser Straße in Warschau aufgewachsen und könnte mir dabei helfen. Isaac – wie er mich bat, ihn zu nennen – schien sehr erfreut, auf diese Weise etwas über meine Herkunft erfahren zu haben, und wir schüttelten uns die Hände.

Die Zusammenarbeit mit meinem Vater wurde auf unvorhergesehene Weise belohnt. Als er sich in die Welt Isaacs versenkte, fing er an, sich an Verwandte und

Freunde zu erinnern, von denen ich noch nie etwas gehört hatte. Kleine Einzelheiten in dem Roman riefen längst vergessene Erinnerungen wach. Wenn ich auf ein mir unbekanntes jiddisches Wort, das Lebensmittel betraf, stieß, lieferte mein Vater nicht nur die Übersetzung – »in der Pfanne geröstete Grütze« –, sondern auch das Rezept: Koche die Kartoffeln, bis sie zerfallen, füge Zwiebeln und geröstetes Mehl hinzu und verrühre alles gut; am besten ißt man sie mit zwei Scheiben Brot. Offenbar mußte man in einer gewissen Gemeinschaft leben und einen gewissen Grad von Armut erreicht haben, um so eine Delikatesse zu schätzen.

Im Mai 1982 bat mich Isaac, ihn in dem Restaurant Ecke Broadway und Eighty-fifth Street zu treffen, um über seinen gerade laufenden Fortsetzungsroman *Lost Souls* zu sprechen. Trotz seines Alters (er war achtundsiebzig) kam er mit raschen Schritten, er trug eine Sonnenbrille und hatte den Rand seines Hutes tief über die Augen gezogen. Im Restaurant erklärte er mir, er habe in dem Roman begonnen, über eine junge Frau zu schreiben, die heftig verliebt sei, zuerst in einen alten Mann und dann, gleichzeitig, in einen Mann mittleren Alters, der plötzlich auftaucht. »Das ist schon eine ungewöhnliche Situation«, sagte er, »die mir eine Menge Möglichkeiten gibt.« Er schrieb über Ereignisse, die sich in den 50er Jahren in New York und Umgebung abgespielt hatten. Er sagte, er wolle den Leser die Widersprüche und Konflikte in jedem der drei Charaktere erkennen lassen. Ich vermutete, daß seine romanhaften Erfindungen sowohl von tatsächlichen Ereignissen zehrten, als auch von Erinnerungen an Menschen, die er gekannt hatte. Es schien mir unübersehbar, daß der Icherzähler des Romans, der Autor Greidinger, der für den

*Forward* schreibt, ein Abbild Isaacs ist, obwohl Isaac das niemals ausdrücklich sagte.

Die Arbeit mit Isaac in seiner und Almas geräumiger Wohnung in der Eighty-sixth Street in der Nähe des Broadways hatte ihre guten und schlechten Stunden. Er machte mit der Hand Korrekturen in schwarzer Tinte. Einmal tippte er einen Absatz auf seiner jiddischen Schreibmaschine und schrieb ihn dann mit der Hand auf Englisch ab. Er hatte eine Klemmappe, in der er die einzelnen Fortsetzungen der Romane, so wie sie im *Forward* abgedruckt waren, aufbewahrte, um sie dann an ausgewählte Übersetzer weiterzugeben. Er betonte, daß die englischen Übersetzungen die Texte für alle fremdsprachlichen Übersetzungen sein sollten, und griff darum selbst in den Übersetzungsprozeß ein. Hinter einer Tür in der Wohnung war das Chaoszimmer, wie er es nannte. Es war vollgestopft, nicht nur mit Typoskripten und Exemplaren des *Forward*, sondern auch mit Büchern, Geschenken, Medaillen, Zertifikaten von Ehrendoktoraten, den Urkunden seines Nobelpreises für Literatur, des National Book Award und ähnlichen Ehrungen. Wenn Alma nicht eigenhändig einen schmalen Pfad durch all dies angehäufte Material freigemacht hätte, wäre es fast unmöglich gewesen, in das Zimmer hineinzugehen.

Einmal, als wir am Manuskript arbeiteten und Alma nicht da war, sprach er im Nebenzimmer am Telefon mit einem Zeitungsreporter, und ich hörte, wie Isaac sagte: »Nun brauchen Sie mich nicht mehr anzurufen, rufen Sie statt dessen lieber Milosz an.« An diesem Tag war dem Dichter Czeslaw Milosz der Nobelpreis für Literatur verliehen worden. »In dieser Welt dauert es nicht lange, bis man eine Größe von gestern geworden ist.«

Eines Abends, beim Essen in unserem Haus, erzählte Alma, wie sie an Isaacs Stelle nach Düsseldorf gereist sei, um in seinem Namen die Buber-Rosenzweig-Medaille entgegenzunehmen, die ihm verliehen worden war. Es war eine Geschichte von verpaßten Anschlüssen, ausgefallenen Flügen und unvorhergesehenen Schwierigkeiten, die so qualvoll waren wie die Situationen in vielen seiner Erzählungen, wie z. B. in der *Aktentasche* und anderen Geschichten von alptraumhaften Abenteuern eines reisenden jiddischen Schriftstellers. Es war eines der liebsten Themen Isaacs, daß man im Leben trotz der umsichtigsten Planung niemals vor irgend etwas sicher sein kann. »Manchmal«, sagte er zu uns, »liege ich nachts wach und bin mir nicht sicher, ob ich die Lesung bereits gehalten habe oder ob ich sie noch vor mir habe. Erst am Morgen, wenn ein Freund anruft und mir sagt, daß ich wunderbar gelesen hätte – erst dann bin ich mir sicher.«

Eines Morgens kam ich in seiner Wohnung recht entmutigt an und sagte ihm, daß alles – die tägliche Routine, der tägliche Kampf – mir so sinnlos erschiene. Isaac seufzte und stimmte mir zu – ja, er habe solche Tage auch. Aber was kann man machen? Man nimmt es hin und setzt seine Arbeit fort. »Ich möchte gerne glauben, daß sich das alles zu etwas Gutem wendet«, sagte ich, »zu etwas Höherem.« Isaac hoffte das auch. »Aber wer weiß?« sagte er. »Wir sind auf der Welt, um zu lernen, weiser zu werden, mitfühlender, um zu wachsen. Aber wenn wir im voraus wüßten, wie es am Ende ausgehen wird, wie könnten wir dann lernen, wie könnten wir wachsen?«

Einmal war er sehr froh, daß ich ihn anrief. »Ich wollte Sie auch schon anrufen«, sagte er, »aber ich bin in einer schrecklichen Krise, einer literarischen Krise.« Er war dabei, zu seinem Sommeraufenthalt in der Schweiz aufzubrechen und konnte sich nicht entscheiden, in welche Richtung der Roman, der immer noch in Fortsetzungen erschien, weitergehen sollte. Tags darauf war die Krise vorbei. »Ich habe herausbekommen, wie ich den Roman beende«, sagte er. »Es war eine von den Krisen, die einen nicht umbringen. Im Gegenteil, sie bringen dich zum Nachdenken, machen dich schöpferisch. Der schöpferische Prozeß ist nichts anderes als eine Reihe von Krisen.«

*Nili Wachtel*

# Glossar

*Arbe-kanfess* hebr. Viereckiges Kleidungsstück mit Schaufäden, das von den Männern auf der Brust getragen wird.

*Baalschem Tow* hebr. »Meister des (göttlichen) Namens«. Israel Ben Elieser Baalschem (1699–1760) war der Begründer des Chassidismus (s. d.).

*Babka* poln. Napfkuchen, Hefegebäck.

*Bejgl* jidd. Ringförmiges Semmelgebäck.

*Bet Midrasch* hebr. Lernstube, Lernhaus für das Torastudium.

*Bocher* jidd. Unverheirateter junger Mann. Talmudschüler.

*Bricha* hebr. »Flucht«. 1944 von Wilnaer Partisanen gegründete Hilfsorganisation.

*Chale* jidd. (hebr. *chala*, Plural: *chaless*). Weißbrot für den Sabbat.

*Chanukka* hebr. »Einweihung«. Achttägiges Lichterfest zur Erinnerung an die Wiedereinweihung (165 v. Chr.) des von den Griechen entweihten Tempels nach deren Vertreibung durch Juda Makkabi.

*Charojssess* jidd. Gemisch aus Äpfeln, Nüssen und Wein, das an den Sederabenden gegessen wird – zur Erinnerung an das Kneten des Lehms, eine von den Kindern Israel in Ägypten geleistete Fronarbeit.

*Chassid* hebr. »Der Fromme«. Anhänger der jüd.-religiösen Bewegung, die von Israel Baalschem Tow (s. d.) um 1740 in der Ukraine und in Polen gegründet wurde und in Osteuropa weite Verbreitung fand (Chassidismus). Die Chassidim betonen das Gefühl in der Religion und – gegenüber dem Gesetzesglauben – die Offenbarung in der Natur.

*Cheder* hebr. »Stube«. Jüd. Elementarschule für Knaben vom 4.-13. Lebensjahr.

*Dardeke melamed* hebr. Hauslehrer, Privatlehrer.

*Dibbuk* hebr. »Anhaftung«. Im jüd. Volksglauben ein Totengeist, der in den Körper eines Lebenden eintritt und in diesem ein irrationales Verhalten bewirkt. Nur einem Wunderrabbi kann es gelingen, den »Dämon« auszutreiben.

*Dreidl* jidd. Würfel, der an den vier Seiten statt der Augen hebräische Buchstaben hat. Mittels einer Spindel kann er wie ein Kreisel gedreht werden. Traditionelles Spiel am Chanukkafest.

*Elul* hebr. Der 12. Monat im jüd. Kalender (August / September).

*Erez Israel.* Das Abraham von Gott verheißene Land (Genesis 13,14 ff.) als Heimstatt des jüdischen Volkes.

*Gematrie* (von griech.: Geometria). Eine besonders in der Kabbala entwickelte Deutung der Tora mit Hilfe des Zahlenwerts der hebräischen Buchstaben oder durch Ersetzung der Buchstaben nach bestimmten Regeln.

*Gaon* hebr. Titel der Oberhäupter hoher rabbinischer Schulen im frühen Mittelalter. Später geläufige Bezeichnung für große Gelehrte. Der Gaon von Wilna (Elia Wilna, 1720–1797) galt als der letzte Theologe des klassischen Rabbinismus.

*Gemara* hebr. »Vervollständigte Erklärung, Erläuterung«. Diskussion der babylonischen und palästinischen Talmudisten über die Mischna (s. d.), mit der zusammen die Gemara den Talmud (s. d.) bildet. Gemara bezeichnet auch den Talmud überhaupt.

*Gilgul* hebr. Seelenwanderung.

*Goi* hebr. »Volk«. Plural: *gojim.* Mit diesem Wort wird im allgemeinen ein Nichtjude bezeichnet.

*Golus.* Bezeichnung der jüdischen Diaspora.

*Hadassa.* Zionistische Frauenorganisation in den USA, gegründet 1912 zur Verbesserung der Gesundheitsfürsorge in Palästina.

*Haggada* hebr. »Erzählung«. Bis zum Abschluß des Talmud die allgemeine Bezeichnung für die Bearbeitung der Bibel nach erbaulichen, ethischen und geschichtlichen Motiven, im Gegensatz zur Regelung der gesetzlichen Praxis (Halacha). Die Haggada enthält auch Erzählungen aus dem Leben der rabbinischen Gelehrten sowie Legenden, Volkstradition und eine Fülle historischen Stoffes.

*Haman.* Im Buch Esther der Erste Minister des Xerxes. Gab den Befehl zur (schließlich doch noch vereitelten) Vernichtung aller Juden im Perserreich. Endete am Galgen.

*Hamantaschen* s. Purim.

*Hawdala* hebr. »Scheidung«. Der Segensspruch über einen Becher Wein am Ausgang des Sabbats und der Feiertage, durch den der Unterschied zwischen Ruhe- und Werktagen hervorgehoben wird.

*Hessebett* jidd. Das Ruhebett, auf dem der Familienvater in halb liegender Stellung die Sederfeier (s. Seder) abhält.

*Ichud-schtibl* jidd. Brautgemach (hebr. *ichud* = Vereinigung).

*Jehudim* hebr. Von »Jehuda« (Juda), dem Namen des vierten Sohnes Jakobs. Wurde zum Sammelnamen des jüd. Volkes.

*Jente, Jentl* Jiddischer Mädchenname.

*Jeschiwa* hebr. *jeschiwot* (Plural: *jeschiwess*). »Sitz«. Höhere Lehranstalt für das Talmudstudium.

*Jom Kippur* (hebr. *Jom ha-Kippurim*). »Tag der Sühnungen«. Versöhnungstag, der höchste jüdische Feiertag, der den Abschluß der mit dem Neujahrsfest beginnenden zehn Bußtage bildet.

*Kabbala* hebr. »Das Empfangene«, »Überlieferung«. Die Lehre und die Schriften der mittelalterlichen jüdischen Mystik ab ca. 1200.

*Kasche warnischkess* jidd. Grütze mit Nudeln.

*Kelipa* hebr. »Schale«, »Rinde«. Das böse Prinzip in der Welt als schlechte Schale um den guten Kern.

*Knisches* jidd. Pastetenartige Mehlspeise, salzig oder süß, aus Nudel-, Hefe-, Strudel-, Kartoffel- oder Kuchenteig.

*Koscher* jidd. (von hebr. *kascher*, »recht«). Was nach der Ritualvorschrift erlaubt ist. Den Speisegesetzen gemäß zubereitetes Essen.

*Kugl* jidd. Großer puddingartiger Kloß, der am Sabbat gegessen wird. Jüd. Nationalspeise. Gilt als Symbol für das von den Juden während der Wüstenwanderung gegessene, vom Himmel gefallene Manna.

*L'chaim* hebr. Trinkspruch. »Zum Leben!«, »Zum Wohl!«

*Leviathan.* Im Altertum der Chaosdrache (Psalm 74,14; Jesaja 27,1). Auch ein Drachenkrokodil (Hiob 40).

*L'schanah towe tiketejwe* hebr. »Mögest du eingeschrieben sein für ein gutes neues Jahr!« Traditioneller Neujahrsglückwunsch.

*Lubownik* poln. Liebhaber.

*Maggid* hebr. Laienprediger, Wanderprediger.

*Maschgiach* hebr. Der für die Einhaltung der Speisegesetze in Restaurants zuständige Inspektor oder Aufseher.

*Maschkon* hebr. (Plural: *maschkoness*). Pfand, Unterpfand.

*Masel tow* jidd. (hebr. *masel* = Stern, Glück; *tow* = gut). Glückwunsch.

*Melamed* hebr. Elementarschul- oder Hauslehrer für Hebräisch.

*Messilat jescharim* hebr. »Pfad der Aufrechten«. Erbauungsschrift von Mose Chajim Luzzatto (1707–1746).

*Mesuse,* jidd. (hebr. *mesusa*). »Türpfosten«. Handgeschriebene kleine Pergamentrolle in einer Metall- oder Holzhülse, die am rechten Türpfosten des Hauses angebracht wird. (Text aus Deuteronomium 16,3.)

*Midrasch* hebr. »Schriftauslegung«. Vortrag im Anschluß an die Tora-Verlesung in der Synagoge sowie die daraus erwachsene Literatur.

*Mikwe* jidd. (von hebr. *mikwa*). »Ansammlung« (von Wasser). Rituelles Tauchbad. Seit ältester Zeit in jeder jüdischer Gemeinde.

*Minche* jidd. (hebr. *mincha*). »Gabe«, »Spende«. So wird das Gebet vor Sonnenuntergang genannt.

*Minjen* jidd. (hebr. *minjan*). »Zahl«. Die Zehnzahl religionsgesetzlich volljähriger Juden, die als Mindestzahl für ein vollgültiges Gemeindegebet vorgeschrieben ist.

*Mischna* hebr. »Wiederholung«. Kern der mündlichen Lehre des Judentums. Einer der beiden Teile des Talmud. Sammelwerk von Lehrsätzen und Ausführungsbestimmungen zum Pentateuch, bestehend aus sechs Ordnungen (Seder). Redigiert um 200 n. Chr.

*Mizwa-Tanz.* Beim Hochzeitsfest tanzt der Würdigste unter den Gästen mit der Braut.

*Mosche Isserles* (eigentl. Moses Isserles), 1510–1572. Schriftgelehrter, Kommentator, Kabbalist, Astronom und Historiker. Von ihm stammen die für die deutschen und polnischen Juden maßgeblichen Auslegungen im Ritual- und Rechtskodex »Schulchan Aruch« (s. d.).

*Musar-Literatur.* Im Mittelalter und in der Neuzeit bei den Juden weitverbreitete, vorwiegend volkstümlich geschriebene Erbauungsliteratur.

*Nachman aus Bratzlaw,* Rabbi (1772–1811). Einer der Hauptvertreter des osteuropäischen Chassidismus. Urenkel des Baalschem Tow (s. d.).

*Neilah* hebr. »Verschließen«. Ursprünglich das Schlußgebet im Tempel. Später im Gottesdienst nur an Jom Kippur gebetet.

*Neschomele* jidd. Kleiner Liebling.

*Notarikon.* Eine besonders in der Kabbala entwickelte Methode der Schriftdeutung durch Zerlegung der Wörter im Komponenten, die als Wortkürzel behandelt werden.

*Pentateuch* griech. Die fünf Bücher Mose: Genesis, Exodus, Levitikus, Numeri, Deuteronomium.

*Pessach* hebr. »Vorüberschreiten«, »Verschonung«. Passafest, gefeiert zu Beginn des Frühlings zur Erinnerung an den Auszug der Kinder Israel aus Ägypten. Fest der ungesäuerten Brote.

*Poale Zion.* »Arbeiter Zions«. Zionistisch-sozialdemokratische Partei.

*Purim* hebr. »Lose«. Freudenfest zur Erinnerung an die Errettung der jüdischen Diaspora im Perserreich (Buch Esther). Zu diesem Fest gehören Purimgeschenke, Purimgebäck (»Hamantaschen«) und Purimspieler, die die Esthergeschichte aufführen.

*Raw* hebr. »mächtig«, »erhaben«, »mein Lehrer«, »Meister«, »Rabbi«.

*Reb.* Ehrentitel für gebildete, fromme oder auch nur ältere Männer.

*Rebbe* jidd. »Lehrer«, »Gelehrter«, »Rabbi«. Auch Wunderrabbi der Chassidim.

*Rebbezin* jidd. Die Frau des Rabbi.

*Rosch Haschana* hebr. »Anfang des Jahres«. Neujahrsfest am Beginn der zehn Bußtage.

*Rosch Jeschiwa* Oberhaupt einer Talmud-Tora-Schule.

*Sabres* In Israel geborene Nachkommen jüdischer Einwanderer.
*Schabbes* jidd. Sabbat.
*Schawuot* hebr. »Wochenfest«. Ernte- und Wallfahrtsfest.
*Scheijtel* jidd. Perücke. Ein alter jüd. Brauch schreibt vor, daß verheiratete Frauen aus Keuschheit ihr Kopfhaar vor fremden Männern bedecken.
*Schemittah* hebr. »Siebtes Jahr«, »Erlaßjahr«. Laut Deuteronomium 15,1ff. soll der Gläubiger am Ende jedes siebten Jahres seinem Schuldner die Schuld erlassen.
*Schitah Mekkubezet* hebr. Titel einer Sammlung von ausführlichen Erklärungen schwieriger Stellen im Talmud. Stammt aus dem 16. Jh.
*Schiwe* jidd. (hebr. *schiwa*) »sieben«. Die sieben Trauertage nach der Bestattung. »Schiwe sitzen« auf niedrigen Schemeln und unbeschuht.
*Schkozim* jidd. Häufig gebrauchtes Schimpfwort. Bedeutet soviel wie freche, unverschämte Bengel.
*Schlichess* jidd. (hebr. *sch'lichut*). »Sendung«, »Botschaft«, »Aufrag«.
*Schlimasl* jidd. Schlemihl, Pechvogel.
*Sch'ma* hebr. *Schema Israel.* »Höre, Israel, der Ewige ist unser Gott, der Ewige ist einzig.« Die im Mittelpunkt der Liturgie stehende Bekenntnisformel. Im rabbinischen Judentum Ausdruck der monotheistischen Gotteserkenntnis.
*Schmegge* jidd. Nichtsnutz, Müßiggänger.
*Schofar* hebr. Althebräisches Blasinstrument aus einem Widderhorn. Wird an Rosch Haschana und an Jom Kippur geblasen.
*Scholem alejchem* jidd. (hebr.: *schalom alejchem*). »Friede mit Euch!«
*Schtrajml* jidd. (Plural: *schtrajmlech*). Pelzverbrämter Feiertagshut.
*Schulchan Aruch* hebr. »Gedeckter Tisch«. Kompendium des jüd. Religionsgesetzes und Rechts in systematischer Anordnung und in knappster Form für den praktischen Gebrauch. Verfaßt von Josef Caro (1488–1575).
*Schtibl* jidd. (Plural: *schtiblach*). Lernstube.
*Seder* hebr. »Ordnung«. Die Ordnung für die mit zahlreichen Zeremonien und mit symbolischen Speisen verbundene Familienfeier an den ersten beiden Abenden des Pessachfestes.
*Sephardische Aussprache.* Die bei den spanischen, seit ihrer Vertreibung (1492) vor allem in den Mittelmeerländern lebenden Juden (Sephardim) übliche Aussprache des Hebräischen.

*Simchat Tora* hebr. »Torafreude«. Freudenfest im Herbst beim Abschluß des Jahreszyklus der Tora-Verlesungen. »Fest der Gesetzesfreude«.

*Sohar* hebr. »Buch des Glanzes«. Hauptwerk der Kabbala. Geschrieben in einem dem talmudischen Dialekt nachgebildeten künstlichen Aramäisch. Wahrscheinlich verfaßt von Mosche de Leon (gest. 1305).

*Sukkot* hebr. (von *sukka*, »Hütte«). Herbstfest (Laubhüttenfest) zur Erinnerung an die Wüstenwanderung der Kinder Israel nach dem Auszug aus Ägypten.

*Talmud* hebr. »Belehrung«, »Lehre«, »Studium«. Nächst der Bibel das Hauptwerk des Judentums. Eine Zusammenfassung der Lehren, Vorschriften und Überlieferung der nachbiblischen Jahrhunderte (abgeschlossen im 5. Jh. n. Chr.). Die früheren Teile (Mischna) ordnen und kommentieren die biblischen Gesetze. Die späteren Teile (Gemara) ergänzen, erklären und paraphrasieren die Mischna mit Sagen, Legenden und Erbaulichem.

*Taschlik* hebr. »Du sollst werfen« (Micha 7,19: »Du wirst all ihre Sünden in die Tiefen des Meeres werfen«). Volkstümlicher Brauch am 1. Tag des jüd. Neujahrsfestes. Symbolisches Versenken der Sünden.

*Tatele* jidd. Koseform von Tate (Vater).

*Tikkun* hebr. »Verbesserung«, »Wiederherstellung«. In der Spätkabbala: Erlösungsprozeß.

*Tora* hebr. »Lehre«, »Unterweisung«. Der Pentateuch (s. d.). Im Gottesdienst wird jeweils einer von 52 Abschnitten (Jahreszyklus) von einer handgeschriebenen Pergamentrolle verlesen.

*Trejfe* jidd. Nach den religiösen Speisegesetzen verboten (im Gegensatz zu koscher).

*Tscholent* (wahrscheinlich vom altfranzös. chauld = heiß). Eintopfgericht, das am Freitag vor Beginn des Sabbats zubereitet und bis Samstagmittag im Backofen warm gehalten wird.

*Zaddik* hebr. »Gerechter«, »Bewährter«. Im Chassidismus wird er als die Verkörperung der Tora angesehen. Der Zaddik nimmt sich seiner Schüler an, nimmt einige bei sich zu Hause auf und ist Berater für alle. Bei den Chassidim ist der Zaddik oft ein wundertätiger Rabbi.

# Isaac Bashevis Singer im Carl Hanser Verlag

*Feinde, die Geschichte einer Liebe*
Roman. Aus dem Amerikanischen
von Wulf Teichmann
1974. 344 Seiten

*Der Kabbalist vom East Broadway*
Geschichten. Aus dem Amerikanischen
von Ellen Otten
1976. 316 Seiten

*Leidenschaften*
Geschichten aus der neuen und der
alten Welt. Aus dem Amerikanischen
von Ellen Otten
1977. 284 Seiten

*Das Landgut*
Roman. Aus dem Amerikanischen
von Anna und Henning Ritter
1979. 472 Seiten

*Schoscha*
Roman. Aus dem Amerikanischen
von Ellen Otten
1980. 332 Seiten

*Das Erbe*
Roman. Aus dem Amerikanischen
von Thomas Kolberger
1981. 416 Seiten

*Die Gefilde des Himmels*
Eine Geschichte vom Baalschem Tow
Aus dem Amerikanischen
von Hannelore Neves
1982. 120 Seiten

*Verloren in Amerika*
Vom Schtetl in die Neue Welt
Aus dem Amerikanischen
von Ellen Otten
1983. 404 Seiten

*Die Familie Moschkat*
Roman. Aus dem Amerikanischen
von Gertrud Baruch
1984. 784 Seiten

*Old Love*
Geschichten von der Liebe
Aus dem Amerikanischen
von Ellen Otten
1985. 312 Seiten

*Der Büßer*
Roman. Aus dem Amerikanischen
von Gertrud Baruch
1987. 160 Seiten

*Massel & Schlamassel*
und andere Kindergeschichten
Aus dem Amerikanischen
von Gertrud Baruch, Irene Rumler, Rolf Inhauser
und Hildegart Krahé
1988. 392 Seiten

*Der Golem*
Eine Legende
Aus dem Amerikanischen von Gertrud Baruch
1988. 56 Seiten

*Ein Tag des Glücks*
und andere Geschichten von der Liebe
Aus dem Amerikanischen von Ellen Otten
1990. 320 Seiten

*Der Tod des Methusalem*
und andere Geschichten vom Glück
und Unglück der Menschen
Erzählungen. Aus dem Amerikanischen
von Ellen Otten
1992. 248 Seiten

*Max, der Schlawiner*
Roman. Aus dem Amerikanischen
von Gertrud Baruch
1995. 264 Seiten